失落之地

漆宇勤　著

天津出版传媒集团
百花文艺出版社

C目 录
ONTENTS

□第一辑　春风吹过龙背岭

□第二辑　草木赣西最江南

□第三辑　东园载酒西园醉

□第四辑　古韵今风隐深红

第一辑　春风吹过龙背岭

春风到此

居住在龙背岭的中年人，年轻时对火车和春运都有着深刻的认识和记忆。

这真是一件奇怪的事情，要知道，龙背岭是赣西上栗的一个山村。这里的人们，理所当然应该更多地关心自己一亩三分地的产出和种豆播谷的节令，而不应该更多地认知热闹的世界。

但是我忘了，龙背岭的中年人，几乎每一个都曾在大城市里生活过。龙背岭上的很多房子，就是用他们从大城市里挣回的钱盖起来的。

既然是山村，春风吹来自然也要晚上那么一小段时间。例如，1978 年的春风，可能抵达龙背岭的时候已经是 1980 年，而等到龙背岭上的草木舒展、抽枝、吐蕊，又有一段时间过去了。

龙背岭上的孔雀在 1985 年开始东南飞。先是一两只，然后是候鸟迁徙般的大潮。一年、两年，在父母提心吊胆牵肠挂肚的念叨中，这些先飞的孔雀在频繁又简单的家信里渐渐多了笑容，通过邮局薄薄的单子将家里摇摇欲坠的房子给翻新了。龙背岭，从此与南方的沿海城市挂上了钩。

再之后，时间到了 1990 年，龙背岭上更多的年轻人在春风吹起时便买好了火车票。

元宵前后，老旧的萍乡火车站整个空间都充斥着各种气息杂糅的味道以及陌生人满头满脸的热气。我跟着叔伯们去送堂姐堂哥们上火车时，第一次知道了原来这个世界上有那么多的人。我只看见站台上密密麻麻挤满了对未来充满兴奋和憧憬的脸庞。火车来了，柔弱的女子是基本不可能挤得进车门的，得靠那些强壮的年轻男人先挤上车，打开车窗，外面的人托举着将这些女子连同打工者的大包小包从窗口塞进去。只要挤上了车，就好了。挤上了车，留在村子里的一家人似乎便多了几分牵挂和希望。

去打工，挤得上火车是第一步。至于到了南方怎么办，基本不用太愁。村子里早几年出去的人都说，那里的繁华超出想象，那里的工厂几乎每天都在招工，只要你能吃苦，总能找到事情干的——至于工作的辛苦程度，至少比困在龙背岭面朝黄土背朝天顶着烈日种田或制砖更轻松一些吧。

因为外出打工或送人去打工，龙背岭的中年人，多数都对火车的拥挤和春运的繁忙有着切身的体会。

其实，即便不南下打工，龙背岭所在的这个赣西小城对火车也不陌生。早在 1905 年，江南地区较早的铁路萍株铁路（后来改称株萍铁路，成为浙赣线的一段）就出现在了这座小城。这里的人们看着火车往来，将一车车的物品、一车车的人运向远方，但却很少有人能够乘坐它亲自抵达远方。对远处的新鲜感和向往，让他们只能在劳作间隙拄着锄头稍微走一下神，然后收回看向火车的目光，继续低头固守在田地间耕作。

直到1978年的春风吹起，直到这一阵阵春风从海边出发，一路向内陆吹过来，将整个村子的田野解冻。

元宵前后将村子里的大姑娘小伙子们送走后，那些南方的城市，广州、东莞、深圳，从此就在村头卫生所柜台上堆积的信封中活着。那里的繁华，那里的忙碌，那里的艰辛，那里的流水线上制作一双鞋子要过36个流程，等等。这些慢慢在打工者父母的交谈中你一言我一语拼凑出了整个“广东”的模样。

是的，春风吹到龙背岭的时候，大家都去广东打工。印象中，那时的年轻人，似乎还并不将“青春”这样的词语挂到嘴边，并不在一笔一画写给父母兄弟的信件中写出“将青春挥洒在南方城市的流水线上”之类的词句。他们就像一群冬天关在屋子里闷头闷脑挣扎已久的小兽，突然看到春天推开了半扇门，马上就带着忐忑和兴奋蹿到了一个开满鲜花也长满荆棘的地方，迫不及待地开始觅食。

一边觅食，一边观察这个与偏远的龙背岭不一样的世界。他们看到了闪亮的夜晚，看到了摩天的高楼，看到了来自外国的同事，看到了车水马龙的街道，也看到了从口岸外面运进来的种种物品……

这种机会，在过去他们是想不到也不敢想的。因此，现在他们特别珍惜、特别努力：一边珍惜机会努力地“觅食”，一边又想起了依旧生活在村子里的长辈和同辈们。等到过年的时候，就将其中一些过去从来没有想过没有见过的物品蚂蚁搬家一样往赣西山村的那个“巢穴”里搬。

于是，村外的彩电、沙发，随着打工者的返乡也进村了；于是，龙背岭千篇一律的发型、粗糙简陋的装饰，随着这些打工者返乡也有了变化。再接着，连龙背岭的房子样式都由瓦房渐渐改为砖混结构的平顶房了。

所有的这一切，几乎都是随着春风，随着往返沿海打工的年轻人以及借此通道抵达的某种看不见摸不着的气息流而到来的。

还不止这些！不止于打工者返乡带回的钱物，更多精明的人开始频繁地往返，将各种新奇的物品从广东运回赣西。最直观的就是服装，这个小城的人们总是能够及时跟上新的服饰潮流。一些萍乡人甚至自认为这里比省会城市都更跟得上潮流——因为数以十万计的打工者直接对接了沿海。

但连“沿海”这个模糊的概念也在变化。过去龙背岭的人说家里孩子在外面打工，别人马上就知道这家的孩子去广东了。但春风持续地吹，很快这种想当然的地域指向就有了变化。

仿佛一座城市的发展也是如山野里的草木开花一样有着次序。更多的城市在改革开放的大潮中发生了变化，有了更多的厂房，有了更大的吸引力。慢慢地，打工的人不都往广东走了，他们渐渐往回、往左右走。于是，福建、浙江、湖北……都成了新的打工目的地。

打开的窗户必然会持续放进越来越灵动和强劲的风。随着时间的推移，再往后这被春风吹拂过的土地上的植被就越来越茂盛，我们已经无法预知春风里植被的生长速度和变化趋势，遍地发芽的大地让我们对冒出泥土的蓬勃生命目不暇接。

现在是2018年。这一年的春天来得有些早，元宵节前后，春风就到了。龙背岭上桃花即将开放，而沿河的柳树和村子里水泥道路两旁的桂花树，已经抽出了嫩芽。春风吹来，整个田野都是温暖的；春风吹来，整个龙背岭已经生机勃勃。吃过晚饭，我在村子里漫无目的地走动，从村头到村尾，路灯照耀下我却找不到任何一户人家还有一个离家打工的人。

春风至此，我再不见孔雀往东南飞。

与此同时，我却发现过年之后一系列以“春风”为名的招聘会在这个城市的多个地方接连举行。龙背岭的年轻人，再无需赶着春运的火车往南方去谋生。在家门口，在附近的村子里，已经有 15 个工厂敞开大门，以夸张的招聘横幅表达自己对劳动力需求的饥渴。

而 10 公里外的隔壁县区，我的一个朋友也在反复拜托我为他开办的加工厂找工人：“你介绍村子里的人来我这里打工，待遇绝对不低，我还给你发介绍费。”

这真是有趣的现象。要知道，三十多年前的春天，龙背岭的人们为了拜托早一步在广东某条流水线上找到岗位的同村人给自家的儿女介绍进厂，可是要赔着笑脸千恩万谢的。

不知不觉中，浩荡的春风已经给祖国腹地的城市播下了大量的种子，一个个的工厂发芽、生根，在赣西的土地上蓬勃生长。于是，春风到此，春风停驻在了龙背岭。打工的人，再无需跑到更远处。村子里的人，在附近就能看到遥远地方的各种事物。

读历史的人和写历史的人都看到了，春风到此，春风让一个村庄繁花遍地。

泥水匠

龙背岭上居住着69户人家。龙背岭上居住着78个泥水匠。

我似乎曾告诉过你，在龙背岭这么一个小小的自然村落里，在种田之外找谋生的手段，子承父业是一种最自然的选择。比如说父亲弹棉花做被子，儿子也弹棉花做被子；父亲做砖烧瓦，儿子也做砖烧瓦；父亲是泥水匠，儿子也是泥水匠。

这样正好。儿子中学毕业后不读书了，就跟着父亲去做工。最开始当然要从搬砖拌灰的打杂小工做起，在给泥水匠递砖头的过程中，心眼灵活的孩子很快就用眼角瞟着记住了几个砌墙的动作。等到中午大家饭后休息抽烟时，这心眼灵活的小工就觍着脸拿起泥刀往砖墙上垒几块砖，动作当然有些生疏，歪斜的墙体往往还会引起大家一阵哄笑。但是不要紧，一起做工的都是村子里的叔伯兄长辈，下午开工时泥水匠就会给这个心眼灵活的小工指点一二了。一来二去，用不了多久，这个小工就不再做小工的活儿了，在人手不足的时候开始客串泥水匠砌墙的角色。再过一段不长的时间，龙背岭上便又多了一个泥水匠师傅。

而心眼没那么灵活的，不会那么主动去“偷师”。做父亲长辈的，往往就会在做工时狠狠地数落他几句，抽空手把手教他砌墙的诀窍。时间长了，自然也走上了做泥水匠谋生的路子。

砌墙这活儿，看似简单，要真正做好还真不容易。我曾亲眼见过一个初出师的泥水匠上午将一人高的半堵砖墙给砌好，只是中午一顿饭时间，不知怎么整个墙体就慢慢斜垮下来，然后轰然一声倒塌了小半。其他的泥水匠就笑他：手艺没到家，怎么就敢出来挣饭吃啊！

显然，泥水匠是靠着“手艺”挣饭吃的，出门“做手艺”就是大家对泥水匠外出干活的一种代称。

“做手艺”的当然不只泥水匠。在龙背岭，同样也有木匠、石匠、铁匠以及裁缝等诸如此类靠手艺吃饭的匠人师傅。能被称为“匠”和“师傅”，肯定都不简单。在“师傅”这个词语被弱化成通行称谓之前，基本上是只有工匠才能被人称呼一声“师傅”的。

为了成为一个能靠手艺挣钱养活自己、受人尊敬的“匠”，我曾在初中毕业无力缴纳高中学费时一度选择跟着师父学弹棉花，梦想着成为一个“弹匠”。第一天做学徒，在经过一番严厉的语言警示后，师父交给我一把弓和一把木锤，示范了三五下动作，然后称了两斤棉花放在工台上，转身出门做手艺去了。剩下我一个人待在空旷的老宅子厅堂里，与两斤棉花较劲。嘭，嘭嘭，嘭嘭嘭，看似简单而单调的锤击弓弦动作，开始时并不让人劳累，七八分钟后就艰难起来。一端绑在裤腰带上的弹弓给整个身体添加了负重，而为了让弓弦能够挨着棉花以便将紧实的棉絮弹得蓬松，弹棉花的人必须将身体朝着工台俯下。半天下来，手臂酸痛了，腰背僵硬了，而棉花，离师父交代的理想状态还有很大的距离。

做学徒的难度并不仅仅在于入门时的手足无措。很多匠人在开始阶段就会跟学徒交代得很清楚：过去学徒是要给师父洗脚倒便桶的，我也不要你做这么多，农忙时帮我收收稻子摘摘油茶种种红薯就行；学徒费也不收了，从今天开始三年内必须跟着我一起去做手艺，管饭没工钱。

嘭，嘭嘭，嘭嘭嘭。第三天的时候，我终于将基本的弹棉花动作学会了，代价是手掌上被木锤震动磨起了三个水泡，一碰就钻心的疼。但是这些都不要紧，作为一个学徒，为了成为一个工匠，这些自然应该都是习以为常的。

麻烦的是，第七天下午，与弹弓和棉花较劲的我将一根旧弓弦给弹断了。傍晚师父回家后发现，马上劈头盖脸一顿打骂——就像所有的工匠师父一样，其实这种打骂教训也是再正常不过的。偏偏恰在这时，一个同学来到我家反复劝说我要克服困难继续去读书。于是，我在做了一个星期弹棉花的学徒后跑到了一所普通高中去当另一种意义上的“学徒”。

只是，在教室里学了三年的高中书本，我依旧没能成为一个合格的匠人。

如果让我那些当泥水匠的邻居伙伴们知道，他们肯定会笑话我。没有哪个泥水匠的学徒需要三年才能出师。而我放弃了成为弹匠后高中学了三年、大学学了四年，七年的时间依旧没能出师成为一个合格的匠人——或者我们赣西乡村里通称的“师傅”。我没能成为教书匠，没能成为写字匠，没能成为任何一种门类的“匠”。而我当年的伙伴们，手下带出的泥水匠徒弟都不知道有多少批了——有几个还从泥水匠的大类中分离出去，专门做浇筑混凝土前的绑扎钢筋工作，也早成了有名的“钢筋师傅”。

我发现了自己与那些做泥水匠的伙伴之间的差距其实不在于时间，而在于与生活之间的紧密程度。

他们天天在工地上打滚，与砖头水泥钢筋直接打交道，熟悉每一种砖头每一种泥灰每一种钢材的脾性，又舍得下力气洒汗水，成为匠人的速度自然要快很多。

哪里像我！天天只在书本和电脑间游移，并不能摸准哪怕是一堆简单文字的性格，加上懒惰、虚浮，自然没有可能成为任何一种门类的工匠师傅。

不过，工匠也好，师傅也罢，似乎只在我们乡村里作为一种尊称。到了城里，我们曾经引以为傲的泥水匠身份便更多地被称为建筑工、农民工。对此，龙背岭上的人们似乎接受得也挺快，他们马上不再每天早上自称是出去“做手艺”，而是改说成出去“做工”。这是他们在现实生活里对自我认知的一种无奈调整，还是对泥水匠社会阶层的一种自我放逐？

其实都不重要。重要的是，终年为他人建造房屋的泥水匠，却没有能力为自己盖一栋漂亮的房屋。就像乡村里那句俗语：放塘人家吃鱼屎，泥水匠终年住漏屋。

也像我所见到的种菜的人，很多时候就带些卖剩下那些有瘢痕的、长畸形的蔬菜回家吃。在我过去所居住的镇子里，有许多种菜卖菜为生的村民，每天清早挑着一担菜走 20 里路到城里卖。那时我以为，卖菜就是最好的生活了，虽然要早起，但挑着菜篮子总比挑着一担水泥砖头要轻松许多，而且当天卖完菜就可以现场收到钱。泥水匠，则是我认为世间最辛苦的行当了，在脚手架上挑着砖头被烈日暴晒，而且一年的辛劳下来，十有三四是到过年时依旧结不到工钱的。

可能，也正是因为这种比较，正是因为初中假期里跟随亲戚到工地上做小工让肩膀上脱了两层皮的经历，让我在当年一度辍学做工匠学徒时没有选择做泥水匠而是选择了学做弹匠。

其实，类似今后想要做个菜农卖菜的想法，我小时候还有过很多。那时放学回家的任务就是给从爆竹厂领回的爆竹纸筒插上引线，挣取几分钱的报酬。往往是一直插到天色向晚，手头的任务还没有完成，暗夜渐渐逼近，真是又急又累。这个时候，我就与妹妹在那里憧憬着渔民的生活：他们多好啊，干活就是在水边玩，在水里抓鱼捡螃蟹贝壳。后来当我真正走到海边，看着滩涂上弃置的小木船，才知道小时候的想法真是太过简单。又或者，当时我们也曾幻想着早点长大，像大人一样大了就可以不用被分配任务每天傍晚必须完成多少爆竹的插引任务了。后来当我长大，面对着每个月一千三百块的房贷，才知道小时候的想法真是太过理想。

但是，谁又不曾有过理想化的追求呢。或许，如果没有"拼命干几年活儿多挣些钱就可以让一家人过上好生活"的理想主义，泥水匠在年年被拖欠工钱的情况下就没有勇气继续坚持活下去。如果没有"熬过自己这一辈的辛苦，下一代就会活得更轻松一些"的理想主义，泥水匠在经常听到某个建筑工建房子时从楼上摔下来或死或伤的消息后，就不能克服恐惧继续镇定自若地在摇晃的脚手架上负重劳作。

而对于那些短时的疼痛或者疲累，就用不着靠理想主义来应对了，泥水匠们早已经学会了咬牙沉默。被砖头石块砸裂手指肚，被钢筋钉子割出血槽之类，对于泥水匠来说简直就是常态了。他们往往是顺手抓把灰尘糊上，捂个几分钟，血止住了，又继续开工。如果你到龙背岭去，可以看到那里的男人们几乎个个手掌都曾受过类似的小伤。

没有受过伤的泥水匠，一般都是专做粉刷墙壁的活儿。一天一天高强度的劳累，让泥水匠几乎是没有任何时间精力去思考和娱乐，做完一天工回到家里，恨不得马上扒几口饭倒头就睡。但是也有下雨没法出去干活的时候，这个时候一些头脑灵活的泥水匠就会琢磨琢磨这些年在城里做工的门道。大家发现，砌墙的泥水匠已经很难挣钱了，只有转行做装修才可能用力气换来更多一些收入。于是，传统的泥水匠群体，渐渐就分化出了一部分专门做粉刷、铺地板的工作。在城里，他们同样也不被称为泥水匠，而是称为装修工。

鸡鸭在埘

在龙背岭，鸭子与鸡一样，都是家家户户要养的家禽。

春江水暖鸭先知。这句子里说的鸭肯定是成年的鸭子。因为，这个时节，小鸭子还在路上呢，还在卖鸭苗的商贩的自行车后座上的竹笼里。

春天过半的时候，贩卖鸡崽、鸭苗的小贩推着自行车来到了龙背岭。

小贩进了村子，熟门熟路，开始拉长了声调吆喝：要鸡崽仔、鸭崽仔啵……

“要不要”，这是赣西地区乡村里贩卖东西的惯用语。不说买不买，而说要不要，似乎就多了几分人情味，掩盖了商业和金钱的气息。村子里做豆腐的女人每天早上挑着豆腐担子走过一家一家的门前，也是远远地喊：要豆腐么……

大家都理解，这里的“要”，是要付钱的，并不会有谁误解为白送白拿。

贩卖鸡鸭苗的人并不是附近几个村子里的村民。他们来自更远的地方，每年的春天和秋天分别到龙背岭一次。

春分过后，气温上升了，小鸡小鸭的活力增强，养起来也会更简单。贩卖鸡苗鸭苗的商贩就是这个时节来到龙背岭推销他的小鸡小鸭的。

当然，尽管小贩同时贩卖鸡苗和鸭苗，实际上卖出去的，绝大多数是小鸭子。

龙背岭上大多数人家的小鸡都是自己家里的母鸡孵化的。

母鸡有自己的繁育规律，它们每隔一段时间就会母性大发，懒于找食和走动，开始赖在鸡窝里抱窝孵蛋。大多数时候，主人家为了不影响母鸡继续生长和下蛋，总会想出一系列的办法来打断这一规律。比如说，绑住母鸡的脚不让它进入鸡窝啊，用羽毛穿入鸡嘴上的鼻孔啊，等等。总之就是不能让它有抱窝的环境和条件。经过五六天的一番折磨后，母鸡抱窝孵蛋的心思自然就消失了，继续老老实实地刨食、下蛋。小时候每次看到挣扎着想要去抱窝孵蛋却被主人各种酷刑折磨的母鸡时，我都很同情。我觉得养鸡的人们太贪婪了，但是我又想不出什么好的办法来解救可怜的母鸡们。

我想不出办法，有聪明的母鸡却想出了办法。它颇有预谋地有时将蛋下在固定的鸡窝里，有时又在外面隐蔽的干燥草丛里下一两个蛋，这样一来，主人也不至于怀疑。过了一个多月，当隐秘的草丛鸡窝里积攒了十多个蛋时，母鸡就会突然“失踪”一段时间，主人找了几次没找到，加上农活太忙，也就顾不上了。再过一段时间，消失的母鸡突然又回到了家里。在它身后，跟着叽叽叽的一小群鸡崽子。因为大人们对家禽看管得紧，加上小孩子们每次总会“助纣为虐”漫山遍野地帮助大人将消失的母鸡找出来，这样突然带着一群小鸡冒出来的事情并不常见。但龙背岭这么多养鸡的人家，几乎每年都会发生那么一次两次的。

当然，并不是每次母鸡想要孵小鸡时都不能实现自己的愿望。随着家里养的鸡或者是被宰杀了，或者是老了不再下蛋了，龙背岭很多家庭都要补充鸡的数量，因此差不多每年都会孵一窝小鸡。这个时候，正好被选来孵蛋的母鸡就能够一偿自己做母亲的夙愿了。

商贩们卖鸡苗鸭苗是在春分时节，而村民们孵小鸡一般是在春末的时候，比春分要更迟一些，这是为了赶上更合适的气温，提高小鸡的存活率。

主人将家里所有母鸡下的蛋集中在一起，挑选受精了的、品质较好的 15 个左右，放进鸡窝里，让恰好进入抱窝阶段的母鸡趴在上面，小心翼翼地孵化。因此，严格意义上讲，母鸡孵出的一窝小鸡，并不全是它的亲生孩子。但母鸡是个非常合格和尽职的母亲。小时候我总是能看见母鸡很是紧张地将一小堆鸡蛋抱在怀里，用自己的体温去呵护它们。在这期间，母鸡吃东西都减少了许多，一心一意想要孵化出自己的孩子。

孵小鸡是很有意思的一件事情，也是很辛苦的一件事情。知道这里面辛苦的，除了母鸡以外，也包括了养鸡的主人。我家母鸡孵蛋的时候，最开始几天，母亲只是不定时去看看有没有露在母鸡羽毛以外的鸡蛋，并定时给母鸡撒一把谷子喂食。到了孵化的后半段，我就每天都要在半夜里陪母亲点着煤油灯去鸡窝里检查鸡蛋的温度了。同时，还要将孵化到末期的鸡蛋放到温水里观察沉浮和是否会自己晃动，以此来检查是否出现了坏蛋。一般来说，15 个鸡蛋，能够成功孵出 10 只小鸡就算不错了。不少鸡蛋在孵化的过程中或因为冷热不均，或因为没有受精，孵着孵着就变质了。这种变质了的鸡蛋，龙背岭的大人们称为“寡蛋”。被称为“寡蛋”的坏死鸡蛋也舍不得扔掉，大人们会将它们炒成一碗菜。但小孩子是不能吃的，大人们一直告诉他们，小孩子吃了“寡蛋”会臭嘴巴。同样的说辞也适用于鱼卵和鱼尾巴。小孩子吃了鱼卵，会算不清数；小孩子吃了鱼尾巴，挑水会容易晃荡。但我总觉得，这里面应该有什么不对劲的地方。

那些没有坏死的鸡蛋，经过母鸡一段时间的努力后，终于一个个被尖尖的嘴尖从内部啄出洞，蛋壳最终撑裂，小鸡孵化出来了。孵化那天，主人要及时注意观察和保护新生的小鸡，但却绝对不能帮助小鸡破开蛋壳。

现在，大家的辛苦有了回报，母鸡如愿以偿当上鸡妈妈，主人家如愿以偿多出了十来只小鸡。

鸡崽子可以自己家里孵，小鸭子却没那么简单。

母鸭下蛋后并不会自己孵化小鸭，它们不会像母鸡那样抱窝孵蛋。

那，谁来孵小鸭呢？

母爱泛滥的母鸡会帮助母鸭孵蛋。这是我小时候听到的答案。

在乡村里，这样帮别人孵蛋的事情并不是唯一。我很小的时候就听说，蛇下了蛋之后也是请龟鳖帮助它们孵化的。后来长大了，我知道鳖和蛇都是将蛋下在松软的沙土里，加上赣西地区经常可以见到鳖和蛇一起在河边草丛中活动，人们便误以为是龟鳖帮蛇孵蛋了。

但母鸡帮母鸭孵小鸭却是确凿无虚的事情。我观察，母鸭的母性似乎真的要比母鸡弱了不少，甚至下蛋也要随意很多。它们不会将鸭蛋固定下在一个地方，除了晚上关在鸭舍时外，其他时间，母鸭很有可能将自己的蛋下在稻田里、河滩上、淤泥沟、草丛间等任何一个地方。龙背岭的孩子们经常可以在玩耍时捡到几个鸭蛋。再说，鸭子天天在湿地里活动，肯定也无法提供孵化鸭蛋所需要的环境温度吧。

我亲眼见过邻居家的母鸡帮助母鸭孵小鸭。那大爱无疆的母鸡小心翼翼地护持着稻草窝里的鸭蛋，时不时轻轻地翻动一下，与孵小鸡时没有任何区别。

不过，鸭蛋孵小鸭的成功率，远远没有鸡蛋孵小鸡那么高。邻居家里放了 16 个鸭蛋，最后只孵出 6 只小鸭。

因此，龙背岭的人们养鸭子，更愿意直接买鸭苗而不是自家孵化。

据说，卖鸭苗的人也是从外地批发过来的小鸭。在外地，有大型的工厂专门用电保温孵化小鸭。孵化大棚比龙背岭任何一户人家的房子都更舒适和壮观，往往一批就可以孵出几百上千只鸭苗。

小鸭子都是毛茸茸的，呆头呆脑在地上一摇一摆地走动，看上去有几分可爱。龙背岭的老人们都有自己的方法去观察一只小鸭苗是否健康并大概判断它们的品种。但是经验有时候也并不那么可靠，而且大家都传言，现在外面的骗子越来越多了，以前龙背岭人想都不敢想的以次充好、鱼目混珠的恶行也在侵袭这个赣西的小山村。

卖鸭苗的人能够感知到龙背岭人的不信任。一方面，他信誓旦旦地保证自己贩卖的鸭苗都是本地品种的“胡鸭”，下蛋多、体格大，而且保证健康且全是母鸭。另一方面，他亮出了绝招：所有鸭苗全部赊账，现在大家只要留个姓名就可以将小鸭带走，过半年后的秋天里他再来收钱——如果鸭苗不健康、品种不对，或者买回去的不是可以下蛋的母鸭，一律不要钱。

这一绝招彻底打消了大家的顾虑。于是，满满的一竹筐鸭苗，很快被村民们挑走了一大半。

到秋天的时候，家家户户养的蛋鸭（龙背岭人称为“胡鸭”）都长大了。这个时候，卖鸭苗的人又来到了龙背岭。他就在春天里卖鸭苗的地方停下自行车，吆喝几声，很快当初买鸭苗的人家就全都来了，按照春天里约定的价格，各自将鸭苗款付给他。收到钱后，鸭苗贩子在自己的本子上打个钩，买卖就此完成。整个过程，没有任何欠条和收据，没有签字画押的程序，但几乎也从来没有什么纠纷争执。极少见的讨价还价，那是某一户人家的鸭子没有照看好，赊购的10只小鸭，最终一只都没养大。双方就此念叨了几句“是不是鸭苗不够健康”的话语，最终，各退一步，鸭苗款打个折，双方清账。

这是乡村里特有的景象：一个远来的小商贩，仅仅凭着一个随口说出的姓名，就将数以百计的小鸭子赊卖给了龙背岭素不相识的村民们。而村民们在半年之后，主动将没有任何凭证的赊欠款付清给这个毫无根基单枪匹马的商贩。

很多年后，我回想起这一幕，总觉得特别温暖。

秋天的时候，蛋鸭已经初步长大了，它们大概才进入“少年时代”。而另外一种龙背岭人称为“鸟鸭”的肉鸭已经进入“青年时代”了，它们可能在七月半的时候就被宰杀用于祭祀。

在龙背岭，进入青年时代的“鸟鸭”正好赶上立秋与处暑时节里的七月半中元节，成为祭祀祖先的重要食材。

我对这些不幸遭遇人类刀子的鸭子充满了同情，不太愿意看到自己辛苦放养了几个月的鸭子因为要满足人们的口腹之欲而在立秋时节被宰杀。

在我的脑海里，还回放着几个月前自己在泥土里挖蚯蚓给小鸭子吃的画面。那时的小鸭子还是毛茸茸的，一只只挤在我脚旁，一待我用两齿松土耙刨出蚯蚓，马上就蹿过去伸出短短的脖子和小扁嘴啄食。吃了一段时间的蚯蚓后，小鸭子们长大了一些，开始进入稻田和溪流中自己觅食了。这时它们还太弱小了，很容易就被藏在草丛里、田埂边的黄鼠狼叼走吃掉。夏天里，鸭子钻在茂密的水稻田里，在一片漫无边际的绿色掩映下很难被找到。有时有落单的鸭子没回家，村民们便下到田里一片一片驱赶、竖起耳朵倾听稻田深处的声音。因此，我喂养鸭子时一直都在想办法提醒它们认清回家的道路。

可是鸭子们实在有点呆。与白鹅相比，鸭子们要蠢萌多了。家鹅放出去觅食后基本不会错群，但鸭子有时候就会混入别人的队伍。龙背岭的鸭子实在太多了，几乎家家户户都有十只八只的。这么多的鸭群肯定是经常在同一片稻田里觅食的，如果鸭子们混杂在了一起该如何区分呢？人们首先想的是学习村子里的理发师给小孩子的头发上剪几个花纹的做法，给鸭子剪掉一部分的羽毛。可是，鸭子成长起来实在太快了，过了一个多月，剪过的羽毛就重新长齐了，再起不到区分的作用。后来，村民们又尝试给家里的鸭子脚蹼上剪个小孔作为标志。鸭子的脚蹼似乎没有特别敏感的痛感神经，剪个小孔既不会出血也不会影响活动。

立秋前的一天，傍晚鸭群回家的时候，我发现家里的鸭子似乎少了一只。于是赶紧跑到附近的稻田里一遍遍寻找，遇到村民就询问有没有看见落单的鸭子。

终于，有人告诉我，刚才龙尾村有村民在稻田里赶鸭子回家，后面好像有一只不怎么合群，似乎不是同一个鸭群的。

我领着母亲赶到龙尾村找到了那户人家，在鸭埘里看见了单独站在角落里的鸭子，脚蹼上剪着小孔，与鸭群里其他鸭子都不同。

可是，龙尾村的那个村民拒不承认这只鸭子是我家的。他说：鸭蹼上的小孔是我挖蚯蚓时不小心在小鸭子脚蹼上用两齿耙挖了个洞造成的。

我说：可是我们家的鸭子左右脚蹼上各剪了个孔啊。

那人回答：鸭子第一次抢蚯蚓时被我在左脚蹼上挖了个洞，后来它不长记性，我挖蚯蚓时它再次凑过来，不小心又在右脚蹼上挖了个洞。你看，左右两个洞都没那么均匀呢。

面对这一说法，我顿时哑了声、傻了眼。

幸好，这愚蠢的鸭子这次突然变聪明了，认出了自己的主人。在我和母亲无奈转身要走时，它自己摇摇摆摆从鸭埘跑了出来，迈着两条小腿跟在我们后面跑。见此情景，龙尾村的那个村民再也无话可说，只能任由这鸭子就那么左右左右迈着摇摆步伐跟我们走回了龙背岭。

作为肉鸭品种的乌鸭，不是人类的伙伴，而是人类的肉食。它们存在的使命就是养大后在过年前的冬天里用来宰杀熏制腊味——当然，在立秋时节的中元节，家家户户的鸭群里也几乎都有一只尚未长大的鸭子提前被人抓去宰杀。

对此，我毫无办法。那一年的中元节，我看着混乱的鸭群里那只差点被龙尾村收编的鸭子恰好蹿到大人的脚下，被母亲一把抓住。

这个七月里，我在龙背岭飘香数里的鸭肉佳肴面前坚决不伸筷子。我下定决心不吃鸭肉。直到第二年的春节里，熏成腊味的鸟鸭肉炒红辣椒端上桌子，才终于禁不住美食的诱惑，就着鸭肉整整吃了三大碗饭。那个时候，新一茬的小鸭苗过不了多久又要被贩卖到龙背岭了。

会飞的鲤鱼

1

在位于赣西的乡村龙背岭，取土制砖曾是整个村落几乎所有人家的生计所依。泥土被烧成了红砖，龙背岭的坡地上渐渐便被啃出了一个个小坑、大坑。

与所有的原始的手工力气活儿一样，制砖的谋生之道最终被机器取代。机器制砖、旋窑烧结的砖厂出现了，龙背岭上的村民们败下阵来，无奈停止了手工烧制红砖这门营生。此时，整个“龙背”已经在取土的过程中一点点一点点被削掉了一两米。也有一些地方，陡然凹下去一个深坑。雨水充足的季节，慢慢便形成了一个个的大水坑。其中多数水坑很快干涸，也有一些可以常年或者大半年保持积水。

保持积水的深坑里突然有一天傍晚被孩子们发现了鱼！

这是无比奇怪的事情。在一个四周没有水渠、高处没有水源、附近没有池塘的山坡上，制砖取土挖出的深坑里竟然莫名其妙地生出了鱼。

大家确知，自始至终，村子里没有任何一个大人或小孩曾无聊地往水坑里投放过哪怕是半片鱼鳞。

水坑里捞上来的鱼，大的已经有三指宽，小的才孩子们的小手指大小。无一例外，都是鲤鱼。

老人们便说，这是下雨的时候天上“下”的鱼。他们信誓旦旦地说，年轻时曾亲眼见过夏天的狂风骤雨里“下鱼”。我爷爷告诉我，他就曾见过并在家门口的坪地上捡起过雨中落下的活鱼，放到厨房里还在活蹦乱跳拍打水盆。

不过，也有的老人说并不是天上“下”的鱼，而是鲤鱼喜欢在雨天里飞，飞着飞着看见水坑就落了进去，或者飞着飞着力气耗尽就落在了地上。

这些说法有着莫名的喜感，也自带着天生的画面感。我仿佛看见一群白肚皮的候鸟在雨中结队迁徙，有的性子急促便飞得像根箭矢般迅捷，有的性子悠缓便飞得像片羽毛般飘忽，还有的忽快忽慢一边飞一边从空中观察地下的环境。飞到近前了，才发现原来不是候鸟，而是大群大群没有翅膀的鱼。

龙背岭上水坑里突如其来的鱼最终被村民们确定为是飞来的，主要证据就是这些鱼全都是鲤鱼。

在龙背岭，祖孙父子口口相传的日常经验里，鲤鱼是唯一没有翅膀却会飞翔的鱼类。

只有鲤鱼是带有某种神性的鱼类。比如，一尺长的浑身通红或者浑身金黄的鲤鱼，就总给人几分神秘感，大家似乎都不太愿意杀来做菜。至于究竟是不舍呢，还是不敢呢，没有谁认真去探究过。

在龙背岭，饮食依旧遵循着古老的传说。几乎所有食物都有某种药性的偏向，有些菜性“风”，吃了容易浑身发痒、引起细微神经痉挛；有些菜性“发”，吃了容易造成伤口溃烂、催动暗疾暴发显露。风、发以及凉、寒等都是中医的词汇。

鲤鱼属于具有“发”性的食物，所以在杀鱼时要设法抽去鲤鱼背上的“鱼筋”——鲤鱼的筋是最“发”的部位。高明的主妇在鲤鱼背部两侧割出几个小切口，轻轻拍打，很容易就找到两根白色的“鱼筋”并抽取出来。

奇怪的是，鲫鱼、草鱼、鳙鱼、鲢鱼等鱼类却从来没有人说具有“发”性，所以也无需在炒菜前抽筋。似乎，大家默认了其他鱼类没有筋，只有鲤鱼有鱼筋。不知道这是什么道理。

每次想到鲤鱼筋，我就会联想到哪吒闹海故事里的龙筋。神话里法力无边者抽龙筋，是不是就是龙背岭的家庭主妇们抽鲤鱼筋的放大版？

是的，还有一个事情在鱼类里面只与鲤鱼相关，那就是跳龙门。只有鲤鱼跃龙门而成龙，没有鳊鱼、鲢鱼等鱼跃龙门而变身。

我后来揣测，可能是鲤鱼的唇边有须，与传说里的龙须有所关联。可是不对，还有鲇鱼、黄颡鱼的胡须更长更美。又可能是鲤鱼的鳞片金光闪闪，与神话里的龙鳞有些类似。可是也不对，我见过其他鱼类的鳞片也很美，更接近动画片里的龙鳞，却并不被关联到化龙的传说。

想不明白索性就不想了。我开始观察鲤鱼。我觉得最好吃的是三四寸长、两三指宽的鲤鱼。在龙背岭，一般鲤鱼长到这么大的时候正是南方辣椒初红的时候，新鲜红辣椒炒半大不小的鲤鱼，那种香甜简直是绝味。过了这个阶段，鲤鱼就慢慢长大了，雌鱼的肚子渐渐鼓起来，满肚子都是鱼卵。气温上升后，鲤鱼们便在水域滩地边缘剧烈抖动，产卵。它们喜欢在水流搅动的地方觅食。如果一片水域里有进水口，鲤鱼们往往会逆着水流冲上去，与逆流产卵的大马哈鱼倒有几分相像。不过我至今没有亲眼见过大马哈鱼溯游，我只见过鲤鱼逆着水晃动尾鳍扭着身躯冲上四五十度坡度的上游水沟。

我想象着，如果正好是夏天绵密的大雨落到鱼塘，加上斜刮着的大风，鱼塘里的鲤鱼冲出水面，被雨水和大风裹挟着移动到几十米外，似乎真有可能。

或许，正是这个习性，让龙背岭的村民们亲眼见到了夏天里在暴雨中飞到空中的鲤鱼，让他们相信鲤鱼会飞，相信鲤鱼跃龙门的可能性。

我再想象得细致一点，一场突如其来的暴雨带着风，从龙背岭刮过。穿过透亮的雨水之幕，会飞的鲤鱼正在村子里飞翔。它们首尾相连，顺着风从已经待腻了的池塘里跃起，飞向远处水量充沛的河流。但其中也有一些飞落到了另一个封闭的池塘，还有一些干脆落到了旱地上等待死亡。这真是五月里不幸的事情，会飞的鲤鱼，向往自由的鲤鱼，浪费了它仅有的迁徙机会。

想象的末尾，我添了几句小诗：只有鲤鱼是唯一懂得飞翔的鱼类 / 剩下的人们，只能怀揣拥挤的理想 / 等待成为过江之鲫。

2

会飞的鲤鱼不只出现在我所生活的龙背岭这一个村子里。在更广阔的空间里，我所生活的上栗县、我所生活的赣西，很多村子里对于世间有会飞的鱼这一点都笃信不疑。

我想，这可能与这一地区道家故事流传广泛有关。长辈们的故事中说，唐朝的时候，在我们家不远处的一个村庄里有个彭姓的孩子从小到道观修道。起初，祖师吩咐他每天割鱼草，负责把道观前水塘里的一百条草鱼、五十条鲤鱼养好。这孩子想要偷懒，心想：天天斫草，不是办法，不如把鱼儿赶到河里让它们自己去找吃的。于是他拿起竹条，指向池塘说："鱼儿鱼儿听我言，飞向河中做神仙，吃得饱来玩得乐，同去同归勿迟延！"接着他又把竹条朝河边一指，一队又一队的鱼儿顿时便从山上道观前的池塘里飞到山下河里自找食物去了。接下来的整个白天，牧鱼的孩子都可以随便在山上或者道观里玩耍发呆。到了傍晚，他又拿着竹条，口中念诵："鱼儿鱼儿听我言，飞回家去好安眠；玩得乐来吃得饱，同去同归勿迟延！"念完，又把竹条朝塘边一指，一队又一队的鱼儿便从河里飞向塘里去了。

这孩子虽然偷懒，但毕竟还是知道要对祖师负责，天天早放晚收，每天傍晚总是趁鱼儿飞回池塘里的时候仔细清点一次。一天，他清点时发现少了一条鲤鱼，马上着急了，怕祖师责骂。怎么办呢？想着想着，忽然心生一计。他拾起一块木炭，投入水中，施个法术后，将木炭变成了一条大乌鱼。但传说里的祖师并不好糊弄，他在晚上的时候发现池塘里少了一条大鲤鱼，多了一条大乌鱼，便问小道童怎么回事。这孩子只好向祖师坦白了详情，并表示马上去找回大鲤鱼。祖师说："不用了，让它成仙去吧！"后来，那条鲤鱼果然成仙了，它统领着附近河里的鱼群，安居在大石洞的龙宫里。村人看见鱼王有灵，便在此建起了一座"鱼王庙"。

我后来专门去看了一下这个地方，还真有个"鱼王庙"在那里，直到前几年还依旧保持着香火。

我又跑到那个名叫宝华观的道观去看。想要寻找道观前当年小道童放牧鱼儿的鱼塘，却未能如愿。这座建于唐开元年间的道观，后来据说曾与红巾军起义和弥勒教有过一些密切的关联，现在改为瑶金山寺，已经没有道家的元素了。

站在过去的道观现在的寺庙前，我仿佛看到了那个淘气调皮的小道童，他念：鱼儿鱼儿听我言，飞向河中做神仙；吃得饱来玩得乐，同去同归勿迟延。于是，一阵一阵的草鱼鲤鱼从池塘里起身，飞到山下的河里找食物。这是早晨的事情。

他念：鱼儿鱼儿听我言，飞回家去好安眠；玩得乐来吃得饱，同去同归勿迟延！于是，一队一队的草鱼鲤鱼从河流里起身，飞回山腰的池塘里过夜。这是傍晚的事情。

头箍发髻的少年道人挥动竹条，指挥会飞的鱼儿早出晚归。他更乐于将这些鱼当成山羊来放牧，只在睡觉前将数目清点一遍。

我还听见他受了老师父的责罚后坐在道观门前小声地哭。哭到后来，又想起自己明天要守护整个后山的果蔬，驱赶野兽。这个牧鱼的少年赶紧掀起道袍擦干眼泪，到木匠的手中借了一把斧头，斫了只小木虎。道童放下斧头后，木老虎马上撒开四蹄飞跑着到了后山，从此每天巡山守护着菜地里的瓜果和菜蔬。

——我没能见到水塘，也没能看见一队队飞去飞来的鱼群。天色已晚，我望一望这栋建筑的后山，在那里，似乎看见一只吊眼白额的老虎，正伏地待食。

故事里的神仙人物，似乎就在我们身边，并且始终未曾离开。而道家故事似乎多了几分家常味，里面很多的神仙，都是平常的人物。借助一群被当成羊群放牧的鱼，让知识不多的村民们，感觉到道家的神秘似乎触手可及，似乎随时都在护佑着众生。

3

几乎每年六七月间，龙背岭都得发一两场大水。洪水冲垮房屋之类的灾害虽然几乎不曾出现过，但漫浸河流两岸农田里的稻子和蔬菜的情况却是常见——只是每年的程度不同罢了。有一年我看到大水浸到了水稻的脖子，剩下灌浆的稻穗在水面之上挣扎。还有一年，我见到头一天还微垂着头颅的稻子，一夜之间全不见了，波浪代替了稻浪。再过一天，水退后的稻田是那么平整，所有的稻子全部卧倒在地，即将成熟的谷子，就这样躺在淤泥里哭泣。

尽管如此，我还是盼望着每年发大水那几天。

经过龙背岭的那条河究竟是“渌水河”还是“漉水河”，我始终没有搞清楚。我甚至怀疑，村子里就根本没有任何一个人搞清楚过——因为我经常听见村里的老人和学校的老师都只是称它为福田河。一条河流经过福田镇龙背岭就叫福田河，经过田中村就叫田中河，那它得有多少个不同的名字呀！

当然了，关于一条河流的名字并不是我们要讨论和关心的。我们只关心着福田河发大水的那几天。

涨大水了，孩子们就可以去溪流里捞鱼呀。都说大河有水小河满，大河从上游的水塘里、沟渠间漫过，到了龙背岭，溪流沟渠里也就都满水了。从上游水塘与河流里偷渡而来的鱼虾，正好一头撞进人们打捞的渔网之中。

其实更大更多的鱼在河里，大水初起和退落的时候，村子里总会有那么几个心思活络的人到河流边用水桶一桶一桶地往家里运鱼。不过我只能羡慕着他们，父母是不可能同意小孩子在涨大水的时候去河边看大水或者捞鱼的。

据说，每隔几年，大水都会冲走一两个看大水时立足不稳或因为河堤垮塌而掉落河里的孩子。不过事情过去这么多年后，我却一个确切的例子也想不起来。或许，人们对于伤痛的遗忘能力还是太强了一些；也或许，根本就没有过那么几个孩子被大水冲走，这只是大人虚构出来对孩子的一种夸张警告而已。

对，你可能已经注意到了，在这里，我用了一个新奇的词语：看大水。在赣西以西湘东以东的山区，看大水，是一个带有鲜明形象的行为动作。夏天里接连下过几天大雨，河里的水很快就漫上了河岸，村子里的人就会赶到河边稍远处不那么危险的地方去。站在那里指指点点，看着浑黄的滔滔河水，夹带各种杂物，从上游奔腾而来。这种浩大的声势和涌动的波涛，是平时很难见到的，似乎这劈波斩浪勇往直前的河流里，也寄寓了很少走出山村的村民们内心深处某种梦想。

看大水除了看水潮，也看被水淹过的洼地和草木，还看雨水中远远涉着浅水赶路的人。当然了，更看村子里的那些"胆大鬼"拿着长柄锄耙从河流里钩拦顺流而下的树木杂物、在河边上撒网捕捞被激流冲晕头脑的大鱼。

我们这些孩子则被勒令离得河流远远的。即使在大水退去之后，也不准靠近河堤，因为谁也不知道被大水泡软的河岸什么时候会崩塌到浑浊且依旧湍急的河流里。

幸好，在远离河流的地方也有几个山塘。因此我们不一定要到河边和溪流沟渠里。有时候只要雨稍大一些，山塘里的水漫过了塘坝上溢流的涵洞，家门口的小水沟里就会有小鱼从山塘脚下顺流而下。这时孩子们就会拿个小网，顺着水沟一路捕捞到塘坝之下。要是涨过大水之后就更好了，水沟里往往留下山塘里漫出的半大鲤鱼，每条差不多都是小孩子三个手指头并拢那么大，在浅浅的水中挣扎，捕捞起来简直太容易了。

要是没有被捕捞，这些鱼儿就会由小水沟到大一点的沟渠水圳，与从河里漫过来的鱼虾会合，从此就生活在水圳沟渠和溪流里了。等待某一天心血来潮的人们，拿着小捞网打捞出一顿美味的晚餐。

4

在龙背岭，鱼是个模糊的概念。村民们口中的鱼类，既有鲤鱼、鲫鱼、草鱼、乌鱼等常见的品种，也有鳙鱼、鳊鱼、鲢鱼、白浪古等相对更杂的鱼种，很多时候还有其他很多泛指的水生动物。比如河虾，人们就叫它“虾子鱼儿”；黄鳝，就叫作“黄鳝鱼儿”；泥鳅，就叫作“泥鳅鱼儿”；而王八或书本上所称的鳖，在龙背岭就只有唯一的名字——团鱼。或许，在龙背岭的人看来，只要在水里游的，能够被作为水产品吃的，都可以冠以“鱼”的后缀吧。

我忘了告诉你，在龙背岭，“儿”是一个带有浓郁亲昵味道的方言后缀，一般跟随在比较轻、小的事物名称后面，词义有点类似普通话里的“儿”。

尽管有着福田河，而且很多人家还专门挖了池塘养鱼，但实际上村民们吃鱼的时候并不多。毕竟不是专门的渔乡，也不是每家每户都会有时间和闲情经常到河里捕鱼。

可能物以稀为贵吧，吃惯了蔬菜的人们一旦在春夏之际能有一碗新鲜的小鱼做菜，简直就是难得的美味。因为小鱼太过好吃，人们不知不觉就会多吃两碗饭了。所以龙背岭的人们常常念叨着：“唉，新鲜鱼儿是个偷饭贼啊。”而孩子们则更愿意念叨另外那首没头没尾的民谣：“鱼儿是只鬼，偷了油盐又偷米。”

因为好吃，孩子们自然也想经常去捞鱼。但福田河里水太深而且水面太宽阔，用捞网捞鱼似乎不太现实。而且父母从安全的角度出发，一直都是严禁孩子们下河的。幸好河里也经常有打开水坝放流的时候，这时福田河就只有浅浅一层清水了。我们抓住时机跑下河，常常是几个人围在一小块长满青苔的水域，一只小脚并着另一只小脚，一寸一寸挪动着踩过去。那种青苔绿油油的，毛茸茸的感觉踩上去很是舒服。不但孩子们喜欢这种感觉，连鱼虾也恋上了它们，习惯藏进青苔下安享这个夏日的午后时光。就像地上的小孩子不安分一样，水里也有一些鱼虾不安分，绕在长满青苔的水域一圈又一圈地游动。被人在水里一搅和，受惊吓的鱼虾迅速钻进青苔里面藏身，然后又被几只小脚丫一寸一寸地压迫。突然地，脚板下感觉到一种突起，或者是一下挣扎，伸手下去，撕开青苔，这些鱼虾在这个夏天的梦从此被腰斩。

有一次我一个人发呆的时候突然想到：一条鱼本来好好地在水里活着，自由自在地游戏、玩耍、觅食，却不幸地突然就被孩子们的围捕打乱了一切，从水草里霎时间被捕捞上岸，这种结局，是不是一种残忍的安排呢。

不过，河坝开闸放水的时候并不很多，更多的时候我们喜欢拿着捞网到村子里的小溪和沟渠里捞小鱼。在溪流边，有一口废弃的水井。曾经是村子里大半人家挑水的地方，但后来多数人家都在自家门前屋后打了深水井，用压水机提压地下水，到外面挑水的人家渐渐少了。小溪边露天的水井慢慢地也就没人打理，靠着溪流一侧的井圈被暴雨冲刷出了一个缺口，溪水有时也直接流进井里。曾经每天清早为村民们提供清水的公共水井，终于被废弃掉了。废弃的水井成了村民们洗刷各种物品的水坑，底部的淤泥越积越多越积越肥，偶尔也有一些小鱼从废井里露出半个头来呼吸。

过年前家里杀了一头猪，收拾完毕后我将切了猪肉的木盆和砧板拿到废井边清洗干净。我一边清洗，一边看着细肉屑掉进水井坑里，很快就有一些黝黑的小鱼脑袋冒出水面在那里吞食。清洗完东西，我马上跑到家里拿来水桶和捞网，想着能否捞到三五条小鱼回家。

等到我一桶一桶将井坑里的水舀干，看到水井底部密密麻麻的鱼，顿时惊喜过望。可能因为长久在水井里生活，淤泥中有着丰富的食物，又从来没有天敌和村民的捕捞，井里的鲤鱼竟然有的已经有巴掌大小，算得上大鱼了。手忙脚乱地将井里的鱼捕捞干净后一称重，竟然在这小小的废井里捞出了将近一百斤的鱼！

这次意料之外的丰硕捞鱼成果，成了我炫耀好长一段时间的传奇。

其实，龙背岭有很多人家也养鱼。不过当地的民谚说：放塘的人家吃鱼屎。意思是说虽然家里放养了鱼塘，但草鱼等大鱼冬天里捞出来之后都得卖掉，自己舍不得留着吃。就像养猪的人家一样，只能留些猪下水和肚腩肉等不好吃的自家吃。

家里有鱼塘的人家一般都是冬天里过年前一段时间抽干池塘里的水进行捕捞，然后趁着大家置办年货的时候将草鱼等大鱼卖出去。大鱼全部捕捞上岸后，主家也会对池塘里其他的杂鱼进行一番清理，不过这个过程肯定是粗糙和简单的，被抽干池水的池塘底部淤泥里，到处还有一些小鱼在蹦跳挣扎。这个时候，附近的村民们可就不客气了，不顾刺骨的冰水，冲进池塘里抓捕各种小鱼。一时间，池塘里到处都是发现一条大鱼的惊呼声和在淤泥里艰难行进的声音。这个过程往往要持续一个小时左右，到后来，下塘抓鱼的人都是满身满脸污泥，手里提着的铁皮桶也会有那么三五斤小鱼的收获。

龙背岭的人们将这个事情称为“抓干塘鱼”，在村民融洽的关系里打了放塘的主家一顿“秋风”，也收获了满村子的快乐和傍晚时分家家户户餐桌上的鱼香。

5

除了捕鱼，我们也经常去捞虾。在龙背岭，捞虾和捕鱼是两个完全不同的概念。尽管鱼、虾在很多时候被龙背岭的人们混为一谈，但在捕捞的问题上，绝不含糊。今天出门去捕鱼就说去捕鱼，去捞虾就说去捞虾。

时间往往是夏末秋初，这时的龙背岭万物都开始慢慢沉静下来，气温也正好适宜赤足下河。到了寒露，是河虾最肥美的季节，捞完“寒露虾”之后，冰冷的河水也已经不适宜亲近了。

在福田河里，小虾自由自在地游弋着，沿着河边的水草和石头边缘，我们经常可以看见大大小小的河虾们像学校里做课间操一般排成队列攀附在那里。

福田河的河水是那么清澈，人们都能看清楚每一只小虾不停地在摆动着十只细细的脚。有时候伸手一扑，还真能捧起来几只小虾。当然，还有更多的小虾栖身在水草之中，并不排着队趴在岸边任由我们观察。

徒手在沿岸的石阶水草上捕捞几只小虾，那只是闹着玩耍的，真正捞虾不能徒手，得用捞网。福田河岸边留了几个下河的石头台阶，一步步延伸到河里，平时主要是供妇女们下到河边洗衣服的。有了这个台阶，夏天的时候孩子们到河流里玩水也算有了一个固定的安全位置。捞虾的人，一般也是沿着这些台阶下到河里，然后，拿着捞网顺着河道一路捕捞过去。河道靠着河堤的边缘总是长满了杂草和柳树，那些柳树根穿透了土壤探入水中，看上去细、密、柔、嫩，很适宜河虾们依附和躲藏。捞虾的人将捞网顺着水底兜过去，将一丛水草或树根网入了捞网中，伸手抓住它们在水底抖动几下，河虾们便纷纷落入了捞网。小心地将捞网提出水面，捞网底部便聚集了一小撮大小不一的河虾。

捞到的河虾要放在随身携带的容器内，这种容器一般都是脸盆或是铁桶。大人们技术高超，可以一边捞虾一边用双脚卡住浮在水面的容器不让它漂走。我们这些小孩子可不行，因此我们去捞虾时往往都是两个人一组，一个人负责捞虾，一个人负责端着用来盛放捕捞成果的脸盆铁桶。与装鱼的容器不同，装虾的容器里可是不能有水的。大人们告诉我，虽然河虾生活在水里，但捕捞上来的河虾一旦放到水盆里，很容易就会“化掉”。我一开始并不相信，尝试了两次之后，果然有少量的河虾在水盆里死去之后身躯颜色很快变淡，逐渐融化到水里。

在多次下河捞虾的实践后，我现在已经知道，河虾是没有固定的巢穴的，它们浮游在水里，捕食，游戏，累了就依附在水流舒缓的水草杂物和泥沙之上。怪不得赣西的人们都说“大鱼吃小鱼，小鱼吃虾米，虾米吃泥巴”呢。

捞虾的人谁也不知道某一丛水草树根中聚集着多少河虾，只能沿着河道一路过去将每一丛杂草树根都捕捞一遍。由于水流急缓等种种因素，河道边缘的杂草树根中有的地方河虾聚集得密一些，有的地方聚集得少一些。少的时候一网下去只有那么三五只，多的时候一网下去就会有几百只，大人的手掌一把都抓不完。

这么说起来，似乎捞虾的成果主要靠运气了。但事实并非如此，有的人懂得沿着河道逆流而上进行捕捞，那样在捕捞过程中形成的浑浊水流全部往下游冲走了，既便于观察也不至于惊动旁边草木间的河虾。要是捞虾的人反其道而行，收获自然会更少很多。还有一个技巧在于，捞虾时捞网不能太过贴近河底兜过去，否则捞起来的可不仅仅是河虾了，还有大量的泥沙、青苔、螺蛳以及各种水生爬虫之类，从这些杂物之中将河虾挑拣出来，可就要费上一番工夫了。尤其是那种软软的青苔，将河虾包裹在其中，基本上没法剔出来。

有一次我和妹妹合作，幸运得就像海边捕鱼的人遇到了渔汛一般。将捞网伸到水草树根下，抖动几下提出水面，顺手就将捞网底部兜住往上一翻，网里大量的河虾就全部在脸盆里蹦蹦跳跳。仅仅走了三四百米的河道，竟然捞了满满一脸盆的河虾。收获满了之后，就有点心不在焉了。我一边跟妹妹说话，一边不经意地将捞网伸到水里的大丛柳树根下。习惯性地抖动几下，提出水面，顺手就去翻捞网。

我看到捞网里一条肚皮金黄的大蛇正在翻滚扭动！它那么大，蜷曲的身子几乎将整个捞网塞满。一瞬间，我脑海里一片空白，然后很快反应过来，以迅雷不及掩耳之势将捞网往下游河道中间一扔，拉着妹妹就朝河流侧上方跑。等到大蛇游走到下游好远，爬上河堤再看不见了，我们才敢追跑过去将顺流漂了几十米远的捞网给捡回来。

让我们开心的是，第二天龙背岭的孩子们都只知道我和妹妹如何在头一天捞虾时不惧两米长的大蛇、从容应对的英勇，却没有任何一个人提起过我们当时将捞网都扔到远处的惊慌和恐惧。

6

我家里没有鱼塘。这让我总觉得非常遗憾，认为少了“干塘”抓鱼的乐趣，也少了很多炫耀的机会。

幸好，父亲想了办法，稍稍弥补了这种遗憾。他将家里靠着小溪不远的那块稻田稍微垒高了一些田埂，种下水稻后在稻田里掏了几条田字形的沟。然后，买了一批小鲤鱼放进了稻田。这样一来，我家里也算是养鱼了！

这可把我高兴坏了。父亲在田里放鲤鱼的那天，我兴致勃勃地拿着捞网跑到附近小溪里整整折腾了两个小时——我从溪流中捞了几百条小鱼苗，一并放到自家的稻田里养着。因为额外捞了鱼苗放进去，从此这稻田里的鱼也有我的份额！

在稻田里养鱼其实算是龙背岭的一个传统了。不过由于有一段时间村民们学会了在种田的过程中撒石灰杀虫，偶尔也用点化肥农药，稻田里便再也养不活鱼了。这一次父亲专门选了一块水田来进行稻鱼共作，自然就不能在翻耕时撒石灰消毒杀虫除草，也不能使用任何农药化肥了。于是，我又多了一项任务，隔一段时间就要陪着父亲下稻田里清除一次疯长出来的杂草。拔草的过程中，手里好几次都滑过一条躲在草丛里的小鱼，让人兴奋不已。

养鱼的稻田里要专门掏几条沟，这自然是作为鱼儿活动的水道，更是为了在水稻不能被漫浸的那个生长阶段确保鱼儿还是有存身的深水之处。其实大多数时候稻田里的水是满的，鱼儿并不局限于在水沟里生活，它们是在整片水田里游弋的。

小鱼们一边游动着，一边看到有落到水里或者是附着在禾苗底部的虫子，自然是马上张开小嘴就将它们给吞了。这个无心之举也算是为水稻减少了虫害，同时也让鱼儿们找到了充足而富有营养的食物。

随着季节的推移，天气越来越热，稻田里的水毕竟不深，烈日晒烤着很容易就会将水给烤热了。幸好，此时稻田里的禾苗也越长越茂盛，水沟慢慢就在禾苗的掩盖下形成了一个阴凉庇护所，供鱼儿们栖憩。

给养鱼的稻田除过第三遍草后，水稻扬花了。密密麻麻的稻花只在抽出的稻穗上停留几天，一阵风过后，便纷纷扬扬落了满田的花瓣。一同落下的，还有弥漫整片田野的稻花香。这时稻田里的小鲤鱼已经长到孩子的三个手指宽那么大小了。它们正在长身体、渴望更多食物的时候，落下的稻花正好满足了他们对食物的需求。

有几个早晨，我都在稻田边隐约看见鲤鱼们露出半个脑袋，张着小嘴吧嗒吧嗒地吞食落到水面的稻花，似乎整片田里都在发出声响。

不知道什么原因，这时稻田里的鱼似乎只剩下鲤鱼了，我从溪流里捞来放养的其他各类小鱼苗，好像一条也见不着了。可能也正因为如此，正因为杂食性且生命力强的鲤鱼最适宜稻鱼共作，龙背岭的村民们一直都是将稻田里养出的鱼统称为禾花鲤鱼。吃过一季稻花的鲤鱼，似乎本身也带有了稻花香与禾苗的香味，炒成菜肴之后都带着别样的清香与甘甜。

水稻扬花灌浆之后，需要有几天的时间干燥少水才能长得更壮实，禾苗蔸部不能泡在水里。为了水稻的收成，这时养鱼的稻田里也不能漫浸了，甚至连田字形的水沟里都只有不到10厘米深的水了。鱼儿们都缩回了水沟活动，渴望尽快熬过这几天的时间。

偏偏意外就在这几天发生了！有一天傍晚我照例去稻田边观察，一边观察还一边想象着禾花鲤鱼的香甜，却疑惑地发现，水沟里的鱼似乎少了很多。我绕着田埂四向跑了两圈，最终确认确实少了很多鱼。

其实，稻田养鱼存活率是不高的，一百条鱼苗放进去，经过几个月的放养，由于干渴和虫病等原因，加上鱼苗本身就有一些体质比较弱小的，待到水稻成熟前，能够剩下四十条就非常不错了。但是，熬过了前几个月的时间长大的鲤鱼，这样几天时间内突然就丢失许多的情况却很少见。难道，稻田里来了偷鱼贼？

我顿时心急如焚，赶紧跑回家叫来父亲。父子两人左看右看，终于在靠近田埂处的一个水沟边发现了端倪。水沟的边坡上有一片细细的爪子痕迹，一直延伸到了田埂高处的一个洞穴里。掏开洞穴一看，洞口边上就留下了几条残缺了一半身体的鲤鱼。

原来，该死的老鼠趁着稻田里水浅了，晚上拼命地在那里抓咬鲤鱼，甚至还将咬死的鲤鱼拖回洞穴里！

发现这一情况后，父亲当机立断，决定不再给老鼠以机会，马上就“干田”捞鱼。捞到一半的时候，我惊喜地在捞网里发现了一条金色的红鲤鱼，在夕阳的映照下泛出美丽的光芒。我顿时被这条小鱼给吸引住了，将捞网一扔，捧着这条红鲤鱼就往回跑，决定送回家里用清水好好地养着这条漂亮的鲤鱼仙子。稻田和家里有五六百米的距离，而提来的水桶都被父亲装鱼了，我就那么双手捧着红鲤鱼，飞快地跑，飞快地跑。

路上几个邻居看见我捧着鱼，一脸严肃地喊：别跑太快了，这鱼跑回去会渴死闷死的，快点对着它的嘴巴呵气做人工呼吸啊，这样鲤鱼才不会死掉。

我听了，生怕这可爱而美丽的小鲤鱼被渴死闷死，赶紧将鱼捧到下巴处，低下头对着一张一合呼吸困难的鱼嘴巴呵气，一连吹了好几回，才又赶紧继续往家里跑。跑到家里一番折腾将红鲤鱼放进水盆里之后我发现它竟然半翻着肚皮浮在水里。

看着鲤鱼这个样子，我觉得好伤心也好自责，怀疑是自己路上给鲤鱼做人工呼吸时吹的气太少或者太迟了。幸好，过了十多分钟，这鲤鱼竟然又正过了身子，在水盆里缓缓地游动了起来。刚才还半死不活的红鲤鱼，活过来了！

我终于高兴起来，开心地跑出了家门，准备再去稻田里帮父亲继续捞鱼。走到半路，却看见妹妹正在那里伤心地哭呢。原来，她抓了两条小鱼，打算带回家养在水瓶里。可是，走到半路她就发现，由于自己攥着小鱼的手掌用力太猛，掌心里的两条小鱼都被捏扁了，有一条还被直接捏爆了肚子！于是她就在路边伤心地哭了起来。

新收稻麦遣天尝

大暑到来之前，龙背岭的稻子必须抓紧收割完毕。大暑前后，要在收割后第一时间翻耕的稻田里种下晚稻秧苗。

农谚说：大暑不割禾，一天失一箩。这失去的可不仅是因为过于成熟而脱落的稻粒，还有因为插秧过迟造成的晚稻减产。

金黄的稻子和碧绿的秧苗，写在纸上很有诗意，可是亲密接触却实在太苦太累。

面对“双抢”，家里的每一个人都是收割早稻的重要力量。天刚亮，一家人就到田里割稻了。随着时间推移，太阳渐渐移向头顶，脚下稻田里的水也变烫了。一整个上午，浑身的衣服被汗水浸湿又被太阳烘干，反反复复不少于几十次。

这么热的天，大家却穿着冬天厚厚的旧外套，这是为了避免弄脏夏天的浅色衣服，而且厚衣服也可以更好地保护自己的皮肤不被稻叶割伤。除了这两个原因外，穿厚衣服在烈日下劳作还有一个好处，那就是更便于吸汗。

收早稻、种晚稻这几天，差不多是龙背岭的村民们一年里最辛苦的时节了。等到夜幕降临，无论大人小孩，大家都觉得自己浑身的力气已被用光了，浑身的汗水也都流光了——

尽管在“双抢”中，孩子们仅仅只是承担辅助的工作，更多的重活儿累活儿都被大人们承担了。

经过整整一个星期的忙碌，龙背岭的早稻才收割完毕并且晾晒干燥。傍晚的时候，家家户户开始搬出木风车，将稻谷里的灰尘、秕谷清除掉，留下金黄清爽的谷子，一担担挑进谷仓里堆成谷堆。

这一切，在大暑节气的前半段，基本都收拾到位了。大暑节气的后半段，龙背岭打米坊的机器开始轰鸣起来。新收获的谷子挑过去，很快成了剥壳抛光的白米。

龙背岭的人们说，这第一担谷子打出来的就是今年的新米。新米确实够新，从稻田里收获上来才十来天呢，就到了村民们的餐桌上。那新米的香味，闻起来就让人垂涎欲滴。

可是，即使新米蒸出来的第一锅饭上桌，孩子们也只能先按捺住自己的嘴馋。

他们得按照母亲的吩咐，从家里搬出小方桌，摆在门口坪地上。然后点燃香烛，拿干净的饭碗盛一碗新米饭供奉在方桌上。

母亲告诉孩子，这是“敬天”。龙背岭祖祖辈辈传下来的规矩，新米碾出后做出的第一餐、蒸出的第一碗饭，必定得是敬天的，以此感恩上天安排阳光雨露，让稻谷在风调雨顺中茁壮成长。

这个规矩牢牢刻印在龙背岭的人们心中。因此，每年大暑节气新米上桌的时候，大人们都会提前叮嘱小孩子，千万不可在饭熟后抢先从饭锅里盛一碗，而是必须先给老天爷盛了饭、敬过了天后，才可以盛饭吃。

这个习俗，被龙背岭老人们称为“食新”，也可以叫作“吃新米，敬老天”。

除了水稻，龙背岭也种麦子。是的，在龙背岭，没有谁将麦子称为大麦或小麦，也没有谁认真去细究具体的品种，在这里，麦子就是官方的称呼。在这里，麦子只种一季，冬天到来的时候播种，夏天到来的时候收获。

芒种节气一到，种在山坡上旱地里的麦子就要收割了。傍晚的时候，在阳光的映照下，麦穗上尖尖的麦芒迎着夕阳反射出银灰色的光芒。调皮的少年沿着小路边开满红花的酢浆草寻找传说中的幸运草。找着找着，就来到了麦地里。队伍顿时失去了控制，你追我赶的游戏让大片整齐的麦子凌乱倒伏，一片狼藉。

麦地并不是一个玩游戏的好场所。麦芒扎刺着胳膊，划出了浅浅的线条状红痕。汗水流过手臂，顿时感觉有些轻微的刺疼。过了没多久，大家便都钻出了麦地。过了几天，要收割麦子了。倒在地上的那些麦子，人们得蹲在地上，花上比割其他麦子多两倍的时间才能割完。

在龙背岭，一块土地种什么作物，就会被家里人称为什么地或什么土，因此麦地并不是一个固定的称呼。麦地里的麦子收割完毕，土地空闲下来，过不了多久又被村民们挖土整畦，种上红薯或者其他蔬菜。这时，麦地就改名为红薯地或其他某种蔬菜地了。

麦子割下后要运回晒谷坪脱粒，然后晾晒。新脱粒后的麦子有一股清香味，扔几粒到嘴里咀嚼，感觉还有点湿软。但晒过几天后就不同了，此时的麦粒如砂石一般干硬。

拾掇好的麦子用箩筐装着，收进粮仓里。龙背岭的人家并不以麦子为主食，因此种的麦子都不多，每家也就只是打那么两三箩筐的麦粒。

新麦用来做什么呢？先装上一脸盆，用石磨磨成面粉，然后与米粉混合制作成褐色的麦子粑粑。在龙背岭，粑粑还有另外一个并行的名字：米果。这种糕点食品，蒸熟之后又软又香。制作材料可以用米粉，也可以用高粱和麦子粉。春天的时候，有时还会加上艾叶，夏天的时候，有时也会加上一些药草叶。这样制作出来的糕点就被相应称为米果、高粱米果、麦子米果、艾米果、药米果了。

麦子米果吃起来口感粗糙，但是韧性足，也别有一番风味。这种糕点，每年吃个两三次也就够了，并不能当成正餐食物。要作为口粮补充的话，得将麦子做成面条。

但是这么多麦子要靠手工去磨成面粉再制作面条可是一个大工程。

幸好，龙背岭紧邻着的龙尾村有户人家买了打米机和磨粉机，平时“突突突”为附近村子里的人脱壳打米，或者是磨米粉。芒种过后不久，新麦晒干，就开始集中为村民们磨麦子面粉了。

这个磨面粉的人家颇有头脑，他并不仅仅是将麦子磨成面粉，还更进一步，制作成了面条。因此，拎着大米去磨米粉，龙背岭的人都说是去打米粉；挑着麦子去磨面粉，龙背岭的人却说是去换面条。

白天有白天的农活儿要干，村民们去打米、换面都是赶早。但大家都这样想着，便都凑一块儿了。为了避免排队耽误时间，勤劳的人家便只好更加赶早。

天才刚蒙蒙亮呢，孩子们就被母亲叫醒了。将晒干弄净的新麦子装进箩筐里，母亲便带着孩子出发了，踩着露水走两三里小路，来到龙尾村换面的地方。

麦子并不能直接换成面条，而是先要排队将麦子倒进磨粉机里磨成面粉，然后将面粉称重，再换成面条。在磨面粉的屋子里，我不知道有多少孩子跟我一样在心里琢磨过：这个能像童话故事里那样称为磨坊吗？

屋子中间安装着磨粉机，一旁摆着码放整齐的手工面条，另一旁自然是让挑麦子的人放箩筐的地方了。磨完一户人家的麦子，这磨坊主人就会问："换成面条吗？"

几乎每个人都选择直接换成面条。这还用说吗，大家连个装面粉的布袋都没有带，难道还打算用箩筐将面粉装回家？

一斤面粉能够换八两面条，但同时还要补上一些加工费。回家的时候，孩子就可以帮助母亲挑着换来的面条了。

龙尾村的面条都是手工制作的，扁窄细长的白色面条堆在一起很是壮观。我总是趁母亲不注意时抽两根面条出来，塞到嘴里嘎嘣嘎嘣地嚼着吃。可是这面条太脆了，往往才在一头咬了一口，马上就从中间崩成了两三截。但这面条一遇到水就像没有了骨头，每次煮面时我看着母亲抓一把面条往锅里的开水中一放，它们几乎不用两秒钟马上就有了生命一般软塌了下去。

新麦换回的面条，除了家里少做了饭或忙于农活儿没时间做饭时煮两碗充饥外，散装的有时候也可以用纸包成一斤重量的一卷，走亲戚时作为最简单的礼品。不过，在以米饭为主食的赣西地区，煮面充饥和拿面条走亲戚的时候都不很多，这几十斤面条可以从芒种节气一直吃到大雪纷飞的时节。

大雪纷飞的时节，新一茬的麦子早就长得绿油油了。细长的麦苗有点像换了颜色的面条，若远远地看过去，也有点类似韭菜。我有一个同学在很小的时候，曾有一次误将冬天的麦子当成了韭菜，多年以后我还拿这个事情嘲笑他。其实，我自己也曾有过错认的时候。地里有一种杂草，长得与麦苗特别像，且也是一丛丛生长，在初春的时候很容易混淆。我有一次就将麦地里的杂草错认成了麦子。

这种错认只会发生在冬天和初春，到了春天的末尾，麦子长高了、抽穗了，特征明显，自然就好认了。不过话也不能说得这么绝对。芒种时节，还有一种植物也差不多成熟了。这种名叫野麦子的植物，就像营养不良的麦子，但不会长出麦穗和麦粒，龙背岭的村民们将它作为一种治疗体虚的草药。

野麦子经常与麦子混杂长在麦地里。我一直怀疑，野麦子是自己头一年和伙伴们在麦地里疯玩时弄脱落的麦粒发芽长成的。

池上龙蛇惊蛰起

过了小满，盛夏就要到来了，这是蛇类高度活跃期的一个时节。古诗里面说“池上龙蛇惊蛰起”，实际上，“小满走群蛇”才是更符合江南山间生物活动规律的表述。

小满节气的时候，生物课本正好讲到蛇类。班上的老师在讲课之前，反复提醒大家不要跑到山上去，以免被蛇咬伤。生物课本上说，蛇是一种群居动物。为了形象地说明蛇的群居性，小学生物老师举了一个例子，说前几年龙背岭上有个村民在山上挖土时不小心挖出来一条蛇，村民顺手拎着锄头就将这蛇给打死了。可是，一转身，发现草丛里又爬出来一条蛇，他壮着胆子将这条蛇又打死了。可是，他很快发现自己刚才打死第一条蛇的地方，从挖开的土坑里爬出来一大群蛇。这个村民以为是惊动了蛇神，它显灵驱使了蛇群甚至让这山上的蛇被打死了又活过来，吓得将锄头一扔，火急火燎地赶紧逃跑，回家后还在不停念叨着“恕罪，恕罪”。

老师举这个身边的例子告诉学生们，并不是蛇神显灵，而是因为蛇是群居的，蛇窝里出现一条蛇，往往可能附近有一群蛇。

听了这个故事，坐在教室第二排的我咬着嘴唇默默不语，也不像其他同学那样发出“啊”“哈”之类的感叹词或者倒吸一口气的声音。

因为，故事里这个村民，是我的父亲。

这个故事发生的时候，我也在那片山坡上跟着父亲一起挖土。

就是那一次的经历，加剧了我对蛇类的恐惧。

龙背岭的孩子们，除了怕鬼之外，最怕的可能就是蛇了。虽然村子里几乎很少听到哪个村民被蛇咬伤的消息，但对蛇类的恐惧仿佛是与生俱来的。所以，大家遇到蛇，都是远远地躲开。实在避不开，就会吆喝着找石头、锄头之类将蛇打死。

但是，夏天里爬到家里的蛇，村民们认为那是先人所化，若打死了，会带来厄运。甚至，出于某种难以言说的心理，大家还给蛇取了一个隐晦的代称，叫作小龙。于是，大家一旦发现家里进了蛇，总是小心翼翼地用竹条远远地驱赶，一边赶一边念叨：“蛇儿蛇儿，家里的情况你也看了，现在请你离开吧。”若是蛇不走，就用捞网小心将蛇网住，远远送到山上的草丛里，总之就是不能对它动粗。

小满节气的时候，蛇类已经从冬眠中苏醒后度过了一段时间，食物也充足了。但是天气又太热，蛇类也喜欢找阴凉的地方休息，所以喜欢爬到村民们的房子里。可以说，龙背岭几乎家家户户都有过一两次家里进蛇的经历。甚至，有的蛇根本就赶不跑，它就在家里的阁楼上安家，年年夏天都在主人家眼前露面几次，到了冬天，就缩在阁楼的角落里冬眠。这种蛇，被大家称为家蛇，龙背岭的人们认为这是守护家宅的生灵。说来也奇怪，家蛇的性情似乎都很温顺，只要你不去惹它，它自然也不会咬人。就这么着，一家人与一条蛇便在同一个屋檐下相安无事地生活下来了。

邻居家里的屋后有个水沟，从小满节气前后开始，每天傍晚七八点钟的时候，都会有一条两米多长的乌梢蛇到水沟里洗澡冲凉。洗完澡后，再顺着坡爬到后山的草木深处。它每次出现都那么准时，仿佛到这屋后的水沟里洗澡已经成了这条蛇的一种生活规律。老人们说，乌梢蛇的洗澡水有神奇的治病效果。不过，考虑屋后水沟里的水实在太脏了一点，没有谁真去舀一碗试试效果。

乌梢蛇长相有一点狰狞（在怕蛇的孩子眼中，哪一种蛇不狰狞呢？），但它实际上是无毒的。与它类似的，还有一种菜花蛇。我第一次听到菜花蛇这个名字时，觉得有一点可爱，甚至以为它是吃菜花为生的，春天里去开满白菜花的菜园里时都要小心翼翼地查看几遍，确认菜花里没有盘踞着菜花蛇。后来我无意中知道菜花蛇的另一个名字“王锦蛇”时，简直吓了一跳。幸好，大人们告诉我，菜花蛇叫王锦蛇并不是它的毒性有多么霸道，而是因为菜花蛇的头部就像老虎一样有黑纹“王”字。头顶着王字花纹的菜花蛇没有毒，但这并不意味着它的性情有多么温顺。龙背岭的老人们都说，菜花蛇是一种吃蛇的蛇，它有时会将一整条毒蛇当作食物吞进肚子里。

前面说过，龙背岭的人们见到蛇一般会远远绕开，但若绕不开时就会想方设法打死它们。对此，老人们的说法是：见蛇不打三分罪。老人们的话真是有意思，每一件事情、每一种做法甚至是相反的做法，都能找到一句相应的古话来自圆其说。我曾几次见过村子里的大人们打蛇。龙背岭有一些稻田在高处，为了灌溉，村子里就设置了专门的水泵台，从水渠里将水抽到四五米高的地方，再通过渠道灌入每家每户的田里。水泵是可以移动的，而铁皮水管却是固定在那里。那长长的铁管内部充满了湿润的水汽，在夏天里无疑是蛇类向往的安身之所。但若让人看见蛇溜进了水管，好事者就会用破布堵住铁管的一头，然后从另外一头灌入开水。为了防止受烫的蛇拼命蹿出来咬人，在灌水的时候往往会先在管口套个渔网。这个残忍的行为，我亲眼见过两三次。

还有一次，一条毒蛇不知道怎么从邻居家的厨房窗户里探了个头进来，半截身子正对着炒菜的铁锅。这可将正准备伸出锅铲炒菜的主妇吓了一大跳。她尖叫了几声，将左邻右舍都吸引了过去。大家看着缓慢溜进厨房灶台的大蛇，一番议论后认定这不是家蛇，也不是某位祖宗化身回家，于是抄起火钳和木棍，几下就将蛇头砸烂了。一个孩子用长竹篙挑着被打死的蛇扔到门口，我凑过去看了看，这蛇足足有两米多长。这条蛇后来被人们剥了皮，在空旷的室外架起锅煮成了蛇肉羹。

为什么煮蛇肉要在室外呢？母亲告诉我，因为蛇和蜈蚣是对头，加上蛇肉太香了，如果在厨房里煮，万一不小心忘记盖锅盖了，趴在屋顶上的大蜈蚣就会垂涎三尺，那蜈蚣口中的毒液滴落到了锅里，吃了可是会毒死人的。

可能由于害怕毒死人的原因，煮蛇肉的事情在龙背岭并不常见。大家打死或抓住了蛇后，往往是第一时间剖开它的肚子，掏出蛇胆泡进烈性白酒里，连白酒带蛇胆一口囫囵吞下。据说这样可以强身健体，也可以清肝明目。生吃蛇胆需要很大的勇气，似乎也带有一点神秘。大人们常说，抓住蛇后要第一时间剖腹取胆，否则被蛇知道了你想要取胆，它就会在临死前将蛇胆藏进身体的特殊部位，那时你再将蛇肚子全部剖开也找不到。大人们还说，有的蛇报复心强，即使被取了胆，它们的魂也会附在蛇胆上要索吃蛇胆的人的命。我和伙伴们对此深信不疑。直到很多年后，我长大了，看了更多的书，才知道很多蛇胆本身可能就含有剧毒或者是致命的病菌，这可能就是蛇胆索命的缘由了。

在龙背岭，关于蛇会复仇的说法几乎人人都深信不疑。复仇的蛇有神奇的本领，甚至有的蛇还可以跑几十里路来找当年打伤自己的村民复仇。大家都说，村子里曾经有一个老人夏天睡觉时半夜醒来，发现从蚊帐顶部的破洞里垂下来一条毒蛇，离他脸上只差大半尺的距离了，狰狞的蛇头张开似乎想要咬人。老人吓得屁滚尿流滚下了床，点上灯认真一看，那蛇还在拼命地往蚊帐里钻。幸好蚊帐的破洞只有杯口大，而那蛇的身体中段不知为什么就像蚯蚓一样有一个圆环状鼓起来的瘤状疤痕，恰好卡在了蚊帐的破洞处进不来。老人左看右看，那蛇的体型、颜色和大小看上去似乎有些熟悉。原来，这老人一个多月前在路边遇到一条毒蛇，用锄头铲了一下，将蛇的身体从中下部差点铲成了两截。老人看着这蛇只剩下一点筋骨相连，想来应该已经被打死，没有细看就离开了。想不到一个多月后，这蛇的伤好了，被锄断的部位结痂留下一个疤痕，竟然准确地找到了老人的家里来复仇。这个故事，几乎龙背岭的每个大人都知道，但我细问起来究竟是谁家里的老人，具体是哪一年的事情，大家又没有一个可以准确地回答出来。到最后，大家只是告诫孩子们，遇到蛇要躲开，躲不开要打蛇时一定要打死，打蛇不死，就会反受其害。

小满过后，我在小溪里捞鱼时差点踩到了一条蛇。幸好那蛇动作慢吞吞的，老半天都不挪动半步。吓了一跳的我看着这肚子被撑得鼓鼓的菜花蛇，想起老人们说的“见蛇不打三分罪”，突然来了勇气。我先是跑得远远的，然后找了一块大石头狠狠地扔到了那懒洋洋的大蛇身上。不知道什么原因，遭受重击的菜花蛇竟然也不怎么挣扎，依旧只是缓慢地扭动。我吆喝了几声，叫来了远处玩耍的几个孩子，大家一起继续往蛇身上砸石头，直到将它砸得稀烂，蛇脑袋都没了。为了怕蛇报复，我挑着没有脑袋的死蛇跑了七八里路，扔进河里，这才放下心来。返回的路上，伙伴们议论着这死蛇不知道将被河水冲到哪里，应该不会活过来复仇了。但即使这样，接下来几天，我睡觉前都要仔细观察一下蚊帐和床前床后，生怕那条菜花蛇会活过来找上门复仇。

不是每个人都会如我一般谨小慎微，将死蛇扔到那么远的地方。为了避免后患，龙背岭的人们打死蛇之后，一般都会扔进火堆里焚烧。据说，蛇平时是没有脚的，但焚烧时会露出隐藏的蛇脚来。大家还具体说出蛇脚是什么形状，在蛇身体的什么位置。这样的说法有鼻子有眼。不过，我围观过几次焚烧死蛇，只看到蛇腹部的皮肤在火焰中被烧得开裂，并没有见到从中露出爪子状的蛇脚来。

在龙背岭，还有一种人，专门以抓蛇卖钱为生。据说，他们抓蛇专挑毒蛇和大蛇，越毒、越大的蛇越值钱。小满过后，我经常可以看见这些穿着厚厚布衣的男人拎着蛇皮袋到山坡上、田岸边转悠。村子里的人们都说，蛇类太懒了（父母责骂孩子懒惰时，往往会用“懒得像条蛇一样”来形容），它们不会自己打洞，一般都是吃掉老鼠后把老鼠洞作为自己的巢穴。因此抓蛇的人除了在草丛里抓捕外，更多的时候是在田埂和坡地上找到蛇的洞穴，用锄头挖开后再将里面的蛇抓住。据说，有的抓蛇人还有特殊的本事，他们会呼唤蛇，到了山上，念几句神秘的咒语，做几个奇怪的动作后，就可以将附近的蛇都唤过来，形成可怕的一群。若是再念几句咒语，还可以命令一条蛇笔直地平躺在竹杠上，或者是让蛇圈成一团，一动不动地在太阳下晒，一整天都不动，仿佛是凝固了一般。到傍晚时，抓蛇的人念几句咒语，一挥手，这蛇又自己蠕动起来爬走了。他们也不怕蛇咬。抓蛇时一时失手被蛇咬了，往往也只是在掌心里吐口唾沫，“呔”的一声往伤口处一拍，就算处理完毕。

类似的神秘蛇事太多了。龙背岭附近曾经有一个很有名气的捕蛇人，一般抓蛇人不敢抓的毒蛇他都是手到擒来。几十年里，他抓了很多大蛇，从来都没有失手过。但后来六十岁生日那天，在门口稻田里抓了一条才一尺多长的小蛇，不小心被咬了一口，任他怎么施法和用药都没用，当场就被毒死了。

村民们都说，因为经常抓捕生灵去换钱，抓蛇的人往往不得善终。这可能是赣西乡村的人们关于人与野生动物共家园这一生态理念最朴素的外现了。

有一次，一个外乡的抓蛇人在我家门口停下来，向我借了一把剪刀，捏住刚抓住的一条毒蛇的脑袋，将张开的蛇嘴里尖利的蛇牙给剪掉了。剪完蛇牙后，抓蛇的人说，龙背岭的好蛇太少了。在他眼里，可能越大越毒的蛇就越好吧。

对于捕蛇人的这个说法，我很不以为意。我在心里默默地反驳：这可怕的动物，难道不是越少越好吗？再说了，龙背岭的蛇可真不少啊，我自己就曾近距离遭遇过很多次。有一次我在地里挖土时，一锄头刨开表层的松土，突然见到土里有一窝蛇蛋，在旁边不远处，一条蛇盘踞在那里，我吓得连锄头也不要了，拼了命地跑远。过了几个小时，我小心翼翼地回到原地，发现那蛇已经不见了。我鬼使神差地从土坑里揣了几个蛇蛋到口袋里，回到家时不小心打破了一颗，一条小小的蛇在蛋壳里面已经成形了。

不过，一个跟着父亲入赘过来龙背岭的少年后来用自己童年的经历佐证了外乡捕蛇人的说法。他告诉我，在他原先生活的那个山村里，蛇实在太多了。多到什么程度呢？有时候早上起来，翻开被子，呀，一条蛇盘在枕头边。原来，这蛇在枕头上陪着自己睡了一晚上呢。还有的时候早上起来一穿鞋，脚指头发现鞋子里面多了一条蜷缩的小蛇。白天小孩子跨过厅堂门槛，门槛下面的暗影处躲着两条蛇；晚上关大门，木门闩上挂着一条蛇。

“你们不害怕吗？”我问他。

那个比我稍大几岁的少年告诉我，他们过去所住那个山村里的孩子们都不怎么怕蛇，因为天天跟蛇打交道，自然也就没有那么恐惧了。

听他这么一说，我庆幸自己生活在了蛇比较少的龙背岭。

犬上阶眠知地湿

一根香，两根香，走到老板屋里大天光。“老板，老板，买狗仔哟！”“狗仔还冇添啰！”

一根香，两根香，走到老板屋里大天光。“老板，老板，买狗仔哟！”“狗仔还刚出世啰！”

一根香，两根香，走到老板屋里大天光。“老板，老板，买狗仔哟！”“狗仔还冇散抱啰！”

一根香，两根香，走到老板屋里大天光。“老板，老板，买狗仔哟！”“好！卖一只把你！”

让我来好好拣一拣，拣一只好狗仔回家。“千拣万拣，拣到一只烂灯盏！”

——赣西童谣

鸡犬暮声合，城池秋霁空。寒秋里暮色渐深时的犬吠声，似乎也悠长和陌生了许多。

这是赣西乡村里常见的景象，犬吠和呼唤家犬的吆喝、怕狗的路人和与狗为伴的老人，让傍晚的乡村变得丰富和生动起来。

狗是土狗，还有个更为正式的名字，叫中华田园犬。不过那个时候我们都不知道这个名词，也不知道那些与犬与狗相关的诗词——不知道鸢饱凌风飞，犬暖向日眠；也不知道旧犬喜我归，低徊入衣裾……

至于唐人刘长卿说的“白云将犬去，芳草任人归”，这里面的况味，似乎就更需要一定年纪的人才能体会了。

1

当年上学的路上，身后总是跟着家里养的那条黑狗。黑狗大多数时候是跑在后面的，偶尔也跑到我的前面或路边瞎欢腾两下。一直等到我进了校门，黑狗才朝我望两眼，然后跑走。等到下午放学时，黑狗又在小学门口趴着了，陪我一起回家。

黑狗没有名字，就叫作黑狗。我叫一声黑狗，它马上跑过来在我身上蹭几下。有时候天晚了，黑狗还在外面玩耍没有回家，我站在家门口大声吆喝两声“黑狗，黑狗”，过不了多久，它就屁颠屁颠跑回家缩进偏房里的狗窝。因此，我们一家人和邻居们都坚持不认为黑狗没有名字——它是有名字的，就叫黑狗。

龙背岭几乎家家户户都养狗。夏秋之交的夜晚，一有摩托车进入龙背岭的土路，一声声犬吠就从一户户房子里传出，直到摩托车进入了某户人家安顿下来，犬吠声才会突然停止，仿佛龙背岭的狗已经确认了，这摩托车是村子里的一部分，不是陌生的外来人。有时候白天有外地人从村子里路过，一些脾气不好的狗也会追着狂叫好长一段路程，吓得这过路人或者是客人脚步都不敢停下，时刻保持着高度的警惕。

实际上一只狗叫并不可怕，因为这些狗大多数都是半大不小的，并不那么高大威猛。问题在于，龙背岭的狗都是成群结伙的。有时候开始只听见一只狗的叫声、只看到一只狗的身影，转过一个拐角，回头一看，已经有十只八只半大不小的狗气势汹汹地朝着自己跑来。这种威慑力，估计很少有人能够抵挡。可能正由于这个原因，很长一段时间里，龙背岭很少发生偷盗事件。

为什么龙背岭大多数的狗都是半大不小的呢？龙背岭的人家养狗，都是从刚分窝的小小狗崽子就抱回家。养了那么三五个月之后，小狗长得半大不小了，秋天也过去了，冬天到来。

冬天里，龙背岭所在的赣西地区，人们似乎对吃狗肉情有独钟。农村的人家要去买狗肉吃似乎显得太奢侈了，家里养的那一只两只半大不小的土狗，正好抓一只用笼子装着按到河里淹死吃狗肉。

对于这种残忍的行为，村子里从来没有谁提出过异议。在龙背岭，亲手淹死一只养了半年的狗与杀死一头养了一年的猪，在情感上并没有太大的不同。猪养来就是为了吃肉，狗养来似乎也大多为了如此。杀狗的时候，甚至孩子们也会帮着搭把手按住笼子，免得小狗挣扎出水面。淹死的狗嘴巴咧开，露出可怕的牙齿和表情，孩子们似乎也没有太多的害怕和其他情绪。他们看着大人们先是拔毛，然后点燃稻草用火将狗身上拔不干净的绒毛给燎烧干净。再之后经过开膛破肚的一系列宰杀程序，傍晚的餐桌上就会多出一大盆的狗肉。

龙背岭的狗都有着相近的血脉——龙背岭的狗与狗都是亲戚。比如说，四月的时候某户人家的狗生了一窝四五只小狗。

然后去借农具的邻居看见了，马上招呼一声：这窝小狗分窝后我家要两只；然后闲聊的邻居听见狗崽子叫了，马上招呼一声：这窝小狗记得给我留两只。于是，小狗还在狗妈妈的肚皮下吃奶的时候，就已经被预订走了。不过，预订归预订，不到小狗散抱（分窝）时是没有谁敢去抓小狗的。生了小狗的狗妈妈比任何时候都更护窝，为了孩子的安全，它无比敏感、多疑，比平时多出十倍的警惕和凶恶，以势不两立的态度对待每一个觊觎狗窝的人。过了一两年，这养大的小狗也生小狗了，同样也是你一只我两只地分散到了龙背岭各家各户家里养着。

小狗的价值实际上并比不上村民之间的感情。但抱走别人家新出窝的小狗是必须给钱的。一元两元三元五元随便给个数额都行，但必须给。龙背岭的村民们都相信，猫狗都是心胸狭窄的动物，如果抱走时没给钱，它们会认为自己不值钱、不受重视，冥冥中自有说不清道不明的约束，这只小狗准会养不大就病死。当然，我有一次以小人之心揣测了一回，觉得这一说法是很多年前某一户人家为了便于将自家小狗卖钱又不损伤邻里面子而杜撰出来的，渐渐流传开来，到现在已经没有办法考究了。

小狗都是好动而好斗的，猫狗之间、狗和鸡之间，打闹是常有的事情。但是在一个家里，猫狗鸡都是时常要混在一起生活的，主人当然不希望它们相互打斗造成损失。因此，小狗买回家后，主人会将家里的猫和鸡都唤拢在一起，点燃香烛在厅堂中供奉的土地神位前，叫上孩子，一人抱着猫、一人抱着狗，抓住它们的两只前爪合拢，当着土地神的面彼此打拱作三个揖。一边作揖，一边嘴里念叨着“从此都是一家人，彼此和睦友爱，不相互打架撕咬”之类的话语。然后放下猫，抱起家里的几只鸡，与新来的小狗之间同样来一遍这个仪式。至于猫和鸡之间，这次就不用了，它们早在小猫进入这个家庭的时候就已经相互打拱作揖，彼此承诺过不打架。

在抱着猫狗对拜作揖的时候，每户人家嘴巴里念叨的话语并不完全固定化，但总体意思是不变的，都是叫唤着猫和狗的名字，说从此要亲如一家、不打架斗殴、共同守护家庭之类。

进行完这个仪式之后，家里的猫狗鸡鸭就相安无事了，鸡飞狗跳的事情基本上是很少见的。要是哪天小狗忘记了自己在神位前作揖时的承诺，咬伤了一只小鸡怎么办？主人拿起一根棍子冲着小狗一顿打呗，一边打还要一边教育：“叫你不长记性，下次还敢追咬小鸡吗？！”打了两次，这小狗自然就被教育得听话了、懂事了。

家里多了一只小狗后，喂食的工作一般都是小孩子们承担。在家里诸如柴火房之类的偏房找个角落给小狗搭个窝，摆上一只破碗，每天晚饭时固定给它喂点剩饭就行。小狗不挑食，家里吃南瓜就装半碗南瓜拌饭给它吃，家里吃稀饭就盛半碗稀饭给它舔。逢年过节时餐桌上如果有骨头，吆喝一声小狗就跑过来眼巴巴等候着。主人将骨头往地上一扔，小狗飞快地就衔着跑到旁边去啃了。有时候小孩子贪玩，晚餐后放下碗筷就跑出去玩耍，忘记给小狗喂食了。过了半个小时一个小时，小狗看家里餐桌上已经没人，自己的破碗里却还没饭，也会汪汪汪地跑到主人跟前咬着裤腿提醒。

日子一天天过去，小狗慢慢长大成了半大狗。如果主人家改变了主意或者是错过了杀狗的季节，这半大的小狗就慢慢长成大狗了。大狗是用来看家的，在一年的喂食中，孩子们早已与小狗有了感情，越来越亲昵，这狗自然也就长期养下去了。

我家的黑狗就是这样。

2

这是奇怪的事，家里的猪养个一年甚至两年，大家都不会有什么感情。而养猫养狗时间稍长一点，就很容易养出感情来。它们太有灵性，太懂得让人欢喜了。

因此，龙背岭的猫基本上都是寿终正寝的。而狗，除养了三四个月就被淹杀的那部分，只要长成大狗了，基本都会在主人家直到老死。

我们在这里看到了两个“基本上”，那是因为，其中也有一些猫狗并不能寿终正寝地老死。这些没能寿终正寝的猫狗，除了生病，最大的可能是被毒死。

我在家里先后养过两只黄狗一只白狗一只黑狗之后，慢慢就知道了养猫养狗的人以及他们所养的猫狗都面临着一个巨大的威胁，那就是老鼠药的泛滥。

老鼠药泛滥的原因，是龙背岭并非每家每户都养猫。不养猫的人家为了防止老鼠咬坏家里的东西、糟蹋仓库里的粮食和地里的庄稼蔬菜，就到处撒上毒鼠强之类的老鼠药。有一些老鼠吃了药奄奄一息的时候正好遇见了一只猫或者狗，猫狗吃了老鼠顺便也就吃下了老鼠药，最后猫狗也就这样被毒死了。

我曾经固执地认为，龙背岭的第一只猫是我母亲从外婆家里抱来的，在此之前龙背岭没有人家养猫——反正我没有看见过的，就相当于是事实吧。后来我家的小猫长成大猫，生了一窝小猫，慢慢地便在龙背岭有了一大批的子孙或者外孙之类。生了小猫之后的猫窝是不能随便去打扰的。如果看见有陌生人到窝边查看和走动，猫妈妈很快就会用嘴叼着孩子跑到更加隐蔽的地方重新安一个窝。这个过程充满了凶险，很可能在挪窝的过程中小猫就因为意外或者风寒或者病菌而死亡。因此，猫的繁殖怎么也比不上老鼠的繁殖。这样一来，我家的猫和它的后代亲戚们天天饱餐也吃不完整个村子的老鼠。

于是老鼠药隆重登场了。隆重登场的老鼠药让猫的数量也进一步减少，进一步减少的猫使得龙背岭的村民们对老鼠药的需求进一步增加。这似乎是一个无解的循环，我百思也不得其解。

老鼠药的使用普遍到了什么程度呢？龙背岭附近的镇子上每个月逢十的日子就会赶集，赶集的时候，集市上总会有不下三个专门的摊点用破喇叭播放着《金蛇狂舞》这一标志性的歌曲在售卖老鼠药。我只要听见《金蛇狂舞》的喇叭声音，就知道是卖老鼠药的，绝对不会有错，以至于后来我恨不得砸掉集市上所有播放着《金蛇狂舞》乐曲的喇叭。

恋家的猫狗怎么也想不到尽职尽责地抓了几只老鼠会让自己陷入中毒的境地。它们中毒之后，只要还有一丝力气，哪怕再艰难，也会努力挣扎着跑回家里。如果主人家发现得早，就赶紧弄一碗肥皂水撬开猫狗的嘴巴给它灌下去，然后看着它口吐白沫在窝里或者泥巴地上挣扎。中毒的猫当然是在窝里养命，中毒的狗却必须放在泥巴地上。

龙背岭的人都相信，狗是属土的，它有着一颗土属性的心脏。受伤濒死的狗，或者是中毒濒死的狗，灌了肥皂水解毒之后一定将它放在泥土地上。过上一段时间，说不定它就慢慢睁开眼睛，挣扎着爬了起来。它又活过来了。

这时主人家如果条件许可，往往会熬上半碗粥给它充饥。然后打开家门，将它放到门外，一边叫："狗（猫），自己出去找点草药吃吧。"过了一两个小时，经过肥皂水洗胃的狗或者猫自己又回来了。第二天清早，准能在狗窝或者猫窝边看到随着白沫一起呕吐出来的小团青草。到了这种时候，基本上这条中毒的狗或猫算是真正捡回了一条命来。

吃了老鼠药后能活过来的猫和狗都是幸运的。也有一些因为毒性太强太烈，或者主人家发现得太晚，最终没能活下来。

那只被我视为整个龙背岭所有猫咪祖母的猫，最终就遭受了这一劫难。它不知道在哪里吃了被鼠药毒死的老鼠，中毒了。等到挣扎着回到家里时，已经毒入膏肓，灌再多的肥皂水也没能被救活。我看见它嘴角流着白沫，眼里流着眼泪，凄厉但又有气无力地号叫了几声，最后就那样趴在柴火堆前挣扎着死掉了。

将猫埋掉之后，我伤心了好多天，绕着龙背岭整整走了三四圈，一边走，一边骂那些放老鼠药的人家。

其实我很清楚，龙背岭的猫死去之后不能埋进土里。因为传说埋在土里的猫可能会异变成另外一种很可怕的生物，躲在树林里伤害过路的人。在龙背岭，"死猫子挂柳树"，死后的猫必须挂在柳树枝杈上，任风吹雨打，渐渐腐烂掉进河里冲走。

但我气愤不过那些放老鼠药的人家，故意将被毒死的猫给埋进了后山上的土里。

随着受害于老鼠药的猫狗越来越多，猫狗的数量、老鼠的数量以及对老鼠药的需求程度之间的无解循环越来越严重，最终养猫养狗的人越来越少。

而城市餐馆里对手撕狗肉这道赣西名菜的需求却越来越大。很多年后，龙背岭突然出现了一些游手好闲的外村人，骑着摩托车专门到村子里偷狗或者是放药毒狗。

我担心，有一天龙背岭将再听不到一声狗的吠叫。

我担心，走出龙背岭的人哪一天在外出或归途中再见不到“犬喜人归迎野路”，再想不起“唯有中林犬，犹应望我还”。

3

你应该也见过这样的画面：浅浅的积雪中，一长串梅花般的狗脚印延伸在平整的雪白中，仿佛有了神秘的唯美感。这种唯美的感觉，仿佛也带有了“犬吠水声中，桃花带雨浓”或是“寒花催酒熟，山犬喜人归”的诗意。

当然更多的时候，雪地上是凌乱的脚印。狗不怕冷，它们迎着风雪就在雪地里到处跑着撒欢。

不怕冷的狗似乎却很怕热，夏天的时候，总能看见它们吐出舌头散热。而猫与它完全相反，冬天里总是缩在灶膛边取暖，夏天里却无比活跃。

那么春天里呢？春天里，猫狗都是撒欢之后再慵懒趴着的样子。

但总的来说，狗还是一种爱撒野的动物。为了便于它们夜晚或是白天人们外出锁门后出入，龙背岭的人家几乎无一例外都在房屋外墙上靠地面开好了一个狗洞。狗洞不大，恰好够一条大狗匍匐着躬身进出。这样一来，也就不担心盗贼借此通行了。

这种便利猫狗的做法不是赣西独有，我在西南西北等地似乎都曾见过。所以古人的文字中对此也多有提及。例如，“狗洞龙门两不窥，悠悠泛泛任其宜”“当时误入饮牛津，何处重寻闻犬洞”；又如，“儿曹是儿辈，狗窦是狗洞”“兔从狗窦入，雉从梁上飞”。无论是感慨还是调侃，都带着几分慈爱之意。

在不涉及斯文与尊严的情况下，狗洞有时也是小孩子们游戏的一个场所，捉迷藏或者其他游戏时，他们从狗洞爬进爬出，便利了许多。

我在幼时一些粗糙的益智读物上，曾多次见到关于狗洞的脑筋急转弯。说是大狗需要一个两尺见方的狗洞进出，小猫需要一个半尺见方的猫洞出入，问一户养了若干猫狗的人家宅子墙壁上需要凿总共几个多大面积的猫狗洞。

小猫与小孩子一样，不会介意从大的狗洞钻进钻出。

但若进入了文化与人格的领域，狗洞就成为一个复杂的问题了。

为人进出的门紧锁着，为狗爬出的洞敞开着，一个声音高叫着：爬出来吧，给你自由！

“我渴望自由，但我深深地知道——人的身躯怎能从狗洞子里爬出！”这是叶挺充满尊严的宣言，也是人格外现的某种载体。这种语境下，狗洞很显然具有了更多的象征与隐喻意义。

毕竟，在中国的文化里面，对狗这种动物，除了充满宠溺感的家人感情，更多时候是充满贬损感的嘲讽意味。

这两种截然不同的情感，在中国人的心里没有半点悖谬地并存着。这也导致了现实中对待狗的态度上形成了某种两极分化的格局。诸如我前文提到的杀狗和吃狗肉这样的事情，有的人可能觉得很自然很平常，也有的人会认为即便在文字里面提及也是十恶不赦的。

如果将这个问题上升到善与恶、上升到情感之争的话可能会有些尖锐。但事实上生活中却能够很好地包孕彼此。在赣西山区，我看到有一道闻名远近的特色菜叫上栗手撕狗肉，有一种民间滋补名药叫犬羊胶。甚至，还形成了诸如“六月天吃狗肉，十二月见功”之类的民间俗语。可以说，吃狗肉已经成为一种潜移默化中融入当地日常生活中的饮食习惯，比之全国多处以狗肉节引发争议的地方不遑多让。

但同样是在赣西地区，忠犬义犬的传说不胜枚举，将狗当成家人、当成可以信赖的朋友一样对待的情况也经常可以看到。尽管不熟知诗词，但“柴门闻犬吠，风雪夜归人”的身临其境之感和感同身受之情，同样也存在于龙背岭的村民心中。

在讨论文化与情感时，狗可以是伙伴、家人、朋友，可以是忠诚、亲密、陪伴，甚至，也可以是家的象征。而在回避感情与文化后，狗又是类似于猪、类似于其他任何一种食材的美食与牲畜。

实用主义与功利化的选择，在民间成了可以自由切换的一种追求。人们知道在什么时候该采取什么样的态度选择，以有利于自己的欲望满足。这个分界点，可能就取决于养狗的村民此时此地是否现实需要一碗狗肉。

或许，更准确地说，在赣西，我的乡亲们更多地将狗当成了家里的一部分—— 一部分财产，与其他所有家禽家畜一样的重要财产。

所以，对于家里的狗，村民们的爱护之心都是相同的，对于偷狗贼，村民们的痛恨之情都是相同的。而对于别人家的狗，在很多村民的眼里，却无非就是一个物品罢了。龙背岭偶尔可见被伤害的狗，它们有被打断腿、砸破头的，有被伤了眼、断了尾的，我甚至还曾见过一只鼻子上嵌着镰刀一路流血狂奔的狗。我不知道是谁伤害了它们，也不知道它们究竟由于什么原因触怒了残忍的谁。

受到人类伤害的狗不是特别常见，浑身腥臭掉毛的癞皮狗却常见。大家对于这种老病交加的癞皮狗，总是远远吆喝着不要靠近。而对于那种发了狂的癫狗却不敢吆喝，只能远远地躲开。大家并不知道狂犬病这个词语，却在代代相传的生活经验里知道“被癫狗咬了”的可怕后果。

我没见过被癫狗咬了的人，只见过狂犬病发作的狗。它们一路发狂跳跃、吠叫、撕咬，然后倒在地上，被附近的人们拿木盆竹篓之类的物品罩住，然后浑身抽搐、嘴角吐出白沫，慢慢死去。

很奇怪，看到这可怕的癫狗，村民们议论更多的，不是可怕，而是可怜。

4

养狗的一个重要目的是看家护院。在龙背岭，所有的狗都是席地而卧。无论是泥土夯实的厅堂地面，还是水泥砂石浇筑的厅堂地面，家里的狗总是找个凉快的角落趴在地上睡觉。或许，正因为如此，它们才能更早地知道村子里的动静，时刻警惕着进入家里的外人。

也正因为如此，它们才第一时间知道地面返潮了、天气变化了。古人不是说吗，犬上阶眠知地湿。

或许，接地气，在直接接触泥土的环境里生活、撒欢，是一只狗血脉深处的梦想。

我要讲一个故事。

故事说，一个在省城工作的小伙子在漆黑的风雨夜路遇一只缠着自己不走的流浪小黑狗。抱回家后给它在十九楼的阳台上搭了个窝，又买来精细狗粮用心照顾。但这小狗接连三天都是不吃不喝，眼见活不成了。

小伙子想着这小狗在风雨夜咬着裤脚跟了自己回家，总归是有缘，不能任由它饿死呀。于是驱车上百公里，将小狗送回乡下老家父母处，死狗权当活狗养，试试深山里的环境是不是更“宜狗”一些。

家里的老父亲接过儿子送回家的小狗，放到屋檐下的泥地上，转身盛了一小碗米饭，拌点餐桌上剩下的南瓜汤放到旁边。想不到，十多分钟后，这三天不曾吃东西的小狗竟然蹒跚到饭碗前，慢慢舔食了一些。过了几天，这小家伙就适应了乡下的生活，每天能吃半碗饭，偶尔狺狺吠叫，渐渐就有体力了。从此，这小黑狗就在老人家里住了下来，与两个老人相依为命。

相依为命这个词语，既指空巢的老人与孤单的小狗相互陪伴，更代表老人与黑狗生命中的某种牵连。这种陪伴与牵连，时间渐渐就长了起来，三年，四年，五年……

时间既长，大山又深，故事渐渐就多了起来。有一年，黑狗跑到山里面去撒野，两天都没有回来。83 岁的老人颤巍巍地上山寻找，一边找，一边喊。大山的回音，让老人的呼唤仿佛就是老父亲在呼唤孩子，拥有了某种神秘的回应。空山寂寂，在太阳落山前，老人隐约听到远远的山谷丛林间有低声的呜咽。走了小半个小时的山路后，终于看到自家的黑狗被猎人的捕兽夹夹住两只后腿，动弹不得。掰开捕兽夹，老人也无力抱起这两腿受伤的黑狗，只能让它拖着伤腿跟自己慢慢挪回家。这一次受伤，直接导致怀孕的黑狗流了产。双重打击下，它的身体很久都没有恢复过来。后来总算好了一些，但终究还是瘦弱伤残。加上年岁渐大，毛发脱落，瘦骨嶙峋，步履蹒跚，黑狗明显有了风烛残年之感。

那年冬天，85 岁的老人也明显有了风烛残年之感。他染病卧床，多日不见好转。儿子回家看了一次，见老父亲固执不肯再去医院，加上单位请假十分不便，只好匆匆又走了，剩下老母亲在家照管着老人。这天上午，老母亲坐在床前守着老伴打盹。卧床的老人突然说：好像从昨天开始就没看到咱们家的老黑狗了吧？它也足够老了，不知道什么时候就会老死了。

这话仿佛是在自言自语，又似乎是一边问一边感慨，并没有得到回答。两个老人就那么沉默着，仿佛在枯等着某一个重要时刻的到来。不知过了多久，一低头，却看见羸弱的黑狗拖了一只与它体型和体力明显不相称的大獐子回来，送到老人床前，并拼命地将猎物往床铺上、往老人的怀里塞。将带着微温的猎物顶到木床上后，黑狗也筋疲力尽地趴在了老人身边喘息。两个老人愣了一下，实在想象不出羸弱的黑狗为了猎捕这么一只大獐子需要付出多大的努力和多少时间。

这也许是一只年老的黑狗所能想到给一对病弱的年老夫

妻最好的礼物。

像所有关于有灵性的犬类故事一样，结尾总是与充满巧合的死亡有关。但我并不想叙述故事的结尾，只想定格在那黑狗费尽心思猎了一只獐子塞到老人病床上的画面。那一刻，我想一定有 4 岁的幼儿将自己所有玩具捧到父亲病床上的微妙心思，也一定有年老的父亲看着孝顺的儿女时那眼睛里闪着的光芒。

鱼篓担子

春雨下过三轮后，继父挑着竹篓出门了。

春雨下过三轮后，乡村里的山塘都蓄了一半或大半的水，等待迎娶各色鱼类和爬虫。

在丘陵地带的赣西山村，水塘的形成大多是几十年前大兴水利的时候于一片稻田的相对高坡处挖掘出来的，具有明显的农业灌溉蓄水功能。其中很大一部分是季节性的水体。春夏雨水充足时山塘攒足劲蓄满了水，在接下来的季节里慢慢蒸发、渗漏，以及不断向干渴的稻田里灌水。虽然也偶尔有几场雨水的补充，但水塘里的水终究还是收不抵支，水面便渐渐枯瘦，到了冬天甚至才到深秋，水位便渐渐降低，直至完全干涸。

干涸的水塘张开大嘴等待下一轮春雨的恩赐。因为这个原因，如同村落的眼睛一般的水塘要养鱼虾，就只能是每年春天放养秋冬捕捞了。当然，也有一些鱼塘因为有活水源头，一年四季都是丰盈的。但即使有丰盈的水，冬天捕捞后可以留下一些大鱼连着养几年，春天里也得补充新的鱼苗。

别人说春雨贵如油，那是对庄稼来说的。其实对于养鱼人也是如此。谷雨时节的雨是如此珍贵，赣西乡村里说这个季节下雨就是“发鱼”。老人家常常念叨，一滴水一滴鱼呀。

现在，雨水节气已过，蓄了一半或大半春水的鱼塘，等待鱼苗的到来。没有鱼虾的池塘就像没有人气的屋子，或者家徒四壁一贫如洗的家庭，总觉得少了底气。等到家具添置齐全、口袋渐渐充盈，才算是过上了正常的日子，拥有了正常的形象。

鱼苗将由我的继父和他的同行们用竹鱼篓一担一担挑过去，送到赣西乡村里各个村头山尾的鱼塘边。

第一轮随着鱼篓担子晃荡过来的是春片。

如同草原上对于牛有着极为细致的差异化称呼—— 一岁的牛、半岁的牛、刚出生的牛、壮年的牛、老年的牛，强壮的牛、病弱的牛，各有其专有的称呼进行指向——同样，我们这里对于不同大小的鱼苗也有民间独有的称呼。从买卖双方来说，春天贩卖的叫春片，夏天贩卖的叫夏花。从鱼苗本身来说，刚刚孵化出来的小不点被称为水花或鱼花，或干脆叫成鱼水。慢慢长大一些，鱼苗长到了一寸左右，就可以称为“寸花鱼秧”。再往上，长到八两左右就称为“夹口鱼”；更大一些，八两到两斤的则被称为“昧子鱼”（大概因为这种规格的鱼正是鱼类的少年到青年，在水下活动比较莽撞）……在这里，重量大小都是以草鱼作为基准的，其他杂鱼因为不值钱，上不了台面。

早春里贩卖的春片都是头一年孵化并生长了一定时间的。过了年，有大有小，正好作为夹口鱼或昧子鱼，卖给放塘的人家做鱼苗，接着养上十个月，到冬天捕捞时长得恰到好处。

时间在鱼篓里晃悠了两三个月，转眼过了谷雨，新一年的水花又孵化出来了。春末夏初的时候，挑着鱼篓的人倒腾到塘坝上出售的主要就是刚刚孵化没多久的小鱼苗：先是蚊虫般大小的鱼水，过个二三十天就是寸花鱼秧。

这些夏花鱼苗，靠专门的渔场里孵化出来。当然，也有人从孵化场买来鱼水甚至鱼卵，放在自家的小池塘里养着，待长到一寸左右再逐渐贩卖。一边在卖，一边剩下的那些也在长，卖到后来，剩下的鱼秧又变成夹口鱼和昧子鱼了。

我所居住的龙背岭隶属于一个名叫边塘的村子。从名字就可以看得出来，这是一个有鱼塘的地方，要不，它为什么不叫塘边而叫边塘呢——是有塘的，在鱼塘群的偏外侧罢了。在它周围，还有长塘、沽塘、泉塘、石塘、黄泥塘、冷水塘等各种以塘为名的村子。

是的，你已经知道了，我们附近这些村子里都有孵化鱼苗的小渔场。

所以，我们村子里有大批村民专门靠贩卖鱼苗谋生。操持这种营生的，似乎并没有一个准确的职业称呼——不叫鱼贩子、不叫鱼经纪，不叫鱼老板鱼商人，大家对他们的称呼简单直白：卖鱼苗的，直接区别于市场上卖鱼的摊贩。

卖鱼苗的人春节后先将自家鱼塘里头一年暂养的夹口鱼、昧子鱼捞起来卖掉，谷雨后就主要卖渔场里新孵出的鱼水、寸花了。

渔场并不欢迎大家随便去打扰母鱼的安静，因此除了那些卖鱼苗的人，村子里其他人对渔场都不很熟悉。我第一次在春天里见到大肚子的亲鱼还是路过时无意看到。当时，渔场里两个人正站在浅水中，抱着一条一米多长的大草鱼给它用小注射器打针。我第一次知道，原来还有一种名叫催产针的东西，让一条雌鱼更多更快更顺利地产下鱼卵。

必须承认，在山村里活着，我的见识实在太有限。不但第一次见到“鱼婆子”和催产针很惊讶，而且第一次见到“氧气袋”也很惊讶。明明是一个类似蛇皮袋的袋子，装上水后为什么不会漏呢？那些细小的鱼苗怎么不会闷死呢？后来才知道，那蛇皮袋一般的袋子里面还有一层镀膜，可以隔绝漏水，从满是鱼苗的池塘里灌了一袋子鱼水后，还要注入一些氧气。

“灌鱼水”是个有意思的词语。孵化场会将鱼卵集中在封闭的小隔离池里孵化。鱼苗孵化后是那么小又那么多，整个水池里密密麻麻都是鱼苗，水和鱼基本是很难区分了，所以被统称为鱼水。要贩卖的时候，总不可能将那些蚕蚁般密集和细小的鱼苗逐一点数，所以只能是拿工具连水带鱼舀上几勺，估算一下就有几千几万条了。反正鱼水不值钱，相差个几千的数量也都是小意思。

刚孵化的鱼水要贩卖到各家各户的池塘里，生存概率实在太低了。毕竟，鱼塘里随便一个什么动物都可以一口吸进无数脆弱的新生鱼苗。又或者，随便一点温度的变化，对于那几万几十万的鱼苗都可能是灭顶之灾，导致它们全军覆没。

因此，尽管鱼水便宜，但大多数时候，放塘的人家还是更愿意买稍大一些的寸花鱼秧。

小鱼长起来实在是快。仿佛被春风吹胀了一般，过上二三十天，那半厘米长的鱼苗就长大到半寸了、一寸了。

这种寸花鱼秧依旧便宜，贩卖鱼苗的村民们挑着大鱼篓到了孵化场去进货，一担就是数以万计的小鱼。

鱼篓是竹篾编织而成的，村民们每天都是很早来到孵化场买上几千上万尾鱼秧，放在竹篓里。

竹篓里基本是一半的水加上一半鱼。装鱼苗的竹篓是篓子的篓，不是漏水的漏。我一直很好奇，同样是竹篾编织的，箩筐和竹篮就不能装水，鱼篓却为什么不会漏水呢？长大一些后才知道，竹篾织造的鱼篓有夹层，中间有一层防水的油皮纸。

挑着一担鱼苗，卖鱼苗的人得抓紧行走，到各县各乡各村去贩卖。一边行走，一边有节奏地晃动肩上的鱼篓担子。这里面，晃荡的度很是重要，既不能将水晃出来，又要保持氧气溶入以免拥挤的鱼苗窒息。

正是春末夏初的时节里，气温有时候会变得闷热，鱼篓狭小空间里的脆弱鱼苗很容易就因为缺氧而翻肚死亡。所以，卖鱼苗的人除了需要一身挑着担子长途跋涉的好体力，还需要有一套善于晃荡担子的平衡术。

有经验的卖鱼苗的人在春天的起始就规划好了自己这几个月的路线，甚至很多客户是头一年就约好了的。就像赣西地区那些贩卖鸡鸭崽子的人一样，有着各自相对固定线路上的村庄和养鱼户作为自己的固定市场。

也有意外的时候。某一年卖鱼苗的人去某个村子迟了几天，这村子里的鱼塘便被其他人鱼篓担子里的鱼苗占据了。

所以，这卖鱼苗的生计里面，既需要技术，也需要运气。如果碰上规划路线上的潜在客户都被人抢走，卖鱼苗的人挑着担子出门到了下午都还没有卖出去，那就得当机立断，降价到再便宜也要赶紧卖掉，否则鱼篓担子里的鱼苗晃荡一天再挑回家，可能就要死掉一大半，血本无归了。

赣西地区的大小池塘有很大一部分权属是村里的，每年承包放养的农户并不一定相同。所以卖鱼苗得要吆喝，一路晃荡着鱼篓挑子，一路喊着“要鱼苗么——”，将生意直接做到鱼塘边去。

买鱼苗的人也各有特点——所有做买卖的人面对的客户都是形形色色各有特点。

有时候碰上难缠的主，好一阵讨价还价，再逐条逐尾检查鱼苗的健康程度和大小长短，点完数量后还总是要多赠送几十几百条。

也有的买主根本数不清数，只能任由卖鱼苗的人用小盆从鱼篓里快速舀出一盆一盆念叨着数量往池塘里抛，最后算出的数也不知道是不是准确。甚至还有的根本对鱼苗完全没有了解，鲤鱼苗当成草鱼苗买的，鲢鱼苗当成草鱼苗买的，都有可能。毕竟，这些长于侍弄庄稼的人，并不是每家每户都长于识鱼。毕竟，在缺少大江大河的赣西，一家一户小打小闹山塘养鱼基本没有什么大块的收入，只是顺带做的事情。

卖鱼苗的人多了，性情也就区分出来了。有一段时间，卖鱼苗的人与贩卖鸡鸭崽子的人一样，到每个村子里都是赊账，春夏的时候送货上门，到了冬天，养殖收获了，再上门来收回鱼苗或鸡鸭苗的款项。有时候天不遂人愿，到了冬天塘里没捞上几条鱼、埘里没养大几只鸡鸭，这卖鱼苗卖鸡鸭崽子的人也免不了跟着哀叹几声，双方再扯扯所赊欠的金额。

其实，卖鱼苗的人也挣不了几个钱。那鱼苗低廉的价格以及浅薄如碟底的差价，注定了卖鱼苗的人一个季节下来无非挣个挑担跋涉的劳力钱而已。

买卖鱼苗的时候，才知道一条生灵的幼崽价格可以低到什么程度。根据鱼苗的大小，它们的计量单位可以是十尾一组或者百尾一组，而价格却常常以厘或者分为计量单位。

有时候我甚至怀疑，龙背岭的人之所以坚持不懈每年去卖鱼苗，很可能只是农闲时分无事可干又不想歇着饿肚子的一种选择。又或者，只是纯粹因为喜欢鱼苗，喜欢行走，喜欢挑着鱼篓担子到不同村子里交朋友。

龙背岭的人出去卖鱼苗，卖到后来，都卖出了一路的好朋友。我与他们交流，发现远近村子里的道路与水塘他们都熟悉，远近的村子里都有他们熟悉的人。熟悉到了什么程度呢？说到五十里外的一个村子，哪里有一棵大樟树，哪里有一口猪腰形的水塘挨着一座老石桥，卖鱼苗的人都可以随口指认。熟悉到了什么程度呢？说到八十里外的一个村子或两个村子，卖鱼苗的人都可以喊出三五个人名：那里有我结的“老庚”。

结的“老庚”多了，故事也多了。说，龙背岭上有一个卖鱼苗的，在湖南醴陵某个村子里结了“老庚”，去卖鱼苗的时候就顺便在他家吃餐午饭。有一回卖完鱼苗，在“老庚”家喝了酒，挑着空篓子晃悠了一路走回来。走到半路，酒还没醒，觉得肩上的担子轻了，挑着不舒坦，又在路边加了小半篓子水一路负重挑回家。

又说，附近深山里有一个单身汉，到边塘来贩了几担鱼苗去卖。卖到湘东一个村子里，索性就在那里替“老庚”家守塘割草、上山护林。守了两年，“老庚”家觉得这鱼塘山岭的收益都不大，索性就不要了，这山塘与山林便都归了他。这深山里的单身汉，因为卖鱼苗，在远处的村子里拥有了自己的“产业”，竟生了根发了芽。

又说，有一年碰上鱼苗抢手，有一个卖鱼苗的人在路边舀了一些蝌蚪，当成青鱼苗卖到了某个村子里集体的鱼塘。偏偏那代表村集体验收的会计也没有经验，不经细看就那么满篓子倒进了池塘。过了十几天，满池塘的“青鱼”都长了脚，爬上了岸边草丛里。这事不知道怎么就被其他人知道了，从此这个卖鱼苗的人在每个村都结不到“老庚”，大家都担心他卖的鱼苗会长脚。

——最终，这卖鱼苗的人家里的鱼篓再派不上用场，吃饭的家伙留在了杂屋里吃灰。

我选择用鱼篓吃灰来表示一种营生的结束。毕竟，鱼篓担子是龙背岭一个流动着的重要元素。

要说篓子，龙背岭除了鱼篓，其实还有一种类似的竹篓，那就是油篓。旧小说里的卖油郎，都是挑着这样的担子。

不过，油篓的制作方式好像与鱼篓又有一些不同，虽然都是将竹篓变得可以装上液体而不渗漏，但运输鱼苗的器具与储存贵重生活物资的器具，重要程度派生出的精细程度显然是不同的。

同样是用篓子挑担营生，同样是将篓子作为挣钱吃饭的工具，茶油商人、桐油商人可能发家致富，卖鱼苗的人，我却从来没有听说过赚了大钱的。

春锣迎春

整个冬天，赣西乡村里的孩子都有些郁郁寡欢，但是如果问他们具体有什么事情难过，却又说不出来。看着村子里那些光着身子的树木，孩子们高兴不起来；看着泥泞的田间道，孩子们高兴不起来；听到乌鸦似乎冻得喑哑的啼鸣，孩子们高兴不起来。

直到春天到来，大家的心情突然就慢慢好起来了。

春天到来的标志是立春，赣西乡村的老人们称为“交春”。老人们关注着交春过后气温变化对耕作的时令节奏把握，但孩子们却更关注交春那天上门打着春锣送春的人。

其实，打春锣的人并不仅仅只在立春当天送春。他要走的地方太多了，整个镇子以及附近几个村庄，他恨不得将每家每户都走遍。因此，在立春前四五天，送春的人就出发了，由远而近，挨家挨户上门打春锣。

进得门来，先是“咚咚咚，锵；咚咚咚，锵；咚锵，咚锵；咚咚咚，锵”，保持着固定的节奏敲打一阵小锣鼓，然后双手给主家呈上画着春耕图或者句芒神像的油墨印图，嘴里大声念叨：“春来了！给老板送春来了……吉祥顺遂，四季发财——”后面的祝福语总是拖长了声调，显得别有韵味。

孩子们听了几次，便也学会了那种特殊的调子。

但他们能学到的也仅限于此了。在送上春耕图后，送春的人开口就唱，先将面前的主家赞颂一遍：“不是春歌我不唱，阳雀不叫不立春。老板你满面红光财运好，一头短发精明头脑……”此时，沾染接春喜气的主家自然是赶紧敬烟给送春的人以示酬谢。有时候主家的男人赞到了一半，贤惠的女人端来了茶水，这送春的人几乎是前一句话话音未落，嘴里就马上转了调，开始换词赞颂这女主人了。

这种行为，在赣西乡村称为“见赞”，即见人赞人、见事赞事、见物赞物。据说，旧时的春锣艺人差不多都能背诵上百种春锣赞语，上达三皇五帝、文武百官，下至三教九流、七十二行，随时搬用，结合眼前人、事、物进行调整创作，脱口而出，潇洒自如，绝不会怯场。孩子们跟着送春的人走了三五户人家，凑到前面听他赞春、赞人、赞物，从第一户人家男主人锃亮的光头到第三户人家的过滤嘴香烟，他这赞语还真是层出不穷、多种多样，简直都不带重复的。有一回，送春的人正从一户人家转身出门呢，迎面遇见耍傩舞的队伍了。双方在主人家的台阶上碰了面。送春的人张口就唱：“穿红衣、戴傩面，傩神专把世人劝。奉劝世人莫作恶，免得惹祸受折磨。奉劝世人把善行，国泰民安享太平。跳傩要把傩神效，行为举止归正道……”

跳傩舞也是赣西乡村里的一个重要民俗。这种带有某种楚巫文化印记的古老舞蹈，与民间迎春祈福形成了某种巧妙的融合。神秘的天人交流就这样借助走村串户的傩舞成为了亲民的庇护和祛邪的安慰。当然，由于跳傩舞的活动声势浩大，打春锣送春的人与跳傩舞的人迎面遇上的几乎并不多。

这种“见赞”演唱形式，由于赞扬人、事、物的尽是吉祥语、赞扬语、祝福语，听来顺耳、贴心，增添了新春的喜庆氛围，让人听来很是惬意舒畅，因此特别受村民们欢迎。

但是，听者爱听，赞者却未必轻松，他必须具有丰富的知识和灵活的口才，不仅要反应敏捷，能即兴发挥，而且要应变能力强，能现编现唱。这种功力和口才，旁人怎么努力也达不到。

据说，一个打春锣的人有一回误入了一个中药铺，看着那数以千百计的中药名称，一时傻了眼，不知怎么开口。可是，店主拿着红包在旁边笑吟吟等着呢。这打春锣的人没有退路，硬着头皮开始赞人赞物。他先从店主的外貌、医术赞起，完了之后又赞店铺里的小徒弟，再之后又开始赞店铺的结构、药柜的外观。终于，最后不得不开始唱诵三七、黄连、抱朴子、枸杞、当归、人参须之类的药物。唱得口干舌燥，绞尽脑汁将日常生活里知道的一丁点药物疗效赞颂完毕后，终于勉强得到了店主的认可，领了个大红包后赶紧出门。

不得不说，立春这个春回大地的节气自带着一种让人喜气洋洋的气息。它一到来，风马上就变温柔了，生机和温暖马上就扑进了乡村人家的房前屋后。

天气依旧不那么晴好，厚厚的冬装依旧不敢脱下，玩游戏也还不方便。于是，听春锣就成了孩子们一项永不厌烦的娱乐活动。立春前的这几天里，他们几乎是从早到晚跟着送春的人，跑遍了整个村子，并且每次都是凑到最前面围成一团，津津有味地听着送春的人配合锣鼓节奏张口就来的赞辞。他们听得那么投入，仿佛这唱诵的人是某个大明星。

从一户人家到另一户人家，“尾随团”一路打打闹闹，嬉笑顽皮，发泄着半大小子总都用不完的精力，惹得村子里的狗也都跟着一路跑，偶尔还吠叫几声。一时之间，整个乡村里都变得多了许多生机和热闹。

但是，立春那天，父母却不许孩子跑远了。立春是个重要的日子，是个喜庆的日子，但老人们同时认为这是个容易有“冲撞”的日子，小孩子必须猫在家里“躲春”。赣西地区的人们都说：立春大过年。而书上却写着：北方人都说冬至大过年。这是一个很有意思的事情，南方和北方对节气的重视各有侧重。

据说，赣西地区的春锣，起于明清，盛行民国。众说纷纭中比较主流的说法是：古时，赣西地区的农民对季节变化把握得没有那么精准，而且历书只有官宦人家才有，为了不误农事，便推举专人“报春”。报春人将二十四个节气编成口诀，每当寒冬过去，便敲着锣鼓挨家挨户上门，一来表达对新春到来的喜悦，二则告诉人们抓紧时间备耕。既然要登门入户，必然要说些吉利话，或者讲些有趣的事。因此报春人大多伶牙俐齿，能说会道。为了把话讲得生动活泼，报春便逐渐演变成节奏明快、语言顺溜，甚至半吟半唱的演唱形式。

发展到后来，可能又觉得只敲锣太单调，于是配上了鼓，并用黄布带扎好小锣小鼓系在身上。报春的内容也逐渐扩大，不断丰富，既报告农事，又恭贺新春；既道吉话喜，又扬善贬恶；既叙讲轶事，又传达时闻。在吟唱上也逐渐音乐化，最终发展成春锣这种独特的曲艺形式。即便后来历书普及了，但报春人上门通报“春的消息”的习俗却没有改变。报春时的唱词多以每句 7 字、两句一韵的形式以及使用地道的萍乡方言唱颂也没有改变。

在近代，每年立春前后，一些打春锣的民间艺人就会敲着锣鼓、用唱赞歌的形式上门提供独特的乡间娱乐，以求得主家赏赐少许钱币。可以说，春锣，成了穷人卖艺讨喜谋生的一种手段。不过，春锣受到家家户户欢迎的情况在 20 世纪七八十年代有了一些改变，送春的人经常在一些人家吃闭门羹。这样的情况有了几次后，送春的人便收拾好锣鼓道具，收进自家侧屋的柜子里，似乎打定主意不再操持这种技艺了。

其实，送春的人只在立春前的这几天被称为“送春的人”，立春之后，人们也改变了对他的称呼，称他为“打春锣的人”。这种身份的转变，似乎只是立春的节气一过，转瞬之间就完成了。

而另一种身份的转变也很快完成。春锣成了国家级非物质文化遗产，打春锣的人，成了非遗传承人。春锣迎春，重新受到村民和市民的青睐，他们盼望着打春锣的人再一次登门唱诵。不仅如此，春锣还走进校园进行传承了，登上各种晚会的大雅之堂了。

紧跟着改变的，是春锣的内容。过去打春锣的人登门后开篇就唱：“一打春锣二拜年，春调春词表赞言。挨家挨户春花笑，鼓点敲亮春满园。”为了让更多的人能够欣赏到春锣的魅力，打春锣的人也改变了纯粹用方言唱颂的传统，改为普通话夹杂方言音调。如今，非遗传承人不再局限于“不是春歌我不唱”，甚至不再局限于春节前后的时间。扶贫攻坚启动了，他们进村入户以春锣形式讲述扶贫故事；四中全会召开了，他们走街串巷打着春锣宣讲党的政策。赞文明新风、唱改革故事、颂发展成果，这些打春锣的人，成了全天候的身边演员，编排出一段段全新的春锣词，敲打唱诵出全新的气象。

在去年国庆的时候，我询问一名萍乡春锣非遗传承人：你们这样一年四季都表演的春锣还叫“春锣”吗？他愣了一下，反问我：现在这社会，不是处处新景象、四季有春风吗？每天都有春的消息，每月都是春光明媚呀！

第二辑　草木赣西最江南

温柔的乡村

相对于城市的坚硬和冰冷，乡村更多时候是温柔的。它不慌不忙地活着，不急着一夜成名也不急着一夜暴富，它已经活过了几千年，见过太多的人和事，心已经沉静和澄澈下来。看着土地上忙碌的人们和安静的草木，乡村的眼神都是温柔的。

春天到来，最先到达龙背岭的是一阵微微的风，它是温柔的。温柔地吹过你的脸颊，将头发轻轻拂起。看到这一切的人，动作便都同样轻柔起来，仿佛用力过重便粗鲁了，仿佛举止一粗鲁就破坏了这春天的美好。

紧跟着春风过来的是春雨。春雨润无声啊，最少我是没有在春天里见过暴躁的大雨，它们都是柔柔的、细细的，无声无息地飘着，在不引人注意的时候就融进了泥土深处，将深藏其中的生命给拽了出来。

被拽出来的生命也是温柔的呀。那细嫩的柳芽，那鹅黄的草尖，那娇柔的花蕊，都关联着温柔，让人怜爱又充满了温情。看着这些，你不能不对乡村里的一切充满了喜悦和欢欣，你不能不爱上这温柔的乡村。

再之后的草木就更加脉脉含情了，荒坡这头的树枝望着荒坡那头的树枝，共同努力、彼此鼓励地抽着条，有时候也在风里互相纠缠。它们从乡村的泥土里汲取着生命的力量，又回馈给乡村以生命的蓬勃。你没有办法在其他任何地方找到比乡村世界里更茂盛葳蕤的绿色和岁月的温情。是的，我说的是绿色和温情，这两者之间，有着不为人知的内在联系。

在所有的颜色里，仿佛绿色最容易关联生机与生命，关联未来与希望，说到一个生态的乡村或乡村的生态，我们就不能不说到这个色彩词。

而温情是什么呢？是所有绿色生命对土地和乡村的情感。离开了土地和乡村，也就没有了绿色。所有的草木都深谙这个道理，它们面朝乡村和土地保持柔软的面貌，保持予取予求的姿态——落花落叶化作泥土、枯枝杂树回归烟火……对于土地，乡村里所有的生命都是感恩的，都有着深厚感情，如同一个孩子对母亲天然的爱，如同一个孩子对父亲偏执的爱：他们对不足的部分选择性地视而不见，他们对美好的部分夸张般地挂在嘴边。这种温情和爱，也有点类似一个村民对村庄的感情，类似一个公民对祖国的感情。

这种感情，有着无边的温柔作为底色，有着温柔的情感和关系作为底色。

不骗你，在乡村，一个生命与另一个生命之间的关系都是温柔的。我们不说人与人之间吧，只说一个村居的人以及家里的小动物彼此之间的温柔。

在同一个屋檐下生活着，好动而好斗的猫和狗之间、猫狗和鸡鸭之间，打闹是天然的事情。但乡村的法则里不拘强弱也无视动物的天性，一个家庭当然是以和为贵，以团结和感情为主，作为家庭的附属成员，猫狗鸡鸭之间自然也要和平相处。哪天猫狗咬伤了一只鸡鸭，主人便会拿起一根棍子冲着猫狗一顿打。

即使是追打家里养的动物，村民们的眼神也是温柔的，这是对家庭成员的一种教育，而不是一种高高在上的生命对另一种卑下的生命的制裁。在这里，所有的生命似乎被赋予了平等的地位，赋予了相同重量的情感砝码。这一点，你只要看看四月里一个村民对待自己家里耕田劳累后的老牛就知道了：他们细心地给老牛洗刷，温柔地给老牛安顿，贴心地给老牛喂食，周到地给老牛选择晒太阳的草地。

甚至对待一棵树木都是如此！我曾经说过，乡村的人不会粗鲁和暴戾地对待一棵树木。乡村的人从来不会为了修剪枝条而将一棵树的整个树冠砍伐，不会因为妨碍视线而将一棵成年的树木拦腰截断再等待它发出病弱的新芽。但城里人常常如此，常常在冬天将一棵树木修剪得只剩下光秃的躯干：没有枝丫，没有绿叶，没有任何多余的分叉。乡村里的人对待树木是温柔的，他们不遵循园艺的科学而遵循生命的规则，他们与一棵树木一起长大，一起享有着村子里的风和雨，一起为一个村子增添生命的色彩，彼此温柔以待。

彼此温柔以待的还有村民之间。这是我们已经知道的，在乡村，千百年来，善良的村民总是给予彼此以善良和温暖。过去的乡村里，即使再苦再困难，那些没有亲人的老人和孩子，也总是被同村的人耐心地养活。没有谁要求他们这样，但他们仿佛天生就有这种温柔的情感。即使发生邻里间的纠纷和争执也大都心平气和。

乡村里的纷争其实很常见，但纠纷的双方并不那么急躁和气急败坏，日常相见的情感包容和消解了大部分的戾气。

都说这个世界到处都是抱怨和戾气，可是乡村并不。大多数时候，乡村缺少那种戾气。乡村里的人，我的父母兄弟，对于生活所给予的一切安之若素。他们不抱怨，也并没有不切实际的追求，不怨天尤人，也不觉得这世界欠了自己什么。有了矛盾就解决矛盾，遇到困难就熬过这困难，并不那么戾气四溢，并不对着世界锋芒毕露。是乡村的温柔解救了他们，是乡村里的万事万物同化和软化了他们。让他们变得柔软，变得博大，变得豁达，变得温柔。

或许，我们应该承认，这种温柔带有明显的内生性和自发性。就像春天到来，无需人们做什么，春天自己会做好春天的一切。乡村里的事务也一样。我们可以发现，乡村里自有一套内在的情感和文化秩序在维持着一切，它们在不自觉中完成了乡村的治理。那些懒惰的人，小偷小摸的人，不孝顺父母的人，走在村子里的道路上，总会被人指指点点；那些乐于助人的人，热心公益的人，父慈子孝的人，总能收获其他村民们赞许肯定的目光。这种指指点点或者赞许肯定，并不需要形诸语言和文字，却能很好地形成一种氛围和导向。似乎乡村用自己的情感秩序，在不自觉间就完成了一次道德的规范和一次文明的引导。

当然了，这种内在的自我规范并不排斥外力的介入。事实上我前面所说的乡村更多地存在记忆里和某种特定的古老村落，事实上更多的人也一直在为当下很多乡村里种种不温柔不明丽不美好的情形而忧心忡忡，那些一直爱着乡村或生活在乡村者尤其如此。于是，乡村治理中，典型和榜样成了重要的内容。做父母的，在教育子女时已经给他们选定了正面和反面的参照物。他们只是温柔地说：看看村子里那谁谁谁，你一定要像（或不要像）他那样。作为被教育对象的孩子，自然就知道了该如何修正自己的人生和行为规范，选择在合适的道路上行走。

白鹭，白鹭

回龙背岭住了几天后，白鹭这种因为洁白优雅而显得有些珍贵的鸟雀于我便不觉得珍贵了。在龙背岭这个赣西小村落里，站在田野里望去，白鹭几乎随处可见。

溪流边的草丛里、山坡下的树冠间、池塘里的浅水处，以及田埂和塘堤上，到处都是白鹭的身影。它们自顾自在那里觅食、行走、晾晒翅膀，甚至自在或自大到了不顾路人近距离惊扰的程度。

往小里讲，我所住的地方叫龙背岭，再大一点，是边塘村。在它的旁边，有长塘、沽塘等邻居。从这些村庄的名字就可以看出，这是一个与水有关的村庄。

很多年前，龙背岭在种植水稻和烧制红砖之外的主业就是养鱼和贩卖鱼苗，再往后一些又加上了一个养猪的谋生手段。

有一次村子里的村委会主任跟我说："唉，别的村子汇报时都喜欢说本村出了多少什么人，而我们村却只能汇报出了多少头猪多少吨鱼。"

这当然是个玩笑话。但养鱼作为本地的重要营生却可以看得出来。

养鱼必要有池塘。在边塘村，池塘几乎是随处可见的。与之伴生的，是河堤与池塘边上的依依垂柳，以及在柳树上静立如石然后动如飞矢的翠鸟。读小学的时候，我常在上下学途中遇见一只翠鸟扎入水中，转瞬叼着一条扭动身子挣扎着的小鱼飞回树梢。

除了翠鸟，水中还常见各种羽毛鲜艳的不知名水鸟和灰色的野鸭子。但我印象中似乎并没有关于白鹭的记忆片段。

作为一个对纯白色有着天然喜好并且高度喜欢武侠神话小说里仙鹤翩然之姿的孩子，我相信假如自己在小时候看过白鹭，肯定不会没有任何印象，记忆中肯定会比麻雀、八哥、翠鸟、猫头鹰等鸟雀更深刻一些。

在日常的乡居生活里，我观察到，最近几年，很多过去少见的东西，现在又回来了。例如，某种名叫鸡屎藤的草药，在被我的邻居们过度采摘消失多年后，前年我竟然又在被“灭绝”的原地看到了它，缠在杂草中长得正繁茂。或许，是当年留在地下的根茎经过几年的休养生息后，再次钻出了地面，也或许，是种子在杂草中隐居了几年后，终于“浮出水面”。

类似的还有麻雀。除了麻雀，乡村里其他很多野生的动植物也都是如此。

自然界的万物其实并不需要我们刻意去保护。或许，只要我们将本来属于它们的草丛、荒野、无人打扰的沼泽和树林还给它们，就够了。自然天地会安排好一切。这些动植物，例如白鹭，只要有了合适的自然生态，就会自己筑巢、求偶、繁育后代，以一个惊人的速度扩大种群。

最近几年，一些地方很喜欢用鱼类重现河流、鸟雀重回村庄之类的噱头来证明生态环境好转、当地做了多么了不得的环境保护工作。据说白鹭被称为“大气和水质状况的监测鸟”，享有“环保鸟”的美誉，因此白鹭的聚居更是被一些部门作为政绩般的存在。

其实恐怕未必。现在的我们，不过是将撂荒的土地交还给了自然，自然又召唤回了自己的子民罢了。或者，鸟雀鱼类、草木植物都有着强韧的生命力，它们蛰伏多年，现在重新回归天地。谁知道呢，古莲子还能在地下休眠上千年然后重新发芽呢！过去那些储藏在泥土里的种子，未必就不能在感知土地重新被交还给非经济的、非观赏的作物后，混杂在其他杂草中长了出来。

既然人都学会了适应环境，其他珍稀的草木、曾暂时败退的野生动物，自然也有可能会增加对坏环境的抵抗力，学会在污染的空气和水体中生存。谁知道呢。为了生存和繁衍，生命的适应力和改变力是很让人惊讶的。

再说白鹭。这首先是一种漂亮的禽鸟。我所见到的白鹭都是纤瘦的，从来没有见过一只肥胖的白鹭。那修长的身躯、细长的脖颈和腿脚，洁白亮滑的羽毛，在早晚斜照过来的阳光下映出美丽的光泽。天生丽质的曼妙感，让它们犹如不可亵玩的女子。经常见到各类摄影家镜头下那种梳理羽毛的白鹭，姿态优美、毛色纯正、光影协调，几乎是美得惊心动魄。而我看到的白鹭出入于撂荒的稻田杂草间、翩然于龙背岭的天空下，仿佛是一个经过训练的舞蹈者，无论是飞翔还是起落，无论是立足于树上还是觅食于沼泽，无论是曲颈求偶还是俯身育雏，动作都带着天然的美感，仿佛一朵飘在风中的云，仿佛举手投足都是自然约定本该如此。唐代的诗句里说，西塞山前白鹭飞，桃花流水鳜鱼肥。这飘逸于西塞山前的身影，与后半句中诗人所赞赏的美好事物排在一起，自然是因为它在诗人眼中也是美丽的。而更多摄影图片定格于白鹭叼啄食物的瞬间、白鹭整理妆容的瞬间。很显然，摄影家认为，这种时候，白鹭也是美的，或者甚至是最美的。

同时这也是一种氤氲着灵性的飞鸟。有很多城市将白鹭当成自由、纯洁、幸福与高贵或者长寿的象征——没办法，纯白色似乎总能让人关联到一些神圣的事物，总是让人觉得可爱或亲近。有一段时间，我总是将白鹭与白鹳搞混淆。白鹳是传说里懂得想办法筑造泥池养鱼以便喂养雏鸟的一种鹳雀。想想这种充满母性的行为，想想这种充满智慧的行为，白鹳靠着它的灵性赢得了人类的喜爱。因为对白鹭的同样喜欢和我的无知，我自然而然地就将翩跹于龙背岭的白鹭等同于了那素未谋面充满性灵的白鹳。

其实，在潜意识里面，混淆白鹭与白鹳的同时，我也在混淆白鹤，那种与神仙传说一起出现的仙鸟。洁白的仙鹤，那是多么神秘并带有神性的一种灵动之禽！我们的白鹭，在被混淆的非博物学者眼中，享有与仙鹤同等的神秘和神性。

既然关联到了仙，自然也就关联到了诗。所以，白鹭更是一种惹人诗情充满诗意的鸟雀。杜甫的“两个黄鹂鸣翠柳，一行白鹭上青天”，千百年来都是名句。自从白鹭成为身边日常多见的禽鸟后，这个富有韵味的画面在龙背岭自然也是日常画面了。我所见的白鹭，其实很少高飞上青天的，更多的时候它们只在低空飞翔，盘旋几圈之后，复又落到树冠间。但是它们体态的轻盈，神韵的出尘，让人不自觉地就与“青天”联系到了一起，仿佛下一刻，它们就将翩然于九天之外。说到这个联想的时候，我又一次想起并混淆了仙鹤与白鹭。

而王维则有诗句“漠漠水田飞白鹭，阴阴夏木啭黄鹂”。这个王维，一定是闲来无事在我们的村庄里看春耕。暮春时节，龙背岭的黄牛被套上了犁铧，将荒芜了几个月的稻田翻耕起来。而大群的白鹭几乎是与牛一起出现的。它们跟在犁耙后面，不停地低头在新翻开的泥土里啄食各种虫子和草籽。有时候甚至直接停到了牛背上歇脚，在农耕图里那么和谐、那么自然。这些年，耕田的黄牛被换成了耕地机之后，白鹭依旧喜欢在新翻耕的稻田里找食物，但行动却有些犹疑了，总是要等耕地机耕完某一块田地之后才落到田里觅食，再不敢像当年紧跟在耕牛身后那样亲密。

打开窗户，三五只白鹭在田埂上无所事事地走动着。突然又想起白居易说的：何故水边双白鹭，无愁头上亦垂丝？这真是诗人带着情绪的突发奇想，有趣而有味。

同样是这个白居易，对白鹭的捕食似乎也充满了一种同情。他的诗句：“水浅鱼稀白鹭饥，劳心瞪目待鱼时”。在一个电视纪录片里，动物学家说，所有捕食者都要挨过食物匮乏期，鲣鸟的生活很不容易，有时候为了一次捕食可能要飞行几百公里。我想象了一下江西的地图，从一个城市到另外一个城市，突然就对这飞行几百公里去捕食的鲣鸟充满了怜惜和某种与人类同病相怜的情绪。

而听白居易的说法，他对捕食不易的白鹭似乎也有类似的情绪。其实在龙背岭所在的村子，鱼池密布，白鹭的捕食似乎并不怎么“劳心瞪目”。如果换到另外一些地方，比如某些鱼虾日渐稀少的河流边，一个栖居于此的白鹭群倒是真的有些谋生困难，甚至经常有因为缺乏食物而饿死的小白鹭从树上坠落下来。有一次我在某个号称“白鹭天堂”的景点恰巧见到了这个景象，不禁对白居易肃然起敬。

而另外一些诗词里的白鹭，是一个洁白、孤独、寂寞、追求清高而无人理解的悲剧形象。这种寄寓，在我日常所见的白鹭群中，似乎很难得到共鸣。我看到龙背岭的白鹭都是悠闲的、欢乐的、亲人的。看，窗外的白鹭正在向上奋力地振翅，仿佛它们也有着某种进取和努力，仿佛一只习惯于飞翔的鸟雀也在追求一种飞跃。

如果要我说，一群出没于田野荒草中的白鹭，就是一群魏晋时代的遗民、一小片工业时代的雪，那圣洁的身姿与杂乱的草木形成对比，形成一种漂泊他乡者对乡村故土的散落独白。

白居易在说“水浅鱼稀白鹭饥，劳心瞪目待鱼时”的时候，他要说的可能并不仅仅是白鹭。人类的谋生，又何尝容易呢。水浅鱼稀、劳心瞪目，千方百计谋求生计的人们，与白鹭有着某种动物学意义上的可比性。

其实，白鹭与人类的关系也很矛盾。一方面，野生的白鹭显然是害怕人类的，但另外一方面，白鹭又期待着亲近人类。为了避免猛禽猛兽的捕猎，白鹭更愿意在有人类活动的区域生活栖息。与另外一种亲近人类的鸟雀——燕子相似，白鹭们也有恋着旧巢的习性。只要食物来源和生存环境没有太大改变，它们在同一个村子、同一棵树木、同一片草地中固定一个每年聚集繁殖的地方。年复一年，白鹭的栖居地聚集的白鹭越来越多，就像龙背岭，现在的白鹭已经要数以千计了。甚至，我惊奇地发现很多白鹭竟然在冬天里也不离开，好多次我都看见几只白鹭在十二月的阳光下懒懒地站在鸟巢里晒着太阳。作为一个鸟类学的绝对门外汉，我借助网络资料，也无法准确地回答白鹭是候鸟、半候鸟还是留鸟的问题了。

据说，出尘脱俗的事物和轻盈纯洁的事物最能引起人类的诗意感。在有心人看来，白鹭的每一次飞掠、每一声鸣叫、每一次栖落，都能溅起某种思想的水浪，都能点染某种情感的花朵。

更让人欢喜的，是白鹭本身情感的外现。结成连理的白鹭几乎每天都是成双成对。它们到处捡拾巢枝，一趟趟往返，用一根根枯草，建设自己温暖的家园。到了孵卵时，白鹭家庭总是雌雄交替，一个在家孵蛋，一个外出觅食。我看见它们每次的往返几乎都是准时的，外出归来的亲鸟滑翔着飞到巢边时，在家的白鹭马上迎上前去，含情脉脉，交颈缠绵。这种温柔，不止一次地让我想象起身边那些小别的恋人、新婚的爱侣。

至于小白鹭孵出之后，白鹭父母喂养雏鸟的舐犊情深就更是动人的情景了，那种画面感，据说是很多摄影家孜孜以求的瞬间题材。

既然说到了白鹭的习性问题，我还想顺便说说白鹭的名字。据说，白鹭是白鹭属鸟类的统称，常见的鹭类有白鹭、夜鹭、牛背鹭、池鹭、草鹭、苍鹭等近十种。落户于龙背岭的白鹭并不止一种，村民们偷懒，根据体型就直接将它们分为大白鹭、中白鹭、小白鹭。这种命名的方法在我生活的村子里，几乎是对很多生物的常见命名方式，仿佛带着一种玩笑般的随意。可是后来我看生物科普资料，白鹭的分类名称竟然还真是叫大白鹭、中白鹭、小白鹭。我认真重复看了一遍，没错，就是这么叫，在科学的命名里，就将它们分别称为大白鹭、中白鹭、小白鹭。这真是一个有趣的细节。

秋过江南

塞下秋来风景异。

而江南呢？江南的秋天是不是也会“风景异”？

若在初秋，恐怕除了特别敏感、特别仔细观察感知的人之外，是不会有人觉得江南风景有明显差异的。

这与北方一到秋天马上就树叶摇落的景象迥然不同。南方的初秋基本看不到黄叶和落叶，它们都还抖擞着精神，在温热的气温里浓翠着。

事实上，对于“塞下秋来风景异”这句话，语文老师曾给过我两种不同的理解选择项。这风景异，究竟是“秋来”之后与此前的不同，还是秋天里“塞下”与江南的不同？

我忙于观察身边的秋色细微之处，这么多年来一直没有认真完成过这个答题。

在江南，在我生活的赣西，季节的过渡很不分明，也并没有谁能够给出一个准确的日期。甚至，连饱含着古老智慧的二十四节气，也不能精准地指向春夏秋冬的季候变化。

孟秋的气温依旧高企，而身边的草木和万物似乎都还没有走出酷夏的印象，新抵达的秋天被夏天裹挟着，还没有缓过神来。

到了仲秋、季秋就不同了。到了仲秋、季秋，南方人才明确知道，秋天来了。

抬头时，秋天的云在蓝得如同电脑设色般的高天上悠游。字典里说秋高气爽、风轻云淡，这一定是比照着南方仲秋之际的天空说出来的。

要说云，一年四季都不稀罕；要说蓝天，春夏冬也不少见。但秋天的蓝天白云有着别样的韵味。它有层次，有形象，动静得宜，仿佛都是排演好的背景与前景似的。有时候丰满，堆出一个个奇形怪状或是惟妙惟肖的物象；有时候轻淡，氤氲出符号般的线条或是断续的形状，铺排在幽深的舞台。

而其他季节则不同。春天里的云混沌，仿佛满怀心事；夏天里的云热切，仿佛备战出征；冬天里的云凝重，仿佛正襟危坐。至于作为云朵背景的天空之蓝呢？四季的蓝天显然在色卡上处于不同的页码。更重要的是，它们春夏秋冬里所处的高度似乎截然不同。只有秋天里的蓝天，最高、最远，适合演绎高天上流云的剧情。其他季节的蓝天，都在更近距离处逼视着人间。

同样的差异也适用于秋天的风雨和其他季节的风雨之间。

一阵秋雨一阵凉，这说的也是仲秋往后的秋雨。现在雨也成熟了，它不再毛躁，不再激越，也不再急于表现。先刮了好几阵风，让人忍不住登高迎接那送走暑热的空气流动。春天里对着风畅怀的人、夏天里对着风解襟的人、冬天里对着风裹衣的人，秋天里对着风都变得有点欲拒还迎。这是因为秋风也是先舒缓再急紧，让人在放松中不知不觉进入深秋。几阵风路过之后，秋雨才姗姗来迟，来了之后也先不演正戏，拖着上一集剧情的尾巴滴洒上半天，然后又恢复风轻云淡的样子。来回折腾几次之后，那绵软的秋雨才露出真容，日里夜里飘落着，日里落得让人心慌，夜里又落得让人沉静。这奇怪的节奏和感觉，都被秋风秋雨掌控着，不由人做主。没有办法，在成熟的秋天面前，人类还是太稚嫩了一些。

秋风秋雨的节奏有着演进的过程，奇怪的是，雨水落到河流湖泊里，秋水的节奏却始终保持着舒缓。

一到秋天，所有天然领域里的水流便缓慢下来、澄澈起来。那盈盈的水波，给人温软的错觉。前人用秋波来表示佳人的目光，我觉得倒是用上了几分移情的手法。若到河流边闲坐，你会发现秋水其实也并不深沉，依旧是春天、夏天里的那河水，但就是会给人稳重与绵柔之感。仿佛一入秋，这水流便放轻了脚步，慢条斯理、刬袜缓行，倒像是《菩萨蛮·花明月暗笼轻雾》里“刬袜步香阶，手提金缕鞋”心思细腻的少女了。

对，细腻。这个词语是属于秋水的，总让人怀疑，蘸一些秋水在指间，捻动起来会有溶孕碳酸钙的地下水一般的滑润。当然，秋水也只希望你远观而不近前亵玩，因此感知秋水的人更多感知她的清与幽。水里大大小小的动物植物们都很默契地保持了慢动作，悠然地移动，绝不惊动无处不在的秋水之清幽。

而陆上的动物植物们步调就没那么统一了。储备粮食的动物们自然是快节奏忙碌的，攥足了劲抓住秋天的尾巴。恣意开花的植物也是蓬勃热闹的；另外一些植物，则变得沉稳起来。撑起了三个季节的骨头有些疲沓了，再没有那么十足的精神劲。山里的草木已经不是绿色一统江山的格局，一簇又一簇红的黄的头发给青山的发髻乱染一通。若走近了，这一树的红叶、那一树的黄叶，却又整齐得很，在阳光下闪出单一色调的光泽和温润——秋天里的草木之叶，无论是什么颜色，若少了润泽，就没有了韵味。

红叶是最醒目的，其实纯正的黄叶也让人惊心。

前提是：叶子形状要完整、色彩要纯正、视觉要润泽。这三个要求叠加在一起，实在有些难为人。但只要实现了这些要求，就是可以惊艳每一个相机镜头的秋叶了，它们将肆无忌惮地霸占读图时代每一个人的手机屏幕。

当然，秋天的图画里，绿色也并不见减少太多。在江南，不落叶的树还是占了上风。秋天再往深处走，大地上的着装，依旧会是弥漫成一片的翠绿。除非有一场雪及时给它们点染、覆盖。可是秋雪对于江南来说显然不是一个常用词，所以秋天的草木依旧多数坚持绿着，那枯黄卷曲的部分，不被粗心大意的高空航拍所记录。

幸好，粗心大意的只是高空航拍的镜头，要是一个在江南暂住的人也粗心大意那就麻烦了——那样，他将丢失自己的秋天。毕竟，江南的秋天，太善于过渡，不知不觉间就将这个季节给消耗掉了。从这个意义上讲，江南的秋天太过短暂，太过低调，不愿意高声通知大家自己的到来与离去。

秋到江南，也只是暂住。像一个在江南的秋天里靠山而居的清静散人，只顾着沉浸在这文人山水画一般的季节里，以最舒适的姿势度日——只有在江南的秋天里，类似闲适、恬淡、悠然等状态词汇才能找到最恰当的归宿。江南的其他季节或者是其他地方的秋天，都还差那么一点恰到好处的滋味。

夜色武功山

这是第八十次来武功山了，或者是九十次。可是我依旧对它保有足够的新鲜感与好奇心，我还将继续攀登这座山峰。

江河以其多变让沉浸其中的人时时觉得新鲜，山岭以其庞大让深入其中的人处处觉得新鲜。这是山川之美给予每一个不厌其烦亲近自己者的回馈。

武功山不是一座显赫的山峰。在当下众声喧嚣的旅游胜地里，这座山与诸多名山还保持着某种距离。十年前，《中国国家地理》评选出中国十大“非著名”山峰，武功山很欣然地成了其中之一。它对“非著名”这个称谓很是受用。

不著名的武功山现在每年敞开怀抱，接纳寻幽访胜的200万名游客；不著名的武功山正好以更加随和的姿态，欢迎来自天南海北用脚步丈量山水的驴友。对于这些背负着帐篷与炊具的自然主义者，武功山表达出了最真诚最随和的善意。

这种善意，与他三百八十多年前对那个上山看日出的中年人表达的态度完全同样。

那是公元1637年，明王朝，50岁的徐霞客在正月一个天寒地冻的日子里来到了赣西，登上武功山。此前，他从26岁开始真正离乡背井游历山河，二十多年背着行囊寻访名山大川，已经见过太多太多壮丽的山水，审美疲劳肯定是有的，一般的风景已经无法激发他的赞叹。但是，面对武功山的奇峰绝景，徐霞客在山区整整活动了十天，忍不住写下了将近7000字的精彩游记。他在文中感叹：“薄海内外，无如赣之武功山。登武功山，江南无山，观止矣！”同时还留下一首诗，几百年过去，读罢仍令人顿生神往之思：千峰嵯峨碧玉簪，五岭堪比武功山。观日景如金在冶，游人履步彩云间。

为了看日出，他在山巅金顶的道观茅庵中住了一晚。可惜，这个晚上一直都是浓雾弥漫，徐霞客没能真切看到夜色里的武功山。

我比徐霞客幸运，这么多年来，我一再迷醉于武功山的微雨之夜、明朗之夜、迷雾之夜……

找个下午的时候去爬山，登山者一步步慢慢朝着山上走，时间也在一点点缓缓朝着傍晚走。接下来你便可以接递享有暮色四合、夜幕笼罩、星光垂落、熹微初露的武功山夜色。

武功山的夜是迷人的，适宜恋人依偎，看云卷云舒，天高云淡。山高处似乎夜晚也来得更迟一些，傍晚到入夜之初的时段，恋恋不舍的阳光依旧从遥远的地方斜透过云层，将天空照得通透。此时的整个世界仿佛都是纯净的，童话般的景象在抬头处就可以看到。古人说恐惊天上人，到了这夜晚的高山，其实也用不着高声语，喧嚣过尽，现在我们可以喁喁细语，透明的时光里缓慢地抒情。

武功山的夜是醉人的，天空澄明，四野安宁。这夜色笼罩的高山之上，饮酒只宜浅尝，喝茶却可慢饮。伴随一大杯温热的汤水，可以繁衍出一长串醉人的话语。月亮有时候隔着薄云，有时候干脆特写镜头般将皎洁的圆盘直接推送到你眼前。这澄明的夜晚让山顶上席地而坐的人也变得安详下来，仿佛有一些什么在不自觉中被放空。即使有风吹过，草木大幅度地摇摆枝叶，也并不会破坏这夜色里的沉静。在山下曾困扰你的浮躁现在已经不复存在，你不再端着身段，不再瞻前顾后，纯粹的时光里沉醉于自然之美。

武功山的夜是醇厚的，山的怀抱包容或包孕了所有的光影、声音，以及所有的生命。灯光的退位让远离尘世的高山之巅回归古人在夜晚的感触。往远处看去，起伏的山脊现在已经隐没；往近处看去，葳蕤的花草现在已经匿形。一切都融入了夜色，一切都只是夜色的一部分。这么多事物添加到了夜色里，武功山的夜晚顿时变得有些酽酽的感觉。静默和黑暗覆盖之处，显得幽深、厚重，像浓缩成浆的陈年老酒。神秘的时光里，我们回归水中之鱼、空中之鸟，久违的天性重新笼罩肉身。

也不是什么声音都没有！即使在海拔将近两千米的山上，虫鸣依旧不会缺席。除此之外，享受夜色的人也不甘于寂寥，草木芬芳氤氲在夜色中，我们不知道为什么就说到了山峰地理，说到了脚下这座山。

在我们中学的地理课本里面，横亘在湘赣地区的那条罗霄山脉，似乎颇有些名气。据说，山脉的命名基本上都是依据其主峰或最主要的山岭名字派生出来的。无论是太行山脉、秦岭山脉还是武夷山脉等，都有一个同名的主山。但罗霄山脉的主山在哪里呢？我的地理老师没有告诉我，连篇累牍的网络资料也没有告诉我。现在，眼前这座山在我们的一次深夜交谈中点拨了我。明代的《武功山志》和《天下名山志》以及明代以前的诸多诗词文献都记载，武功山称为“兹山”

或“罗霄山”。在那漫长的历史里，旧书上的“罗霄山”大都直指“武功山”。

原来，我们夜色里所枕着的这一脉山岭，就是大名鼎鼎的罗霄山脉得名之所罗霄山。想到这些，我们便兴奋不已，似乎打捞起来了一段被夜色吞噬的记忆。

等到兴奋的人平静下来，远远地又传来娃娃鱼怪异的叫声，在这浓黑的深夜顿时平添了几分神秘和悚然。

幸好，在这山顶，还有着千年的古祭坛群和道家的香火，又让夜色里的人们多了几分安宁与平和。

与所有的灵秀之山一样，武功山远自汉晋起就被道佛两家择为修身养性的洞天福地。香火鼎盛时期，山南山北建起的庵、堂、寺、观多达一百多处。这不同的文化共融于这座体量巨大的山脉，彼此相安无事。一千八百多年前，丹道在这山上留下炼丹飞升的印记；一千七百多年前，至今尚存的祭坛在这山上刻印了江南古代的祭祀文化。在这之后，唐、宋、明三代的佛教文化和建筑，点染山间的幽谷。

这真是有意思的事情，就如这白天被人类主宰的天地到了夜晚就更多地属于隐藏于暗处的虫豸，一座山上道观佛寺频繁交互易主。而佛道宗教文化的融合，又让名人学士心向往之，陶渊明、陶弘景、袁皓、黄庭坚、陆游、杨万里、文天祥等人均曾登上武功山，在灵山秀水间留下诗文，宗教、人文、生态，形成了某种互文般的关系。

前人说，这天地间只是人类的暂居地。仿佛所有建筑都是天生，借人手建成，任何一个建筑都不曾被当代人真正拥有过。就像这江南的大山，天地间最高深的大义在此回响一小会儿，然后就离开，换一种声音在此绕梁，或者干脆几种音调同时在此发出声响。也好，这世间的山水没有固定的主人。

或许，也正是在这主人交替的过程中，一座山便拥有了不同的小名。民间传说里，三国时期一个叫罗霄的幕僚屡屡协助东吴荆扬牧诸葛恪立下战功，被吴帝孙皓封为安成郡太守。而史料记载，也恰恰是这个孙皓，在公元267年设立了萍乡县，由安成郡管辖。史料与传说，文字与揣测，在一定程度上实现了重合。这座位于安成郡萍乡县的高山，自然也拥有了与这片土地统治者相同的名字，罗霄。

此后，有武氏夫妇来到罗霄山修炼，成为这片山水形式上的安居者，在他们修道终成正果后，附近的人们便将这座山称为“武公山”。到了南北朝时期，“侯景之乱”后陈霸先所部在梦中得到自称武功老爷的仙人帮助，突破叛军的围困转危为安。陈霸先建立陈国后，惊异于这段离奇的破敌经历，下令将“武公山”改名为“武功山”。

武功山所在的赣西地区，每个村落里都建有供奉地方神的大王庙，有些村子则在牛皇宫里供奉牛王，而武功山上的道观，主神是武功老爷。这些安稳人心的本土神祇给了我一种错觉，仿佛在信仰的领域，萍乡也能自成一界。

这些传奇般的传说，配合着夜间隐藏在山里不知何处的庙宇、宫观，语焉不详又言之凿凿，让这座夜色笼罩下的江南之山，面目多了几分神秘。

月影西斜时，远处的一切依旧在黑暗中，近处的事物却镀上了纯白的月光。山风吹来，低矮的绿草顺着山脊低伏，奇特的山石挨着山崖伫立，秀丽的瀑布沿着山涧蜿蜒，都在武功山的夏夜里发出声响，顿时让夜色下的武功山多了几分生气。

在山上过夜的人望着满天的星斗，将思绪从遥远的故事和文字中收回，感觉露水微凉。清晨即将到来，一座山的喧嚣又将重新开启，夜色下空灵杳渺的武功山，现在多出了人间烟火味。

高山上的绿色草甸和半山幽谷的巨型灵芝，这两种让人震撼的独特之物，也从夜色里凝固的状态中融化，重新变得鲜活而真实，等待下山的人一路观赏，一路赞叹。

记不清这是第八十次还是九十次来到武功山了。可是我依旧对它保有足够的新鲜感与好奇心，我还将继续攀登这座山峰。

沿着一条河流行走

1

结束沿着萍水河的一次长时间行走已经有半个月的时间，我的心依旧沉浸在那河边的草木、人文之中。

这次行走，主要是想要以富有文艺气息的独特视角去发现这个城市让人欢喜的部分，发现沿河村镇经济社会文化生态的发展变化——河流这个关键词完美地串起了人口、资源、环境、文化……

地理书上说，萍水河发源于萍乡市北部的杨岐山。作为一个门外汉，我对“发源”这个词语产生了浓郁的兴趣。涓流汇集而成河，一条河的最初发源之所，是一个泉眼还是一道溪流？这个作为源头的泉眼或是溪流又是否还有更深入更原初的源头？在中学课本里面，山里的流水来源最终都指向了树木的根系。那么，我应该说萍水河的源头在杨岐山上那葱茏的草木根部？

水文学与人文学在这里显然就像溪流一样出现了分岔。

为了寻找答案，我转身沿着河流往下游走。这一次我亲眼见到了一路上我家门前的福田河以及其他朋友家门前的楼下河、麻山河、南坑河、白竺河、拓村河、长丰河、长平河逐渐汇入主流，让萍水河越来越厚重。水量越来越充沛的萍水河绕行了大半个萍乡地域，到了萍乡城，再往湘东，最终注入湘江，流入洞庭湖。过了湘东之后，萍水河就不叫萍水河了，它被称为渌水。最后渌水成了湘江，湘江投入洞庭，洞庭呢，也不过长江这根腰带上的一颗珍珠罢了。

水名的无常，正如水势的无常，其实自有其情感因素在内。对于河流，沿途的每一处人家几乎都觉得天然的亲近，都想为它打上自己的烙印，在自己的地域就给它一个亲切的地域化小名。

对于曾经逐水而居的人们来说，河流除了滋养家园之外，也是交通的主要出路。据说我们的祖辈几乎人人都关涉船行的经验。萍水河的过往，也曾是十数吨的木船往来不绝，成为连通湘赣的重要水上通道。文献上说，清代乾隆年间借助河流水运，萍乡与湖南的货物商贸往来频繁，当时的萍乡县令胥绳武就曾在自己的《竹枝词》里说“比半铜钱赴大街，街南小店正新开。不须细数零星货，贩得衡州烟酒来”。沿着水流，一船船的日用品从遥远的地方泛舟而来，一箱箱的爆竹和煤炭奔着远方而去。无论是爆竹还是煤炭，都是属火的物品，这一次，水火不相争，它们借助着水的力量行走到了更远方。

我找了一个傍晚，站在夕阳下的萍水河边，想象着那些舟楫繁忙的时代和场景。靠着这样一条河流，沿途适宜泊船的地段慢慢就成了人员往来密集、货物上下频繁的码头、集镇。地名志上说，萍乡很多带有“市”字后缀的集镇就是由此而来。

有了水运，货物也就有了互通有无的可能和便利。灾年了，下游逆行而来的一船大米就是满城米价平抑的希望。而换米的，可以是土产的夏布、手工的爆竹。有一个灾年，萍乡乡贤文廷式还曾与官办的企业顺利完成了以煤易米的大宗交易。以此为契机，萍乡的煤炭进一步被近代洋务运动的主将张之洞、盛宣怀所了解。此后不久，他们终于征得清政府同意，在萍乡安源创办了萍乡煤矿并进一步与武汉的汉阳铁厂、大冶铁矿融合成了当时亚洲最大的钢铁联合企业汉冶萍公司。

煤矿初建成时，萍水河上的舟船几乎是络绎不绝。但是浅浅的河水载不动一个国家铁厂所需的能源。最终，煤炭运输的迫切需求在萍水河边催生了当时江南地区最早的铁路株萍铁路。从此，萍水河少了几许负重，但也少了几分端庄。曾经繁忙的码头，渐渐生起青苔、杂草，终于荒芜废弃。

当年那些依靠码头生活的人，面对河面的舟船一天天减少，终至一条船离开后再不回来的景象，心里多少有些失落。他们知道，一去不返的船不仅仅因为铁路的便捷，更因为萍水河水量的减少，再承载不起一条船庞大的身躯。我站在仅剩轮廓依稀可见的旧码头，极目远眺，仿佛想要找回在时间长河里消失不久的舟船，找回不知不觉间变瘦的萍水河失去的那一部分丰腴之水。

2

沿河行走，两岸间隔一段距离就可以看见废弃的石砌担水埠、洗衣埠。同行者有些惋惜，但很快就释然：以前村民每天清早到河边挑水、洗衣，看似有着田园生活的诗意，但实际又何尝不是一种日常的辛劳？几十年的发展，现在山村里也家家户户用上了自来水、洗衣机，村民们幸福地摆脱了部分家务辛劳，担水埠、洗衣埠自然也就逐渐废弃了——甚至一二十年前常见的压水井都已被废弃。

得以摆脱的不止家务的辛劳，农耕劳作也比过去轻松了许多。恰是秋收时节，我们看到，过去的“禾桶”早被弃置，甚至脚踩式“打禾机”也很少见了。马达轰鸣的收割机一路开过去，满地的水稻就装满了蛇皮袋。村民们告诉我们，现在插秧也简便了，已经无需手工施肥和耘禾，新技术的运用让大家从繁重的劳动中解放了出来。村民们不再是面朝黄土背朝天，不再牛耕田、人打谷，种田终于不再那么辛苦。

沿河两岸，村民的房屋整齐而美，装修考究的别墅小洋房依山傍水错落于村子里，并不显得突兀。无人机升空后，给我们传回了更大范围的房相，萍水河边自然村的农房与更远处几个村子的农房整体形象并没有太多不同。乡村民居的改善，让秀美乡村变得真正如诗如画，也将文人笔下低矮土坯房、崎岖羊肠道的山村形象彻底抛到了历史尘埃里。

有一天结束行程时比较晚了，穿过村子返程时，我们惊喜地看到有很多村民家门口停放着小汽车、面包车。汽车大面积进入农家，见证了大家生活条件的改善，也暗指着乡村交通的发展。村村通、户户通，曾经坎坷、逼仄、尘土漫天的乡间泥土路，如今已经都是平坦的水泥路、柏油路。其实，农村基础设施的改善又岂止交通呢，乡村广场、健身运动场、路灯，这些公共基础设施在新农村建设和乡村振兴战略中都成为了乡村的标配。而空调的普遍使用，同样在见证乡村生活条件改善的同时，默默诉说着乡村电力设施的进步。小时候一个星期停电三四次的情形，如今已经一去不返。二类电、三类电这些曾经充满痛感和无奈的词语概念在农村电网改造中渐行渐远。

村子里有几栋老祠堂，走近一看，门口却各自挂着萍水书院、民俗博物馆、农家书屋的牌子。这真是让人欣喜的事情，祠堂变身民俗馆，农民也是读书人。自然景观与人文建筑各归其位，山水生态与房屋道路和谐有致。斜阳之下，河边的草木被微风拂动，美好的生态与古老的建筑相映成趣，偏僻的山村与全新的乡风相映成趣，美丽中国在祖国大地的一个小小角落缩微呈现：乡风文明无处不让人振奋，乡村文化无处不在熏染。打麻将的少了，学国学的多了；搞迷信的少了，学技术的多了。村规民约成了大家共同的遵循，文化传承成了大家共同的追求。

3

河流养活了人类，养活了这世界上所有的生物。

从远古到现代，从部落到城镇，人类一直是逐水而居、因水而兴；沿河建城、因河而美。萍乡这座赣西小城，也是如此。全市的村镇，都是依山傍水在大小河流附近点缀、壮大。但是，喝着母亲河水长大的人，却并不了解这个城市的母亲河。

不能不说，这是一件遗憾的事情。没有一个孩子真正深入探寻过哺育自己的河流。为了弥补这个遗憾，我们邀请了一批志同道合者对萍水河进行一次人文地理生态考察。

行走途中，有媒体朋友问我为什么要策划这么一场富有情怀的行走。我回答：这是我们关注社会的一种方式。我们用对土地最老实的态度，一步一个脚印从河岸走过，用自己的眼睛看，用自己的耳朵听。

生态环境的好坏，河流最直观；社会发展的变化，村民最清楚。

我们在大地上行走，向自然界的动植物甚至生态系统本身学到了很多的智慧。沿河休耕的土地和封山的山岭，让荒草、林木各安其所，也让野生动物重新有了栖息地。新修的水利工程中，设计缓坡河岸、注重水草恢复、保留沼泽湿地，都是为了动物的繁衍迁徙、水生物的多样性、水体自净功能的发挥。

在沿着萍水河行走的过程中，我们的耳目始终是打开的，一路向自然学习，也向群众学习。

看到我们路过村子，附近的村民往往会主动走过来跟我们交谈，提出他们对进一步保护好自然生态的看法。一个村民说：要想美，先治水！另一个村民在说到村子里近年来治理河道的工作时说：人换思想地换装。还有一个村民形容保护生态对村民来说是有“看得到的利益，看不见的享受”。这些来自生活的语言，带着泥土味的语言，时时给我们惊喜也指向了事物的本质！

我们经过赤山镇，河边修堤的工人张师傅主动陪同我们走了一段。张师傅是本地人，从小在河边长大，与水结下了不解之缘，他如数家珍地介绍这几十年来河水由清澈到恶化再回归清澈的细节。

在东源乡羊子村，72 岁的农民刘祖生兴致勃勃地找出了自己手写在草稿纸上的快板稿，赞颂政府大兴水利给沿河居民带来的民生福祉。

当然，也有村民忧心忡忡地提出农村化粪池给河水带来的污染隐患，还有村民引导我们查看隐蔽的排污口并提出整治建议。

这真是让人欣慰的事情。大家都不是看客，大家都成了主人。为了母亲河的美好容颜，为了拥抱一河清水，我们和你们，我们和他们，共同在努力！

类似的欣慰不止一次，类似的努力不止一人。在二百四十多公里的徒步路程上，我们持续看到一条河流在变美，我们透过一条河流看到两岸的大地在飞速地发展变化。

一条河流养活了我们。现在，我们将这条河流装扮得更加美丽自然。

一条河的源头

家住安源萍水头。

在这个当年风靡全国的京剧唱段里，萍水头可以被理解为萍乡安源的任何一个地点。

但当我想要寻找这条名叫“萍水”的河流确切的“头”，却似乎犯了难。

过去很长一段时间里，我想当然地认为流过龙背岭的那条河就是萍水河，但后来我看到水系图上，小时候门前的那条河明明标注着福田河——它是萍水河的支流之一，往下游流着流着就汇入了萍水河。我与一些朋友交流，几乎每个住在萍水河流域几条支流经过的村镇的人，小时候都曾自认为家门口的河流就是萍水河。这真是有趣的事情，一条河流被它支流养育着的人们反复错认。

当我终于将滋养着这个城市的母亲河给准确识辨出来，也第一次对这条河流的源头产生了兴趣。很显然，福田河的源头不是正宗的源头，麻山河的源头也不是，长平河的源头也如此，它们都只是一棵树木的枝条，不是树干。

我用了整整五个小时沿着地图上萍水河蜿蜒的路径溯着源头而去，终于在一个春日的下午来到杨岐。杨岐是著名的禅宗圣地，禅宗五家七宗之一杨岐宗就发源于此，在宋代曾盛极一时。这个说法是我常听也常引用的，但事实上我不得不承认，在更远的地方，我看到一些佛教名山介绍禅宗时只介绍临济宗、曹洞宗之类的概念，并不提及杨岐宗。文化之河的流转与水流之河有着高度的契合。就如同人类的宗族树，每个人都可能成为一个家族分支的始祖，但每一个始祖最终都只是另一个更古老始祖的无数子孙之一。我们甚至无法给它们找到绝对准确和清晰的脉络来进行命名。

按道理，杨岐由临济两派之一而兴盛称宗，自然应该作为一条支流线路明显地流淌下去。但《中国佛教史》又载："宋代，禅宗只临济一家弘传至盛，余家或绝灭，或衰败，但曹洞一家绵延至宋末忽臻隆盛，临济下的黄龙一派数传即绝，而杨岐一派乃复临济宗的旧称。"于是，杨岐宗等同于临济宗，临济宗的历史成为杨岐宗发展的历史。一条分支出去的河流，流着流着又与主流融为一体，支流再次并回主流。

从这个角度来讲，每一条河流都有着无限种可能。河流的成长毕竟与树木不一样，它的源流与树木的枝干正好反其道而行。我们都不会错认一棵树木的主干，但很多河流都曾有过被错认支流与主流、错认真源头与假源头的经历。河流从不计较这些，它只顾着顺从自己的心意日夜流淌。就像杨岐的源头是临济，临济归于禅宗，禅宗又要指向佛教的大怀抱，这样的归类法几乎可以消解后人一切崇高的阐释和宣传。但在这条文化的河流里，它们并不需要真正分出彼此，在信念的道路上汇流而行，目标明确但并不急切地永远走下去，就是出发之时最初最真的本心。

刚才我们说到，对于一条河流源头和准确命名的指认，关联着某种可以消解崇高事物的归类法。这样的命题放到人类自身还会更显得惊心动魄一些。人类之于生物、生物之于地球、地球之于银河、银河之于宇宙，都只是一棵树木的枝叶，甚至仅是树叶上的叶脉或者某个绿叶细胞。这样的想法简直太让人难以接受了。一个人，只是一条河里的支流的支流的……支流。就如我小时候眼中的大河只是萍水河的支流，长大后被称为母亲河的萍水河，只是长江的四级支流——对于长江来说，同样层次的支流太多太多了。

有人说，没有大江大河的城市都不够完美。仿佛缺少了一条阔大的河流从家里经过，就少了点什么似的。缺少的那一部分，是水的灵动和氤氲吗？但江南从来不缺河流，缺的只是大河流而已。萍水河不够大，没能给我和这个城市弥补这种遗憾。

学水利的朋友告诉我，江西的五大河流，赣江、抚河、信江、饶河、修河。没有萍水河，萍水河只是这些大河的不连贯的支流而已。不不不，萍水河甚至称不上五条大河中任何一条的支流。萍乡中部偏东较高的地势，成了洞庭湖水系和鄱阳湖水系的分水岭，这也造成了一城之水各奔东西的景象。全市主要河流有五条，袁水、莲水流入赣江，东奔鄱阳；而萍水、栗水、草水注入湘江，西去洞庭。萍水河它外向，胸怀到更广阔天地看一看的理想。

在萍水河溯源至杨岐山诸多溪涧中无法详知的一条之后，我没有继续去探寻，这众多的毛细根都是萍水河的根系，至于哪一条延伸到了最远，已经不重要了。

我想到了水生态这个词语。水流的减少不是一夜之间完成的，一条河流立体和纵深关联着的一切都无法幸免也都没有独善其身。

这条河流的源头，依旧在杨岐山汩汩流淌；这条河的八条支流的源头，也依旧在各自的源头汩汩流淌。但流淌得有些孱弱，有些小心翼翼。仿佛从一出发，萍水河便少了几分气势。一路收拢着仅存的旧部属，也壮大不起声势来。

接下来我追寻着一条河里孱弱的缘由，追寻到了一条河流的源头。可是源头似乎也只能面对着我的追问张着嘴巴说不出话来。

源头也在追寻自己的源头。

一切的指向最终回到了草木。回到了山上的草木，回到了沿河两岸往外延伸的草木，回到了河流之下的草木——以及草木中畏畏缩缩的鱼虾虫豸。

要解决一条河流之痛，也必须循着疼痛去找草药的源头。

这两年来，我的工作岗位似乎与水资源有了某种关联。借由这种关联，我们将工作的重点偏移到了为水生态环境的鼓与呼之上。

既然想到了水生态文明，首先想到的自然就是对本地饮用水水源地涵养与保护进行一番调查。接下来从河流的源头往下，先要杜绝沿河汇入的污水，再要放流增殖水里的鱼虾，丰富水生物资源；然后呼吁全面禁止毒鱼电鱼和无序养殖破坏水体生态。这些就是我们这几年参政议政的重点了。

我们没有忘记，为一条河流的源头增加更多细微的源头，在日渐葱茏葳蕤的草木间涵养水源。我们没有忘记，给一条河流增加水草丰美的河湾湿地。从河流的源头出发，萍水湖湿地、陈家湾湿地、双月湾湿地，一路都在想办法让河流歇一歇喘口气，将湿地还给河湾，将水草还给水鸟，将一条河流与它的源头紧紧系在一起。

我相信，这一切，已经准确地遥遥指向了一条河流重新变美变丰腴的源头。这一刻，我看见一条河里的亿万个源头张开小嘴在呼吸吐纳。他们蓄足了劲，准备在河流的源头为它的十万里征程壮大声势，谋划一个波光潋滟清凌凌的梦想。

琼　浆

将人类在这世界上的生存史简单粗暴地概括为掠夺史，可能不会有太大的偏差。一切可以充饥解渴的物品，一切可以治疗补益的物品，人们都向其他的生命索取。

向草木索取生命的琼浆，也向动物索取生命的琼浆。

是的，我先前已经承认，作为一个偷蜜贼，我也曾在少年的时候捣毁过野蜂辛苦筑造的精美之巢，掏取其中为数寥寥的蜜。

要收取更丰富的蜜糖，就得绕过赤贫的野蜂，去压榨家养的蜜蜂。是的，蜂蜜是一切动物能够提供给人类最甜美的琼浆。

春天的末尾，我经过村头那座古老的石桥时，发现嗡嗡嘤嘤的蜜蜂在桥下回旋。一个鸭蛋大小的蜂巢初现雏形，一只又一只的蜜蜂扇动翅膀堆叠在一起。回家与三叔一说，他马上换了冬天的厚衣服，拿了一个蛇皮袋去了石桥下。我看见他光着手轻轻地将簇拥在一起的蜜蜂扒拉到蛇皮袋里，最后又认真观察了一下，确认蜂王已经到位，便不再理会剩下那些丧家之犬般乱飞的蜜蜂。这个过程，龙背岭的人称为“收蜂”。每年，总会有一些蜜蜂群在发展壮大的过程中，内部分裂，新生的蜂王便带着一部分子民外出找个树杈、桥拱或屋檐、墙洞新建家园。这个时候，胆大心细的村民便可以将这一个小型蜂群收养回家。

攥着蛇皮袋回家后，三叔找了个木箱将收回的蜜蜂安顿下来，从此家里有了一窝家养的蜜蜂，从此龙背岭又多了一户人家养蜜蜂。等到蜂群壮大到一定时候，就可以割蜂蜜了。

养蜜蜂看起来简单，蜜蜂自己会采蜜养活自己，不用像养家禽一样要早上放出去晚上赶回家。但要养好，却并不容易。寒冬里要给风箱保温，夏天里要担心外来的毒蜂混进蜂巢剿杀蜜蜂。最重要的是，蜜蜂采回的蜜浆总是隔段时间就被人割走，而且割蜂蜜的人往往控制不住自己对琼浆的贪婪，往往忘记给蜂群留下满足基本生存所需的食物。于是，到了蜜源稀少的时节，大量的蜜蜂便被饿死。很多蜂群因此而无法壮大，或就此解散，死亡殆尽。

因此，龙背岭养蜂的人家总是这边有一户新收养了一窝蜜蜂，那边可能又有一户家里的蜂群被饿散了。

在甜蜜的琼浆面前，人类的贪婪显露无遗。

我看见蜜蜂熙熙攘攘、友爱勤劳，但劳碌到死也不知道为什么蜜总不够吃。我看见蜜蜂活在幸福的花木之间，但从不清楚这世间的残酷，一辈子的辛勤换来他人的甜和自己的苦。我注意到，在被割走了蜂巢里的蜂蜜后，蜜蜂们为了养活自己的族群，采蜜时也更劳碌和勤快许多，仿佛，飞的时候翅膀都震动得快了一些。但是，如果运气不好，短时间内找不到足够的蜜源，这一窝蜜蜂的生计依旧会无以为继。

但龙背岭的蜜蜂从来没有一点懒惰和自暴自弃。它们清楚，自己只有更劳碌一些，才有可能不被饿死；它们清楚，这生活的基调已经确定，但生命的琼浆只能靠自己去酿制。

其实不只蜜蜂清楚，龙背岭的人们也很清楚。他们靠老茧密布的双手、湿透衣衫的汗水、起早贪黑的劳作，酿造出自己生活的一点点改变之甜，酿造出孩子走出山村改变命运的一点点希望之光。看到漏风的砖墙粉刷上了石灰，看到木讷的孩子走进大学，这不停流汗劳作的人便如同饮下了琼浆。

很多年后，我离开龙背岭，侧身于城里一个边缘的机构，在三十里外拥有了自己新的巢穴和生活。每天在家庭和工作的日常中度过二十四小时，每天都是忙碌、庸常、无趣、机械。我一度觉得，这样的琐碎占据了自己全部的时间和心情，是自己生活过得庸俗无趣的关键原因。

奇怪的是，同样的日子，同样的家务，同样的抚育孩子，同样的上班下班，但总有一些人，能够在日常里发现细碎的美好，酿出生活的甜。我见过几个让人惊艳的女子，将小城的日子过得无比优雅、诗意，在所有人家都需要操持的家务、柴米油盐之外，隔三岔五活出一点小资的味道。有时候简直让人怀疑她们不是生活在这个小城，不是生活在日常的庸碌琐碎之中。她们懂得寻找生活的缝隙，像龙背岭的蜜蜂在墙洞里酿出一小团一小团的蜜。

这些年，每年冬天都要集中走访一批贫困户。每次走下来，大家的脸色和心情都很沉重。也许是因为长年的生活窘迫或者病痛折磨，走访对象见到我们后几乎都是哭泣、叹息，萎靡不振。似乎，家庭的整个生活空间都是灰色的。但也有例外。

其中一户，资料上写着：老戴，下岗职工，妻子劳动能力较弱，女儿因病于一年前做了换肾手术，一家三口挤在四十多平米的老房子中。

从逼仄的楼梯间爬到六楼，门开着，老戴正在屋子里给一双旧皮鞋擦鞋油，我远远地看见他动作轻柔，在鞋面上一寸一寸擦过去。抢在走访队伍前头的我迅速按下快门，给老戴来了张特写。

照例是送上慰问金和过节的物资。老戴双手接过去，不卑不亢地说着谢谢，之后坐到旧沙发上跟我们说话。老戴家房子很小——勉强称得上两室一厅吧——但是很干净，家具很少，收拾得特别整洁。墙上挂着大幅的十字绣，绣的内容是红色的花朵；茶几上摆着手工制作的绢花；两个房间的门前都用别致的手工珠帘隔了一道门帘。角落里还养着两盆绿植，整个空间显得特别亮堂和温馨。这种讲究与雅致，与此前走过的一些贫困户房间内的昏暗、凌乱、肮脏形成了鲜明的对比。得知老戴的女儿每年还需要一万多元进行后期药物治疗时，领导关切地问了问他一家的生活。“生活嘛，总是会有艰难的时候，好在最艰难的时候我们都已经挺过来了，相信今后日子会慢慢好起来的。”老戴的话让我记录的时候停顿了一下。多年来，我第一次听到慰问对象而不是慰问者说出如此乐观如此阳光的话。“现在女儿虽然还要靠药物治疗，但是已经能开始工作了，她在楼下开了个小店，她妈妈则在街道福利厂做事，我也趁着还有几股力气，上街找点搬运的活儿来做。加上政府的扶助，生活还算过得下去。过几年将治病欠下的债还掉，我们又可以过正常人家的生活了！”说这些话的时候，老戴脸上表情生动。他的乐观和信心感染了我，结合刚才看到的景象，我在心底作出了判断：这户人家肯定将有更加美好的未来。

过了两年，我在回访名单中再次看到老戴一家的名字。

一打听，在社会各界的爱心帮助下，老戴现在已经到街上摆小摊去了，他真的还掉了债，开始过上普通人家的生活。我找到当年拍摄的那张照片和走访记录，照片上老戴弯着腰，表情专注地给一双已经有了豁口的皮鞋擦着鞋油，光线从门口照到他的脸上，在我按下快门的瞬间，他还面带微笑！

两年前，他在苦涩的生活里找到了内心的甘甜，并乐观地开始汲取花蜜和水分。现在，蜜蜂完成了从细碎花朵上采蜜的动作，美人蕉完成了从泥土汲取养分的过程，他已经品尝到了自己酿造的生活的琼浆。

落雪记

白糖拌雪应该是一种带着宠溺感的发明。

没有旧书中所说的那种小巧银碗，也没有精致的白瓷。从碗柜里随便抓一个色泽黯淡的饭碗，屋后荒坡上厚厚的积雪中掏一碗，小手僵硬地捧回家里。

舀一调羹，清冷的雪含到嘴里并不马上就化，它甚至耐得住你两三下咀嚼，然后一线冰凉中带着一丝清甜的感觉就滑过喉咙。

吃雪的重点在于新奇好玩，它的滋味与口感并不让人迷恋，一碗雪吃个两三口也就吃不下了。除非此时家里的父母心情大好。

心情大好的父母并不责骂你跑到外面玩雪弄湿了鞋子冻红了双手。他们反而从厨房的角落掏出了小半罐白糖，舀两勺撒在孩子们捧回的那碗雪里。白色的糖与白色的雪混在一起，如果捧到屋外，会在初露的阳光下反射出隐约且好看的银光。拿竹筷拌匀后，你就很难区别出来哪一粒是雪哪一粒是糖了。这时的白糖拌雪再舀到嘴里便是乡间日常罕见的甜品了，孩子们往往能够吃下大半碗，直到肚皮摸着都仿佛是冰凉的。

拌糖的白雪并不每次下雪都能吃到，吃到的白糖拌雪也并不每次都那么可口。孩童时的乡村，下雪次数实在不少，家里的白糖金贵，父母的宠溺只能有那么一两次，而且关联着各自的家境，大人们在一碗雪里所能添加的代表宠溺程度的白糖数量总是不同的。

邻居家有个女孩子，她下雪后缠着父母所做的白糖拌雪总是甜到发腻。关键是她却并不吃，而是捧着雪碗藏到冬天里储藏红薯的地窖里去。她幻想着到夏天的时候可以喝上一碗清凉甘甜的雪水。过了几个月，家里打开地窖，看见一个干涸的碗里积着一层尘土和两三只蜘蛛虫豸。

后来我长大一些，看《红楼梦》，似乎看到有类似的做法，冬天里用瓷坛装雪密封储藏，融化后作为来年煮茶的上好之水。

由此看来，一个个优雅高贵的书中人物，与赣西乡村里一个八九岁的女孩子相比，高洁高雅的女儿心似乎也并没有太大的差距。

我们总是在父母清早催促起床的声音中透过窗户看到田野雪白。真是奇怪，仿佛白天落的雪很难积起雪被。只有落在夜晚的雪，悄无声息地就完成了一次厚厚的覆盖。白天里有时候也有鹅毛大雪、飞絮中雪、白绒细雪，但总是容留不住、堆积不起。除非，这场雪是在傍晚或早上，与某个夜晚形成一种持续的攻势。

落雪后的村子，在满目的白色中浑然一体。只有火炉房飘荡出来的烟在空中扭动出一些动感。

落雪第一天，我们便拎着铁皮桶去堆起了三两个雪人。十厘米左右厚的雪就安静地覆盖在家门口的泥巴地或者平顶房的楼面上。我们跑过去，装满一大桶雪并压实，倒出来便是一个臃肿圆胖的身子了。装满一小桶雪并压实，倒出来便是一个桶状的抽象脑袋了。有耐心的人再拿枯枝给它刮削出一点点面部轮廓，挑两个煤疙瘩塞上去成了眼睛。我们的雪人都是没有手脚的，因此不怕它们半夜里逃跑。我记得除非第二天气温急剧攀升，绝大多数时候堆好的雪人都能老老实实地在原地待上两三天，之后才会慢慢变形，终至不见。

落雪第二天，我们小心翼翼地去攀折屋檐上的冰棱。长而粗大的冰棱倒悬在那里，晶莹剔透中反射出幽光，摸上去又滑又冰。敲一下没有反应，推一下没有反应，直到用力更大一些，终于折了下来。冰棱没有白糖拌雪好吃，因此孩子们只是稍微尝一口，或者咬断尖锥部分咯吱咯吱咀嚼得小嘴麻木。用不了几分钟，握在手里的冰棱就考验起了孩子们对“冰寒刺骨”的忍受能力，最终会啪嗒一声在地上摔成几截。攀折冰棱是个极度危险的活动，滑倒在结冰的地面几乎是十有八九的情况。敲打冰棱时也可能引起连锁反应，一大片尖刺般的冰棱砸下来，不小心就可能头破血流。

落雪第三天，天若放晴，雪基本就会融化了。灰色的枯叶和绿色的植物重新统治我们的视野。洼地、沟渠、河流里浮动着仿佛变软了的大小冰块。最终，这些冰块慢慢融化得与水流不分彼此。天若不放晴呢？化到一半的雪便被踩了急刹车，与零星的雨水在夜里完成了一次妥协。我们将树叶上凝成的厚厚冰层剥下来，便是完整的一片冰叶子，连叶脉纹路都清晰可见。

落雪第四天，天放晴了，我们去山上砍柴。这是一件让我百思不得其解的事情，为什么雪后村子里很多人都去砍柴。

雪后不是应该围在火塘前烤火吗？这个时候进山砍柴其实很不方便。平地上的雪早已融化干净了，但山谷里走着走着树顶上便掉下来一坨积雪，冷不丁砸在肩头甚至直接从脖子处灌到衣服里。有的树被雪压折了，我们便索性砍下当柴烧。当然柴刀的主要目标还是那些灌木类的杂柴，它们的根部还被雪裹覆。我们刨开积雪从灌木蔸处砍下，寒冷的空气里，荆棘刺破皮肤也完全不知道疼痛。雪后的空山里那么岑寂，柴刀砍在木头上笃笃笃的声音回响在整片山坡。偶尔有父亲和儿子对话的声音，也都仿佛被扩大了好几倍。

这种雪后空山的寂静给我留下了深刻的印象。后来我翻书时看到别人也有类似的感受，其实并不只山里，雪后仿佛整个世界都更寂静了。好像是积雪吸纳了所有的声音，也仿佛是积雪捂住了发出声音的人和物。大家都缩在温暖的地方，屋子之外的天地，重新交回给了空旷。

这样的空旷周而复始，一年总要发生三五次。有时候一场雪只在乡村里停留一两天，有时候一场雪紧接着另一场，足足霸占旷野八九天。

这种情况在最近十多年发生了巨大的变化。我一直想要弄清楚，究竟是什么东西吓跑了一场雪、吓跑了一个落雪的天气。沿着长江画一条线，仿佛半个中国都被雪抛弃了。南方的城市每一个都在念雪、等雪，炫耀一星半点的雪花。二十年前如此常见而频繁的雪变得如此难得，它们落到哪里去了？

那时候的乡村，从来没有人觉得白雪覆盖大地是一件奢侈的事情。

不像现在，一场雨夹雪便会提前一个星期引起各种媒体各种心思的期盼与关注。朋友圈里老少众人无比矫情如迎圣驾，宣传材料上大小部门高度重视，如临大敌。

记忆仿佛发生了某种偏差。过去的树木与孩子都更顽强一些。三天的雪并不冻坏压折多少树木，寒冰飞雪也并不阻挡孩子们步行上学的道路。大家该干吗还干吗，天地万物在常见的冰雪里各自相安无事。

落雪不是稀罕事，自然也不引起特别的感慨与关注，甚至并不留下特别的记忆。

——就像雪应该是白色的，从来不会有什么人大惊小怪提出异议。

我也一样。从来只知道用洁白来作为雪的定语。但前不久看新闻图片，竟然看到了一场肮脏的雪，在沙尘暴里染黄和覆盖了整个城市。荒野里的雪层表面，是褐黄的颜色如同陈旧的纸张。我可怜这洁白的雪，她们在落到人间之前就变得肮脏，她们跌落时路过空中就沾染了尘埃。

这样一场雪，落出了荒凉味。

鲁院花事

锁好办公室，安顿好信报箱，给客厅的鱼缸换好水，给窗台的盆花剪好枝，关上门，从江南的春天里抽身，北上。火车上睡过一觉后，醒来已是北京城。鲁三四，在春风里开学，在春天里报到。

抵达鲁迅文学院是在正午，风吹来，让人不能不裹紧衣服。桃花未开，柳芽未吐，连梅花都还在含苞蓄势。

院子里多梅花，多玉兰，多各种需要借助植物铭牌才能认识的花木。它们都才刚刚苏醒，有起床的迹象却没有起床的行动。花的红色、芽的绿色，都还只隐隐在藏得深沉的心事内部泛出淡淡的色晕。

三月上旬，在我的江南，在我的赣西，春天正热烈。离家时玉兰已走过了自己的花期，桃花和梨花更早，油菜花、海棠花、梧桐花，粉墨登场后正等待新的伙伴上台。而三月的鲁院仿佛时间回拨了一段，玉兰还是骨朵，柳树和梅花也还等待一个契机和一声召唤，整个北方的花事尚待春风，尚待一场盛大的召唤。直到一场春雪之后，鲁院的季节才算真正换了人间。

这样好。这样我就可以在一年里拥有两个春天、双份的美好了。三月中旬开始，文学馆路 45 号的这个院落里，将我一个半月前经历的赣西之春重复一遍：先是蛰伏的草木，再是蠢蠢欲动的花芽，然后突然在一个中午外出时惊觉一树白玉兰竟然以惊心动魄的姿态灿烂如云。

北京的春天节奏真快。头一天，我还看见这一树玉兰蜷缩着毛茸茸的花苞在阳光下沉默呢，看不出半点将开的端倪。想不到一夜之后，竟然已是满树花开，仿佛是蛰冬的生命瞬间活了过来。

在我看来，鲁院或者说北京的花都是有个性但又有纪律的。它们一树一树地开，并不像江南的某个山坡，所有桃树约好了时间在一两天内整齐开放。鲁院的玉兰不这样，一树热烈地开着，另外一树还在保持三五天沉默。这样一来，半个月的时间里，站成一排一排的玉兰树，仿佛分好了工排好了序，先开两树，又开一树，再开四树……这样的秩序，让一些玉兰赶上了北京的春雪，另外一些成功地躲开。

玉兰开过，梅花马上又赶趟儿了。也是在一夜之间，教学楼前小小花园里的一树树梅花就咧开了嘴。又过了一天，恣意的花枝就惊艳了一群又一群人手中的镜头。梅花颜色多样，花型也有些差异，看花的人仔细看着树杈上挂着的小牌：丰厚梅花、蝴蝶梅花、人面桃花梅花……来回两三次，依旧没能将整个园子里的十多种梅花给全部认明白。于是，每天下课后，梅花深处总有嗅着梅香流连的人，而同学们的微信朋友圈，似乎也都被鲁院的花事占据。

可不只玉兰和梅花啊，梨花在开，桃花在开，杏花在开，到了四月底，金银木的花又在绿叶深处开着。

于是，三月下旬和整个四月，鲁院的校园里都是花香四溢的。

我记录不下那些弥漫在空气中有时若有若无有时又浓郁无比的花香，更遑论鲁院花木的灵魂了。我能记录下的，只是她们妖娆的身姿和面容，并添加备注：花团锦簇。

是的，似乎只有北京的花，才更好地呼应了花团锦簇这个词语。鲁院围墙内这品种不一繁复的花簇，似乎是一个个盛大的名字，正应了鲁院的现实：一群群、一列列的文学名家，都簇拥在了这个小小的院落内。文学范儿的墙壁上每一个前辈的名字都在发光，全明星的课程表上每一个老师的名字都让人景仰。如果有大家来讲课，就在花簇中闪烁出别样馥郁的芬芳了；如果是课堂研讨，就是花簇里挤挤挨挨的花瓣在吐蕊。

清明假期返校的晚上，路灯映照下看见鲁院校园内又开了几树茂密的“樱花”与梨花，夜深处只能看见密密麻麻的花簇，树叶完全被花朵遮蔽了，乍一看去，似乎整棵大树的颜色都是统一的白色。第二天再去看，发现满树的花枝不是樱花，借助手机软件，知道了这“满”得不像话的花簇竟然是海棠。

在鲁院的花事里，我不得不借助识图软件来弥补自己博物学的匮乏。我甚至不得不重新补齐一个南方人到了北京后对花事花期的再认知。

在赣西，温暖春天里的各种花开过后总能在枝头停驻一个星期左右。但我看到鲁院的花（推而广之到北京的花）基本都是开过三四天甚至两天就落了。它们开得那么整齐，也落得那么整齐，似乎都是有号令似的。一阵风吹来，花瓣就一瓣一瓣飘洒了满地，对于拍照的人来说，别有一种落花堆积的意境。

鲁院也有柳，垂在池边。酝酿了十多天后，在三月的末尾垂柳全部绿了。叶子一边长，毛毛虫似的柳花就在同时开。开过一段时间，也草草收场落在地上铺了厚厚一层。此时她的一个在名姓上极易混淆的姐妹又登场了——杨花。

杨花属于整个北京城，并不独属于鲁院。对于鲁院来说，她是外来的，无视围墙的遮挡，乘风来到并不种植杨树的文学殿堂。说是杨花，其实却是絮状，让读古诗的人分清杨花柳花杨絮柳絮这些模棱两可的词语成为一个难题。这絮状的杨花无处不在，阳光照耀下飘飞着浮满了半空。有那么几天，仿佛整个北京城的空气都是凝滞的，走在路上的人错觉自己是在黏稠的絮池里游动。对于这种让人爱恨交加的花絮，我在公交车上听到人们臧否不一，但大家都坦然接受着这春天里的花事之美或不完美。就像爱好文学的人接受着自己现实存在的生活。接受，是个具有多重意义和解读的词语。

因为假期和工作，四月中途回去了两趟江西。七个小时的高铁过后，在我的赣西，我看见高海拔处的映山红以决绝的热烈向春天的尾巴告别；而在我的鲁院，我发现藏在某个角落里的两树桃花竟然在四月的末尾保持繁茂灿烂。这花事的差异，让我产生了严重的时空穿越感，正配合了飞速的高铁带来的空间置换。

像读一本花开两朵各表一枝的旧小说，回过头来又回过头来。像一群在坚硬生活里爱着文学的人，文字与现实内外交互中变换表情。而南方北方的花带来的美感是同样的，而生活与文字带来的温暖触感是同样的。

龙背岭的夜

檀树山下李家昨天晚上进了妖怪。先是躲在屋后的老樟树上，一道雷劈下来，樟树被劈掉了一半，妖怪又跑进了李家的厅堂里，藏在电表旁，雷公跟了进去，将房子都劈了一个大洞，最终应该是将这妖怪给劈死了——因为雷公不打死妖怪是不会停止的——也不知道是个什么妖。

这个故事是我很小的时候在邻居家听到的。当时可不是作为一个故事，而是作为一件头天晚上确凿发生的事实在传播——亲历者信誓旦旦地表示，她透过窗户看到了漆黑的夜幕上一道又一道刺眼的闪电追着妖怪劈过去。

想想似乎有些可怕：漆黑的夜里，一道闪亮的白光带来轰隆的雷声，咔嚓一声将屋后两人合抱的大樟树给劈垮了一半。这样的情景移植到电影情节里，一定是个绝佳的环境烘托。

其中包裹着乡村雨夜的一片漆黑是最核心的元素。只有漆黑和夜晚，才能托举起众多纷繁的幻想和心理暗示，才能承担起制造神秘的重任。

我印象里幼年的夜晚，都是色调明显的。吃过晚饭，可以站在窗前看着门口的一棵树慢慢在夜幕中隐没，只见轮廓、只见模糊的影子、只见一团黑影，终于与整个村子里的夜色融为一体，看不出半点痕迹。后来语文课上学到“伸手不见五指”，我很容易就理解了这个短语。乡村里的夜晚，日常就是这种感觉。

黑暗主宰着乡村的夜。黑暗是乡村夜晚里彻底覆盖野外所有事物的外衣，让屋里屋外成为两个完全不同的世界。尤其是冬天的时候，夜色来得更早更浓郁。点着灯的房间里弥漫着一种淡淡的煤油灯气息，仿佛仅此就让屋里的光亮比窗外的黑暗更暖和了许多。多年以后当电灯取代了煤油灯，我在房间里坐着，对比外面的漆黑，也依旧感觉有一种情绪上的温暖。弥漫在房间里的气息，依旧奇怪地重叠着记忆里煤油灯的气息。

那种昏黄的光芒，透过纸糊的木框窗户映照到外面，散发不了多远就被黑暗给吞没了。但远远看去，却是黑夜里难得的慰藉。灯光与人烟，不自觉地就形成了互文般的暗示关系。除此之外，乡村的夜晚里你看不到户外的灯，乡村的夜晚完整地属于黑暗。

想想过去赶路的人，为什么一定要在天黑前找好落脚之处？实在是因为村庄里一到天黑就真的黑得看不见路，看不见身边的一棵老树。

这黑暗的乡村之夜，也是诸多传奇故事、神秘传说的由头。

对于黑暗，人类有着仿佛遗传一般的恐惧。要问乡村里的孩子最怕什么，得到的答案一定是怕黑。虽然每一个小孩子可能都还有另外害怕的事物，比如鬼啊老鼠啊蛇啊之类的。但这些事物总是依托于昏暗的光线而出现，从来没听谁说在光线明亮的马路上还会害怕鬼魂老鼠之类。

乡村里的孩子们总觉得，那些幽暗的地方隐藏着一些自己看不见又打不赢的事物，可能在自己一个恍惚间就跑出来。小时候的暗夜里，我好几次都怀疑自己眼角瞟到了一个动物或者人形的事物从屋子里或者窗户外走过，待到定下心神认真去看时，却又什么都没有。又或者，等到早晨再去看，晚间昏暗处瞟过的地方正摆着一张椅子或是长着一棵枝干遒劲的小树。这个时候，悬了半个晚上的心才算放了下来。

因为黑，因为未知，因为到了夜晚看不见的世界里什么都有可能，才会有那么多古灵精怪的想象出现。影子鬼、野猪怪、老树妖等传播于村民口中的概念就产生在这样的乡村夜色之下。

而温情则摊薄了乡村的夜。温情是乡村夜晚里最容易滋生于房屋之内的事物，让酽酽的夜色或寒夜的清冷都变浅淡了许多。这种来自于人际交流的温情让村子里的人烟味充满着每一个屋檐下的家庭。夏天的时候，萤火虫在暗处自顾自地闪烁着，邻居们相互串门、聊天，打着蒲扇聚集在某几户人家的厅堂或门前坪地上。说的都是各种无关紧要的事情，但融洽的亲情族情与邻里情却慢慢洇染在了夜色之中。若是冬天，串门的人一边烤火一边闲聊，仿佛乡村里沉重的劳作和负担都被放了下来。直到夜色渐深，才起身离去，在邻家的院子里惹来几声犬吠。

更多的时候，夜晚关闭大门的屋檐下只有一家人。小孩子洗完碗筷后，就着灯光写作业，父母坐在屋子里说着话。一家人第二天的生活就在这夜晚铺排得详细。等到大家停止了说话，屋子里便显得异常空旷而安静，一只老鼠的吱吱叫声也听得非常清晰。乡村的夜晚，安静下来后，仿佛空气中总是氤氲着一些什么情绪。

时间过去了二三十年后，这种感觉依旧萦绕在我身上，我找不出合适的词语来形容流动于乡村夜晚空气里的那种情绪与气质。

对，那是一种没有源头也没有主体的情绪与气质，它们与弥漫于乡村夜晚的温情一起，让人温暖、安宁、亲近。只散发于夜深人静的乡村，只散发于黑暗包裹下乡村的老房子内。与眼睛里所呈现的那种在盛夏顶着烈日、炙烤而隐约闪动的线条相似，蒸腾于没有实质的黑夜之中，也似乎在轻轻拥抱着黑暗里的每一个人。

这种无法形容的物质，甚至诱惑了自然界更多的生物投奔而来。乡村的夜晚里，无论是亮着灯或不亮灯的房间，你总能看到各种各样的飞蛾、蚱蜢，甚至还有迷路的鸟雀飞进来。其中有光线的诱惑，也有温度的诱惑，但我相信，一定也有不为着光芒与温暖，而是纯粹想进屋子里来享受被某种情绪与气质拥抱的虫鸟。它们从屋外的浓黑中来，自带了一丁点来不及散去的夜色，飞来蹿去给夜晚的屋子里增添了许多生机。有一种豆绿色的飞蛾，总是在秋天的下半夜钻进屋子里来，一动不动趴伏在桌椅上；还有一种翼展宽大的圆点蝶状蛾，夏夜里进到屋子里不去绕着灯旋舞，而总是找个人肩上栖落。

幸好，这黏人的小生灵是在屋子里，要是在户外夜行时冷不丁脖子上落了只冷冰冰的蛾子，准会吓人一大跳——多年前赶夜路的人，在乡间的夜晚摸黑行走，总是小心翼翼，提心吊胆于草木虫豸丰富的小路上冒出点什么来。

多年以前赶夜路的人，会更喜欢现在的乡村道路。过去家家户户必备的火把、手电筒，如今已经不需要了。村路不再那么崎岖，也不再被杂草和泥沙包围。多年以后的今天，乡村里的道路有了更加标准的模样。

但路灯的参与也让乡村的夜晚少了许多韵味。我曾在龙背岭老房子的二楼写下：乡村里的路灯是可恨的。它们将凌晨两点的村庄点亮得如同白昼。

凌晨两点的村庄并不需要灯光照亮什么，不需要照亮醉酒归来的人、清运垃圾的人。虽然作为一种新事物，乡村里也有了自己的环卫工人，每天清扫道路、清运每家每户门前垃圾桶里的垃圾。但是，他们不需要像城里的环卫工人一样顶着夜色去工作，而是可以从容地在每天上午来消灭垃圾。

有一次我去一个深山里的村子，看见四五十岁的环卫工开着电动三轮车，正在将垃圾桶里的垃圾倾倒到车上。他的腰间，别着黑色的随身听，正在大声地播放典雅的古筝曲。

我跟在他后面慢慢地走，一点也不觉得这山村、运垃圾的环卫工、劣质的随身听、典雅的古筝曲之间有任何违和之处。这似乎是中国古典乐器与自然生活的一种默契。我设想了一下，将古筝曲换成钢琴曲，心里一下子就感觉接受不了。

乡村的夜晚和路灯也一样。

或许，实现乡村的现代化与保留记忆中的乡愁，这本身就是一个两难的叙述语境。一方面，我们希望让乡村的人们真正与城市的居民过上一样的生活（或最少，在表面的诸如路灯照明等方面有着浅薄的相似），另一方面，我们又不得不承认，一些城市产品的进入，让乡村已经变化了模样，乡村不再像乡村——否定的否定之后，你当然也可以追问：怎样的乡村才像乡村呢？乡村本身就是在变化中前进的，它并不一定要固守着封闭、落后、贫穷、匮乏。但是，乡村与城市，既然拥有着两个不同的名字，自然应该是要有不同的定位。

每个人都可以在自己心里给乡村作出不同的定位，但乡村一定要有一些与城市不同之处，有一些与城市不同的韵味所在。比如，乡村的夜晚，与被光污染到骨子里的城市，就应该是要有所不同的。

对，我们无法准确界定怎样的乡村才是共同理想的乡村。但或许，我们可以首先将乡村的夜晚交还给夜晚、交还给神秘的黑暗。

第三辑　东园载酒西园醉

在一座小桥上坐着

在一座小桥上坐着就好，不说话。春天的石板依旧稍带着凉意，但阳光很好，温暖得让人欲睡、欲梦。让人想在这三月的太阳下回到四百年前，或更远，五百年前。

一个小家小姓，以多大的勇气才能在横亘于道路前方的河流上架起一座桥梁。此时这个小姓氏刚刚由外地落户赣西萍乡不久，人丁自然也尚不兴旺。操持着小买卖的人家对道路交通的便利有着天生的敏感，看着由县城经驿道去往州府的旅途一出城就被泉江河阻隔，下定决心为世间添一座桥梁。

此时是明代，万历年间，此前的过河之所其实也有，但仅是简易的木桥，春水一涨，山洪一发，桥便没了。这一次修桥的人想要一劳永逸，修成石桥。

但事实上似乎并没有一劳而永逸的事情。四百年后我看着泉江河上的石桥，在青石板上闲坐，翻看一百年前的漆氏族谱。石桥现在依旧叫着流江桥，但万历年间的桥面早已在岁月的长河里湮没。桥毁于水，桥毁于战，时间远比石头更残酷、更坚韧、更绵长。幸好，一定时间段内，人类的坚韧绵延也并不缺少。当初修桥的人也留下了后代，既然没能一劳永逸，我们还可以继续。于是，在清康熙三十三年（1694）、乾隆三十六年（1771），毁掉了流江桥又两次由漆姓族人出资重修。

风吹过来，我攥紧了一百年前的老族谱，生怕一不小心就落入河水，就像曾经落入河水的那些石头桥面一样。我怀想着先人的光辉，其实也在思考，修桥的人家似乎并非没有私心。族谱上说，修桥用掉了白银八斤，桥成后第二年，长年焦虑于没有子嗣的漆东江，新添了一个儿子，正好八斤重，一两都不差。

走过流江桥，我放下族谱，往更开阔的地方行去。然后我不得不承认，并不是只有我的祖先留下了一座让我怀想的桥梁。流江桥之外，更多的桥梁也是由民间，由一家一户、一村一姓，以虔诚的心态修建而成。

你可以想象，那时的一个村子当然不是现在的建制村，而是某姓人家在山坡下、水流边聚居而成的一个小小自然村落；那时的桥梁当然不是现在下水入地无所不能的机械施工，而是先得采石头，或最少先得伐木头。资金不足，牵头的乡绅便到附近募化；水文资料不足，动工之前总得先将良辰吉日选了又选。在纯人力的时代，湍急的河水里施工，想象一下都觉得神秘而困难重重。于是，那些关于桥梁的民间传说里显灵的老龟、浮在水面不沉的石头，几乎在南方的每个城市地方文史资料中都屡见不鲜。

沿着流江桥横跨的泉江河往上，溯河之源是萍水。在萍水河上，我依次数过那些有名有姓的老石桥：萍实桥、亨泰桥、通济桥、香溪桥、善州桥、赤山桥、栗江桥，等等。

这些老桥的名字和故事，至今当地的人们依旧耳熟能详。

这些老桥，在我逐一抚摸过后，几乎都能发现某些人名在石头之上留下的温度。

想想真是奇怪，为什么这些老桥，这些艰难留存下来的历史见证者，大多数都是由民间捐建的呢？

即使在现在，一座桥梁的修筑，也需要花费大量的钱财与时间。在几百上千年前修筑一座中小型的桥梁，也算是一项重大工程了。要启动这么一项重大的工程，恐怕并不仅仅是“修桥补路功德无量”的意识能够驱动的。

我继续沿着河走，沿着一座一座古老的桥梁走。史料说，始建于宋绍兴（1131—1162）年间的通济桥最早是由当时的知县倡修，此后先后三次被毁，第一次由李仲本出资重修，第二次由姚、黄两族募资重建，第三次则是由姚惠中、姚汝发、施瑞九、叶青波等人牵头募捐重建。始建于宋崇宁（1102—1106）年间的香溪桥多次被毁后，在清代时也先后由叶应祥、黎安烈两次重修改建。此外，位于莲花的秀莲桥是先由当地百姓朱雄莲于清代捐资独建；位于上栗的栗江桥是由当地在外任官的荣廷浩带头捐白银五千两加上当地部分百姓集资倡建……

我发现，修桥的大多是乡绅富户，当然也可能附加了对邻近村民的某种摊派，但出力最多的还是乡绅；其中起最大推动力的，还是浓烈的乡绅文化和乡绅表率意识。这么多的人愿意通过修桥这种公益事业来体现自己的社会价值和在这世间存在的意义，这么多的人愿意通过倡导发起某种公共事务来证明自己在这乡村里的责任感和付出感。乡间的秩序，乡间的浩大工程，就这样在有意无意间被维系和推动。

我庆幸，这些民间捐建的桥梁，大多数都保留了下来，一直到现在依旧在被使用，并有很大一部分成了文物保护单位。

我曾经也在思考，这世间为什么要有桥梁这个事物。辞典上说，桥是一种用来跨越障碍的大型构造物。确切地说是用来将交通路线或者其他设施跨越天然障碍（如河流、海峡、峡谷等）或人工障碍的构造物。

一条坦途，或一条崎岖的山路，走着走着，前方没路了。大地在某个地方安排了一条沟壑。而偏偏，通达对岸是既定的目标，而绕行又超出了一个人、一群人的日常能力。

为了抵达，桥便应运而生。最早的桥当然是最天然最简单的独木桥了。在文字的本义中，"桥" 原本就是一种高大的树，因为够高大，砍下来就够跨越河面的长度，可以连着两边河岸成为独木桥。

接下来的变化我们就可以理解了，聪明的人们，力量日渐强大的人们，为了更好地抵达彼岸，给自己的脚下依次铺设出了木桥、石桥、钢筋混凝土桥、钢架桥，等等。

是的，我似乎忘记说了，还有一种桥，浮桥。如果你看旧照片，看旧文字旧影片，就会发现浮桥真是一个承载着很多人乡愁记忆的东西。假如再遇见一段沧桑的经历，浮桥给人带来的人生颠沛流离之感就更强了。

在我所居住的这座小城，曾经就有一座浮桥，名字似乎就叫浏市浮桥。我一直没有双脚踏上过这座"桥"，但在本土文人的文字里一次次抚摸了这座桥所附着的记忆。通过那些文字的桥梁，我仿佛看见了浮桥上挑着担子的村民，看见了浮桥上背着孩子的小夫妻，听见了桥畔水流的哗哗声，听见了桥头商贩的叫卖声。

然后，我又看着这些身影和声音都渐渐淡去——在最近一轮“渡改桥”的工程中，浮桥完成了自己的使命，被一座座崭新的钢筋混凝跨河大桥取代。

就此，我又看到了一些文字。有人伤怀，有人赞赏，莫衷一是。我发现，同样的情况其实在我们的身边有很多，对旧物的伤逝与对新物的赞美，总难得到统一。或许，所有的评论都是得一忘二吧。但是，得一忘二又有什么关系呢，只要你所看到的和你所评论的，都是遵从着自己的想法，那么无论正向或反向的文字，就都是现实与内心的一座桥梁，抵达你隐蔽在暗处的一个居所。

失落之地

这世间的每个城市，总是少不了有紧跟风尚攀附热点的人。于是，拿城市的名字做文章的自然也多了，很多城市的名字改来改去。

所以，我们看到虽然有很多千年古城，但是千年以来名姓始终如一的却并不很多。

这些不更名不改姓的城市，大多是偏远的、不那么醒目的，或者即使想要通过改名来攀附或者献礼也没有机会得到垂顾。

我所在的赣西萍乡，是一个自三国时期建县以来至今一千七百五十多年始终未曾变换过名姓的城市。但是，当我们想要试图走近它，却颓然地发现，编纂于清康熙二十二年（1683）的《萍乡县志》，竟然成了目前能够找到的最早县志实物。前溯到明代以前，实证历史的东西都很难见到了，无论是文献还是建筑。

此前的历史呢？此前的人，此前的建筑，此前的草木，此前流过的血、树好的牌坊，都湮没在了时间的深处。我们仅能从外地的零星诗文或更大范围内的州府文献中找到一丁点蛛丝马迹，揣测和自行填补这个已经超过1750岁的古老城市过去的面目。

历史有时候就是这么奇怪，当它存在的一切或绝大多数实证都消亡殆尽，我们就仿佛进入了一种不自觉的虚幻与不自信之中。有那么一瞬间，我们甚至怀疑，这么一片土地，已经成了历史的失落之地。

借助本土之外的资料佐证，它的履历框架依旧可以勉强填满，但是它所经历的有血有肉的生活、有模有样的岁月，只能靠想象了。

研究社会学的朋友说，只有有了人的存在和延续，历史才可以说是真正的延续。

而这个城市，恰恰在人类的活动记载层面出现了某种断代。

从地理上说，这个地方虽然没有大江大河的开放之势，但作为一个省域的交界之地，历史上还算得上是人员物流往来交通的重要节点。特别是宋代以来，似乎还占据了某种文化交流的通衢之位。吴头楚尾、吴楚通衢、湘赣通衢等之类的称谓，在不同时期都曾作为萍乡的前缀。

但是，作为省际的边界，各种战乱遭遇也多一些。无论从赣往湘杀过去，或是由湘往赣打回来；无论是官军的清剿，或是起义军的袭占，总不会错过这边界之地。

多次的战火，将这片土地烧了一遍又一遍，将土地上的人头杀了一轮又一轮。好多次，都几乎是打得这小小的地方人烟消亡。

在更高一层次的府志里面，断续地记载着萍乡的人丁数量。宋大中祥符戊申元年，即1008年，萍乡家庭户数为22722户，人口为51148人，平均每户人家只有2.25人，这个数字在当时的社会家庭形态下很显然是有些奇怪的。但当我看到另外一个数字时就不奇怪了——其中新近迁来的外来人口就占 33413 人。这些外来人口很多就是一人一户、两人一户，然后再逐渐繁衍开来。当时的本地居民只有 17735 人。

这 17000 本土居民究竟是历来如此之少还是在由唐入宋的过程中急剧减少至此的，史料语焉不详。从这些残存的文字中，我们已经无从得知这个城市在宋代以前人丁究竟是繁盛还是凋敝。

到了明洪武九年（1376），萍乡人口数也才仅有 79413 人。三百六十八年的时间，人口仅增长 28265 人，相当于每年仅增长 76 人。其中由宋入元、由元入明，朝代的更迭究竟给萍乡的人口数量带来了多少的疼痛，很难见到只字片语的记载。

与之相应的是，自宋建炎四年（1130）到清顺治十二年（1651）萍乡经历了有记载的规模战争 16 次。其中金兵入萍时“屠杀无辜，城市为墟”；其中明代左良玉的部队因攻打张献忠的十万义军而到萍“驻县一月，杀伤尤甚，数月间邑人窜伏深山，十室九空”。至于其他各种农民义军在赣西地区与朝廷军的反复战斗，究竟造成多少平民的死伤，已经完全算不清楚了。

一条条鲜活的生命在战火中没了，一座座坚固的建筑在战火中毁了。自然，一次一次往后，历史上人类活动的痕迹就更难找到。

战争之外，自然灾害也在反复抹平人类在一块土地上的痕迹。

波折远未停止。尽管在明末清初尤其是万历新政带来一大波的人口迁徙，福建、广东沿海大量移民进入江西，甚至江西内部也在往更后方转移。但迁来的人口依旧经不起战乱和灾荒的消耗。

府志上断续的人口记录表明，到了清顺治十三年（1656）的时候，这个城市的人口由明嘉靖二十一年（1542）的将近12万人骤减至不足4万人，这中间平均每年减少了700人！

人口急剧减少的时间轨迹，不小心又重叠了大小战争和自然灾害的时间轨迹！1584年，大水；1588年，大水；1637年，农民军起义；1643年，农民军和朝廷军激战；1647年，大水加大疫……看到这些文字，自然就明白了一座小县城人口不断减少的原因。看到这些文字，不能不让人充满了生命的痛感，充满了对战火与天灾中卑微人命的揪心。

残酷的世界一次次让人烟寂灭，残酷的时间中土地上的主人一直都在变换。人丁稀薄的萍乡再次迎来了更多的客居者。

这个过程，就像一片土地上新建筑对旧建筑的覆盖，一片土地的新主人对旧主人痕迹的覆盖。时间长了，外来者数量多了，本土的记忆慢慢湮灭，本土历史的记载自然也变得不那么重要。

这个覆盖的过程，在清代的后半阶段尤为迅速。清光绪三十二年（1906），这个城市的人口数量已经增加到了近60万。其中增加的部分，绝大多数都是由于“海禁”政策从闽粤迁来的棚民。

今天，当我检视这个城市聚居的各姓氏家族谱牒，发现广义的客家竟有两百姓之多（未成家无后裔的单干户还不在其内），谱牒记载的家族迁徙时间清晰勾画出了闽粤之人在明末清初向赣江以西移民的时间表。

土著们一次次减少，外来者一次次掺入，关于这家园厚土的记忆，渐渐便有了一些错乱和模糊。

这一片土地，终于慢慢遗失了自己的历史，像一个小说里的人物遗失了自己的昨天。

战火和天灾的摧毁造成实证之物缺失、人烟的寂灭造成口口相传历史的断层、外来人口的掺杂造成土著历史的被覆盖……这些，都是一个小小的城市渐渐成为历史失落之地的原因。

此外还有一个重要原因是，这个地方毕竟太小了，能够引起外地文人关注的可能性微乎其微。而本土的文化人，要成长起来也太不容易。少了文化人，对历史的记载痕迹，自然而然也就少了。

少有记载、丢损记载的失落之地，仿佛讲起历史来便缺少了理直气壮脉络清晰的谱系。

网络的发达便利了人们的思考也便利了不同群体的人发出自己不论对错的声音。最近不断有人质疑或者说反思进化论对当下人类社会的误判。再一次提出人类曾经有过高度繁荣的文明，然后在远古时期消亡，然后再次萌芽发展到今天。

这样的言论其实很是有一些拥趸。而其关键就在于，并没有什么历史文献留下确证，仿佛那么一个时期，一亿年前，两万年前，一万年前……真的不曾存在过人类在这世界上。如果这种假设成立，那么无论是对于一万年前的古人还是一万年后当下的今人，都是一种断了代、断了传承、断了根的失落存在。

想想真是可怕。一大批人曾在某一片土地上长久活过的痕迹，说没有就没有，似乎他们都不曾来过，不曾活过。

或许，也正由于这个原因，历史才显得那么重要。尽管说历史是个任人打扮的小姑娘，但最少也得有这么一个小姑娘的存在，提醒你自己是从长长的历史甬道里走过来的。

无论什么时代，对历史的记录、篡改、解读，都是一件特别重要而且神圣的事情。那些史官或历史学人，仿佛都自带有神性的光芒。

真是奇怪，赣西萍乡这么可谓是历史失落之地的一个小地方，治史的人却特别多。或许，学问与人文精神也是有传承的，它看不见摸不着，却实实在在地存在于一方水土之中，潜移默化地影响着后人。那对历史探究的好奇因子与严谨精神，无时不在萍乡人的血脉里流淌。

有著作可查的，宋代的许载编撰有《吴唐拾遗录》。到了清代和民国就更多了，潘修编《太祖圣谟纂要》、刘凤诰编《五代史记注七十四卷》、李有棠编《辽史金史纪事本末九十二卷》《历代帝王正闰统总纂》、黄序鹓编《海关通志》《中国经济史长编》、汤增璧编《同盟会时代民报始末记》《同盟感旧录》、汤国万编《宋元明清四朝小史》、黄序坚编《中国近代农业经济史》《中国现代农业经济史》、张亮采编《中国风俗史》、周在都编《漕运摘要》……

这一个个史学家、一本本史学著作，都来自这个自身地方历史严重断代的小城市，不能不让人觉得奇怪。难道，正因为家乡这片土地几乎失落在了历史记载之中，对自己的生生之地详究不得，他们才将目光看向更远、更广之处，试图在大历史中包孕地方的小历史？

前面说过，萍乡这块土地的历史是从明代往前开始语焉不详的。所以，这个小城里致力于明史研究的人也有不少，仅有文字成果流传的，就有三四人。

据说，在人文学科的分支上，治史的人与死寂的物品打交道最多，但又最近距离地接近人与生命。我相信这个小城里走出去的诸多史学家，在碰触那一段段枯瘦的历史时，一定也在碰触人口急剧减少、史料物证湮灭断代的那一部分。这个时候，即使再理性、冷静的治史者，内心也一定是有着某种悲凉情绪的。

他们或许会想要更加深入这段面目不详的历史，但是他们的学识在这个时候并不能给予太多的帮助。文字与物证的双重缺失，这段历史便真的失落了。

到后来，面对这失落的历史，面对这历史失落之地，他们只能接受，只能到更大更广的范围内寄寓探寻的心思。

或许，有一天，当他们在大历史中潜泳归来，当他们找到了冰冷历史与温软生命的平衡之处，会意外地发现不远处露出一个小小的葱郁岛屿，那是曾经的失落之地。

大漆

1

大漆之大，不在体量，而在其早。

小时候贪玩。乡下孩子自然野地里滚，奔跑追逐中，村子里大大小小的树林是最常去的地方。有时候玩得忘形，就将父母的警告抛之脑后了。屋子后面的一片小树林，我们抱着树摇晃，攀折枝条打闹。

这下好了。第二天，十个伙伴有九个手脚生疮、脸颊红肿得连眼睛都睁不开了。在父母又心疼又愤怒的责骂中挨过了疼痒难耐的三天，过敏的症状终于快好了。但从此，屋后那丛有着狭长叶片的树木再一次成了孩子们心中的一种禁忌。

那片小树林总共有几十棵树，让孩子们心有余悸的是夹杂其中的五棵。它们与这个村子里的大多数孩子有着相同的姓氏，叫漆树。

漆树并不少见，在村子里的荒山上，村民们砍柴时经常就可以见到这种四五米高的落叶乔木，甚至菜园子外面的荒地上，不留神也长出来一棵漆树。因为担心过敏和燃烧时气味呛人，村民们即使顺手砍倒了一棵漆树也不会搬回家当柴烧，就那么丢弃在外面。

村子里的漆匠在自家山上还专门种植了一片漆树。他割开漆树的树皮，收集流出来的汁液，就可以做成漆制家具的漆料了。但我们几乎从来没见过漆匠来我家屋后这一小片树林里割漆，仿佛这五棵漆树是野生的或者被遗忘的。只有不知道什么原因被磕碰破的树皮处偶尔可以看见流出白色的树汁——漆汁竟然是白色的！但奇怪的是，我们几乎从来没有见过漆匠漆出白色的家具颜色来。

后来我长大一些，有一天突然看到书上用很神秘的语气频繁出现一个词：大漆。

一下子被它打动。当然，这种怦然心动有很大原因是这个看上去高大上的词语与我的姓氏仿佛有着某种关联。

其实它明明可以用更简单的名字来称呼，比如生漆、土漆、木漆、天然漆，再比如国漆——呃，这个词语好像也并不简单。

在我看到的书上，大漆涂抹后那些光彩照人的物品，不管是什么形状什么材质，都有了同一个名称：漆器。出现大漆这个词语的页面，基本都会配合一些流光溢彩的图片。战国时代精美的鸳鸯盒、汉魏时期锃亮的耳杯。漆绘的纹饰、漆画的花鸟。雕漆、堆漆、剔红，种种繁复的名词频繁出现在图片之下。

而我的目光往往很容易就从这些色彩艳丽的图画上溜走，我想到乡下的那几棵漆树和它们身上的伤口，它们在龙背岭上飘摇地活着，仿佛从来不知道自己有着这么大气的名字和深远的底蕴。

沿着这种思绪出发，我开始翻林业志：本地树种有……野漆树、漆树……可是，等等！野漆树和漆树竟然被作为并列的两个不同品种吗？

一百七十多年前，清代吴其濬在《植物名实图考》中说："野漆树，山中多有之。枝干俱如漆，霜后叶红如乌桕叶，俗亦谓之染山红。结黑实，亦如漆子。"枝干和果实都和漆树差不多，但野漆树却是根、叶、树皮及果都可以入药的药材。具有平喘，解毒、散瘀消肿、止痛止血的功效，用于治疗哮喘、肝炎、胃痛、跌打损伤、骨折和创伤出血。

即便如此，即便有着如此众多的功效，它也只能借着漆树的半个帽子戴在头上。它不被称为大漆，它没有漆树那么早进入人类的生活。

书上说中华民族发现和使用大漆可以追溯到公元前七千多年前，从新石器时代起人们就认识到身边那一棵棵漆树流出汁液的性能并加以应用。史料上描述虞舜做食器——"流漆墨其上，输之于宫以为食器。……禹作祭器，墨染其外而朱画书其内。"往后，《诗经》中载有："定之方中，作于楚宫。揆之以曰，作于楚室。树之榛栗，椅桐梓漆，爰伐琴瑟。"

到了庄子的时代，《庄子·人世间》也说"桂可食，故伐之，漆可用，故割之"。这个逍遥游的庄子，这个梦蝶飞的庄子，据说自己就曾做过一段时间的漆园吏。至于漆园究竟是个实体的漆树生产加工和管理机构呢，还是一个地名，我并不想太过去考究，因为无论是地名还是机构，总之都必须有大量的漆树种植和使用作为基础。

它的历史那么久远，它的应用那么日常，自然这古老的树种也传播广泛。据说，整个中国除了黑龙江、吉林、内蒙古和新疆外，其余省区均有漆树。它的功用，树干可以作为坚实的木材，富有营养的种子也可以榨油供孕妇和产妇食用。

但最重要的，还是用于制作天然树脂涂料。这是漆树的使命，也是它被称为大漆的根源。我们可以想象，春秋时期的庙堂之上，红漆或黑漆的器具被诸侯们端在手里，似乎闪烁着一种神秘而尊贵的光芒。人们并不清楚为什么从漆树上割下来的漆涂抹到器具上便具有了这种宛如神性的特质，但并不妨碍大家对漆器的推崇。甚至在无比看重的身后事中，也要考虑在墓室里摆上几组漆器。

不知是因为漆匠的割伤还是因为村民的砍伐，这种有着大用却也会"咬人"的树木似乎总都长不大。我印象中所见过的漆树，总以菜碗口粗细居多，腰身达到脸盆大小的几乎从来没见过。据说河北武安曾发现一棵树龄有 300 余年、高约 20 米、树围 3 米的漆树，可能是目前最大的漆树了。

一棵漆树在山野的土地里扎根，慢慢长大。生长了八年左右后，便可以开始割漆了。用刀子在漆树身上小心地开出一个创口，流出的便是大漆。有一次我看到村里的漆匠割漆，看着看着突然便觉得大漆是漆树伤口中流出的血液。漆树的血液是乳白色的胶状液体。但一旦接触空气后很快就转为褐色，过上几个小时后表面会凝固硬化生成漆皮。这血液是如此珍贵和稀少，这伤口是如此疼痛和持久，一棵漆树每次采割只能收获以克计的大漆，所以俗语里说"百里千刀一斤漆"。一般来说，一棵漆树整个生命周期也只能割出 10 公斤的生漆。

如同给人动手术，在漆树身上动刀子，割漆的方法和间隔时间十分重要，若不注意就会导致漆树死亡。村子里那个姓漆的漆匠多年以后改行去割松脂。为了多挣点钱，曾经善于割漆的老漆下手有点狠，两年之后，他承包的那片松林在一场小雪后垮折了绝大部分。村子里的人都很奇怪，这老漆以前割了那么多年的大漆，可从来没见他将树给割死的。

将割漆时盛接大漆的器具底部留下的漆渣干燥后，又成了中药里一味通经、驱虫、镇咳的药材，被称为干漆，用来治疗瘀血阴滞、经闭、症瘕、虫积。绕了一个圈之后，漆树与野漆树在这里又有了同样的中药血统。

2

大漆之大，不在数量，而在其老。

古老的《尚书·禹贡》中说："兖州厥贡漆丝。"同样古老的《山海经·北山经》也说："虢山，其木多漆棕。英鞮之山，上多漆木。"

前面我们似乎说过，远古的时代漆器就被作为了食具和祭器。在那个时候，无论是食还是祭，都是了不得的神圣之事。所以有的书上甚至说：用漆器作为仪仗和礼器，已成为历代君王墨守的规章。制作漆器所用的漆树，也一度被视作帝王独占之物。

这样的记载我无从得知真假，但漆在那些久远的时代里重要性显然是毋庸置疑的——更何况，除了神圣的光芒之外，在日常实用性方面，大漆还可以防腐蚀、防磨损，这在我们的先民眼中可算是难得的功效了。

中国的漆艺起步得如此之早，以此为生的种漆者、割漆者、刷漆者以及由此衍生的职业自然也是非常古老。集中种漆产漆之地必有反映这一情况的地名，擅于刷漆（以及逐渐细化的漆雕、漆绘等工艺）者必有专司这一技艺的职司。这些地名和职司，可以想见也是十分古老的。这两者，又都关联到了中华文明中一种古老的文化：姓氏。与漆相关的地名和职务出现后，姓氏文化中自然很快也有了反映。

在那些语意神秘而又错漏百出的谱牒里，说神农氏繁衍到四十一代的时候，有一个孩子由于居住地或者是职业与“漆”有关，于是根据中国姓氏文化的规律，这世界上有了一个新的姓氏——漆氏。据说神农氏被称为炎帝后传了九代，历时五百三十年，然后炎帝部落开始与黄帝部落结盟，此时大约是在公元前 2690 年，加上这中间经过的四十一代繁衍，我估算了一下，漆这个姓氏大约是在公元前一千八百多年就出现了，到现在，已经有将近三千九百年的历史，不可谓不老。

三千九百年前的时候，人类使用大漆的传承已经超过了五千年，漆的存在自然也已经普遍而广泛。那第一个以漆为姓氏的人究竟是因为地名还是工作岗位与漆有关已经不重要了。想来他日常接触大漆肯定较多就是，想来他也为自己这个新的姓氏而沾沾自喜就是。

语焉不详的历史书上说，炎帝部落在姜水一带生活时开始兴盛，最初定都在陈地，后来又将都城迁移到曲阜。这个由炎帝部落神农氏蘖生而出的“漆”氏家族，自然也离开不了多远，都在曲阜边上生存。

曲阜是个好地方。大约公元前 551 年至公元前 479 年，这里出了一个孔圣人。此时漆氏已经繁衍了大约一千三百年，想来在当地也是个大族群。所以，孔圣人门下的学生们，漆氏也有不少。仅仅他那七十二个“贤人”弟子中，就有漆雕开、漆雕哆、漆雕徙父三人，占了总数的二十四分之一。

尤其是漆雕开，在孔门中以德行著称，著有《漆雕子》十三篇。《史记》和《孔子家语 · 弟子解》中都曾记载，这个漆雕开曾随孔子学习《尚书》，不愿意去做官。一次孔子叫他去做官，说：“子之齿可以仕矣，时将过。”他答曰“吾斯之未能信”，表示不愿做官。孔子听后很高兴。《论语·公冶长》对此进行了佐证：子使漆雕开仕。对曰：“吾斯之未能信。”子说。

书上说，这个漆雕开博览群书，为人谦和而有自尊。当然，他后来终究还是去做了官。做了官的子开主持正义，刚正不阿，在廷议上表现出了“勇者不惧”的美德，主张色不屈于人，目不避其敌，认为行曲则臣仆不顺从，行直则触怒诸侯。但当世君主反因其触犯而礼遇他。

在学术上，他发展了孔子“性相近”“习相远”的学说。认为有的人性善，有的人性恶。提出了“天理”和“人欲”的概念，形成了人性论。这个理论让漆雕开的学说成了“世之显学”。《韩非子·显学》中就说：漆雕之议，不色挠，不目逃，行曲则违于臧获，行直则怒于诸侯，世主以为廉而礼之。

遗憾的是，公元前489年，孔子带领弟子周游列国，来到漆雕开的家乡时，连日暴雨，便住进了漆雕开家。漆雕开并不富裕的家里存的粮食很快就被吃光了。为了不让孔子挨饿，漆雕开就冒着大雨，独自一人到鸿隙湖里采藕供老师充饥，不幸落水遇难。

但他的学说却流传了下来。韩非子认为“自孔子之死也，有子张之儒，有子思之儒，有颜氏之儒，有孟氏之儒，有漆雕氏之儒……”。这“儒分为八”之中，后世成为亚圣的孟轲的学说，此时也不过是与漆雕开的学说并立的八分之一而已。唐开元二十七年（739），朝廷追封漆雕开为“滕伯”，宋大中祥符二年（1009），又加封“平舆侯”。直到明嘉靖九年（1530），都还在追封。

这个漆雕开，没有辱没这个古老的姓氏，在文化的界域里创造了另一个“大漆”。

当年我在玩耍时惹上了漆疮后，长辈们就认定我今后成为不了一名漆匠。真是奇怪，仿佛漆树也认人，同样蹭到了漆树上，有的孩子生漆疮红肿难耐，有的孩子却毫无反应。村子里的漆匠招徒弟，必须要是不会生漆疮的。也对，漆匠每天搅拌大漆、刮刷涂抹大漆，徒手直接接触大漆的时候自然不少，要是不能免疫大漆的坏脾气，根本就没法干活了。

漆匠是个好职业。村民们朴素的想法里，无论发展到什么时候，人们总要住房子、用家具、盖被子、穿衣服的，所以泥水匠、木匠、弹匠、裁缝都是永远不可能被淘汰的职业。而漆匠，盖房子和做家具都用得着，自然更是不可能失业的。

但学漆匠与学其他手艺不同，除了对过敏体质的筛选外，还多少要有些文化、有些心灵手巧的艺术潜质。

明代《髹饰录》记载：“漆之为用也，始于书竹简。”可见，漆的使用，最初可能还是类似于墨水的功能。这种功能尽管后来被更为实用的“保护和美化器具”功能所取代，但“美化”过程中，纹饰和图案总免不了的。乡村里没有专门的艺术家，所以乡村里的漆匠一般还身兼画家、书法家的功用，在漆制器具的时候，指不定就要画上几笔，写上几行。

一个不过敏、有文化、有艺术潜质的漆匠学徒，还要能够忍受漆匠干活时那种无处不在的气味。

乡村里的木匠活儿没有那么讲究，家具的卯榫拼接处往往随着木头本身的形状有了一个缺角就留一个缺角、裂了一条缝隙便留一条缝隙。如此一来，自然增加了漆匠的难度。

他们得先用砂纸将木器表面磋磨几遍，然后开始刮底漆油灰，将器具的凹缺、缝隙之类填补好，一边填，一边就会念叨：这木匠做得不够好，到处都是瑕疵，连个桌子脚都显得弯曲……俗话说木匠怕漆匠，大概就是这个原因吧。

刮了油灰之后得等待一两天，待灰泥干燥后再次用砂纸磋磨平整，之后再刷漆。这个等待的过程中，家具就摆放在家里的厅堂中，散发出一股股以桐油为主的复杂气味，很不讨孩子们喜欢。

大漆本身似乎便有着一种特殊的气味，用石灰和桐油调制油灰又是两种气味，加上熬制调和面漆时产生的杂糅气息，混杂在一起的味道即使紧捂住口鼻似乎也在往人胸腔里面钻。

好不容易等着漆匠隔了两天终于又转回来了，刷漆也不能一蹴而就。这个活儿似乎从来就是个讲究慢工出细活的典型。生漆打底，熟漆盖面，刷了一遍，再刷一遍。渐渐地，家具有了光泽、有了色彩。这个过程中，每一个环节都不容马虎，每一个环节都是精益求精，师傅的师傅传下来的种种技巧，都得严格施展到位。完工之后，漆匠反复端详，顺着光、逆着光检查几遍，觉得不会辱没自己手艺人的名声，终于收拾工具，交付了这件乡土艺术品。干燥几天后，现在，主人家终于可以将家具摆放出去使用了。过个十年八年，漆面上绘制的花鸟图案，依旧鲜活。

这古老的手艺，以它原生态的传承，也对得起“大漆”的大。

弹棉花

1

江南也种棉花。

我诧异于自己为什么要突兀地来这么一个陈述句。似乎，是对某种否定与疑虑的回应？

是的，很多年轻的朋友基于自己的生活经验，认为我们这个赣西小城日常种植的农业作物品种中并没有棉花这种东西——我们走遍了乡村，从来没有见到过长在地里的棉花。

他们需要再往时间的深处走三十年。

小时候，我的村子里几乎家家户户种棉花。种得都不多，每家半亩地、一亩地。除了棉花，这个名叫龙背岭的小村子，土里也种麦子、田里也种慈姑。现在都不种了，现在有近半的人家连水稻都不种了。

但即使只是返回去二三十年，我们的村子都还是典型的农耕社会，在自给自足中缓慢地活着。水稻不够养活家里的几张嘴，就种麦子补充；麦子产量不够高，就种产量高、好侍弄的红薯来吃。除了主食，还得准备一些其他的食品呀。于是，芝麻又东一块西一块地在龙背岭开着节节高的白花。

土地有限，地里要充分利用空间啊，于是红豆绿豆黑豆黄豆豌豆饭豆等各种豆子又轮番在红薯地里、稻田埂上扎根。

为了吃饱，能够在南方活下来的各种作物都出现在了龙背岭。

饱的问题勉强解决了，暖的问题同时被提上日程。

所以，龙背岭也种麻，不过在我记事的时候已经很少见了。多见的是棉。家家户户都要盖棉被、穿棉袄啊，棉花必不可少。那时的名词都是实指，棉被棉袄当然得用地里长出来的棉花来制作。那时不需要像现在商店里那样标注区分工业棉与植物棉。

自给自足的村民们不愿意花钱去买棉花。他们向自己的双手、自己的汗水、自己的土地索取。其实又何止棉花，乡村生活中绝大多数物品，只要能种出来、做出来的，村民们都不愿意“花冤枉钱”去购买。大都是这样直接用自己和家人的力气、汗水、时间去种植和生产出来。他们很大程度上免去了交换、交易的种种环节。

土里栽种收获的事情，每个人都能做，无非是有的人流汗多一些、收获好一些，有的人流汗少一些、收成差一些罢了。

但有的事情，需要技术，那就不是家家户户能够自己做的事情了。这些手艺活儿，得由手艺人来做。

白露满地红黄白，棉花地里人如海。到了秋天，棉花咧开嘴了。这个时候站在高处放眼望去，金黄的稻子之外，一小块一小块的白晕映衬着枯褐色。那就是咧开嘴的棉花和棉花秆了。家里的老人小孩，盘算着时间去摘棉朵、晒棉花。老人眼花、孩子毛躁，有时候摘得不仔细，枯枝上留下一朵两朵雪白。十二月下雪的时候，明明才开始下雪了呢，棉花枯秆上就站着一小团雪白了，往往会欺骗性急的孩子们的眼睛，以为是积雪的先头部队。

到下雪的时节，天气就冷了。必须将家里最厚的被子拿出来铺盖。下雪之前，龙背岭大部分晒好的棉花，已经变成了厚实的被子。

种棉花、摘棉花、晒棉花是每家每户都能做好的事情。但将一球一球雪白的棉絮打散、糅合，铺陈为棉被的，是弹匠。

真是奇怪，人们为什么会创造出弹匠这么一个词语呢？

在乡村里，有种田之外的手艺的人，被称为匠。匠是兼职手工业者，或者是兼职的农耕者。杀猪的人称为杀猪匠、盖房子的人称为泥水匠、理发的人称为剃脑匠；此外，还有木匠、石匠、铁匠、篾匠。他们的职业称谓，都是以自己操持的技艺、操作的对象作为前缀。

但弹棉花、做棉被的人不被称为棉被匠或弹棉花匠，而是取了特征鲜明的一个动作，叫弹匠。

所以，弹匠的着重点在弹，而不在棉花。但弹的动作与棉花又绝对无法分开，仿佛一听到这个词语，那粗大弓弦弹拨下膨起的棉絮就跃然眼前。

能做手艺活儿的匠人农忙时种田，其他时间“做工夫”，靠手艺谋生、养活一家人。因此，他们的生活，比纯粹守着田里的稻子、土里的庄稼、家里的猪羊过日子的人家，要更轻松一些。

吃够了种田之苦的长辈，都希望自家的晚辈能有一技傍身，能轻松一点养活自己。

2

1997年夏天，中考过后，我也必须给自己的一生寻找一条填饱肚子的路了。最好的路是学手艺。

考完后第三天，母亲问我："考得怎么样？"

"还行吧，我觉得成绩应该不会太差。"我回答。

"那，明天我带你去拜师父吧，学门手艺。学费那么贵，我和你继父土里刨食，供你读到了初中毕业，尽力了，再供不起你读高中了。"

我家隔壁的邻居是一个木匠，他每天早出晚归，给别人家做衣柜、床、桌凳，也给别人家做棺材。

第二天一早，我便来到了邻居家。

母亲显然已经提前跟这个本家木匠说过了学徒的事情。他需要带个徒弟帮自己干活，我需要拜个师父学手艺谋生。加上邻居间知根知底，本家宗亲血脉，这样的事情想来自然是水到渠成。

到了木匠家里，一见面，母亲赶紧催我："快叫师父！"

但师父有师父的考虑。他虽然正好打算带个徒弟，这徒弟资质如何，终归也得先考量考量。

本家木匠从头到脚认真打量了一下我，仿佛此前每天见面时他还从来没有认真看过我一样。最后，他的目光在我瘦弱的胳膊上停留了一下，抢在我叫出师父的称呼前，先开口了："你真愿学的话，先拿着门后工具箱里那把斧头，将这根圆木劈几下给我看。"

我狠狠地抡起斧头，狠狠地砍下去。嘭的一声，斧头接触木头后反弹了回来。

那木头太干太硬了。我认为。

再劈，木头一侧削出了一小缕凹槽。再劈，斧头陷入了自己在木头上砍出的缝隙。再拔不出来。

“我知道你是个实诚也能吃苦的孩子，我也真心想收徒弟。但木匠这活儿，没有一身的力气是吃不消的。你太瘦了。”木匠说。

我终归没能有机会叫出一声师父。

回到自己家里，母亲没有气馁。她跟我分析，一定不能一辈子下死力气、种着两亩呆田。所以，还是必须学手艺。

学什么手艺呢？

无论什么时候，只要还有人，就总要穿衣服、用家具、建房子、盖棉被。所以做裁缝、木匠、泥水匠、弹匠，是一生一世绝对无忧的职业。

做衣服的多数都是女裁缝，这个要排除。木匠已经被拒绝了，此路走不通。泥水匠可以作为最后的退路，毕竟我祖父名下，已经有我叔叔伯伯以及堂兄们共六个泥水匠。

剩下的，就是弹匠了。

拜师学弹匠，需要大人们几番沟通确认。所以，一直到暑假的末尾、新学期的开学时，我才来到了村里的弹匠家。

叫了声“师父”后，并没有太多的交谈。师父忙着要出门做手艺，暂时没时间正儿八经地走拜师的流程。他将我带到隔壁一间老房子里——弹匠并不是每次都被请上门去干活，更多时候是村民们带着棉花到弹匠家里委托加工。他平时不出门做手艺的时候，就在这老房子里弹棉被。正厅里，工床和工具都是现成的。师父指导我快速将一把硕大的木弓别在背上，我腰间的皮带还算结实，再加上一根布带就可以绑住了——乍一背着这硕大的木弓，我不小心趔趄了一下。木弓的弦足有我小拇指粗细，师父说这是正宗牛筋制作的。绑定木弓，师父递了一把木槌给我。

“这样，俯下身，将弓弦贴近棉花，右手木槌锤打弓弦。”

嘭，嘭，嘭。牛筋在木槌下颤动，将棉花给震颤得蓬松起来。大量灰尘从棉花中喷散而出，我赶紧屏住了呼吸。

“行了，旁边地上称两斤棉花，你今天先这样弹着吧。”师父扔过来一个口罩，然后出门做手艺去了。

师父走后，我观察了一下老房子，室内的墙壁还是一截红砖一截土砖，没有粉刷的墙上有几个破洞，但墙面整个都是均匀的灰白色。凑近一点才能发现，是足有半厘米厚的灰尘均匀地覆盖在了毛坯墙壁上，就像刷上了一层粉刷层。

接下来三天，我就这样一个人跟棉花耗上了。师父早上出门前、傍晚回家后，会纠正一下我的动作：这样握着木槌，虎口很容易就磨出水泡来。要这样的姿势才对。

嘭，嘭嘭，嘭嘭嘭。腰酸，背痛，适应了就好。

白天师父不在，我累了就可以歇一歇。坐在门槛上歇息时，我看着铺满工床的棉花，那么白，那么蓬松，与它们在棉花地里时的棉球模样截然不同。师父并没有告诉我这堆棉花是村里哪户人家送过来的。所以，我不知道这些蓬松与雪白制成被子后，将关系到哪个新嫁女子的幸福，或是哪个老人冬天里的温暖。我只是扛着师父三天前扔过来的大弓，绑上腰带，不停在木槌与牛筋之间游走。嘭，嘭嘭，嘭嘭嘭。这个动作与声音并没有任何具体的含义，却成了我学徒生涯里最鲜明的意象。

弹棉花的第一步是将棉花弹“散”。之后才是在泾渭分明的棉线网上均匀铺设弹得蓬松的棉絮，再压紧实、磨平整，最终制作出一床棉被。

耗了三天之后，我将三斤六两棉花彻底弹散了。但后续的工序还不是我可以接触到的。

第四天，师父终于不用出门做手艺了。他开始给我讲他带徒弟的规矩：“在我这里学徒很简单，不像过去要给师父倒尿盆、端饭菜，也不要你多孝敬，师父家里收稻子帮帮忙、逢年过节记得走动一下就行了。不收学费也不给工钱，跟着师父做满三年才出师。”

第七天傍晚，师父指着门后的扁担：“明天先不弹了，师父家收割稻子。”

“好的好的，我明天一早来帮忙收稻子。”

应完之后，执槌的右手加了把劲，这永远弹不完的棉花得在今天傍晚收工前弹好。

嘭，嘭嘭嘭，嘭——牛筋制作的弓弦，最终没能敌得过木头制作的槌。先是断了一股，然后彻底齐腰崩断。弓弦崩断的那一声闷响是那么重，一直到现在我都记忆犹新，仿佛是嘭嘭嘭之后的第四声，嘭！

师父告诉我，牛筋弓弦是很贵的。

这突然崩断的弓弦也崩断了我的弹匠学徒生涯。

第二天，我在同学的蛊惑下，一个人走到了镇里的普通高中校园门口不停游荡。游荡了两天后，我被安排进了高一的教室。

3

据说，那个善于拨弄一大批人马摆布大场景的张艺谋，曾经在棉纺厂里弹了七年棉花。我相信他一定已经熟稔于捶打弓弦，看着它震颤、反弹，将棉花收拾得蓬松而井井有条。我相信这弹棉花的手艺，一定曾影响到他后来在各种大场景中弹出井然有序的节奏，铺陈出一大片柔软而温暖的云朵。

毕竟，一个弹匠，最先感受的就是重与轻，最应该学会的就是处理好重与轻——被弹断的那根弓弦提示我还没有处理好重与轻的关系。

弹棉花的时候，我感觉最难以忍受的除了灰尘之外，就是背上木弓的沉重。与之相对的，是弓弦下棉花的轻柔。

棉花实在太轻了。一斤棉絮可以膨起很大一堆。但是刚摘下来的棉球却颇有些重量。重量主要来自棉籽。在棉花采摘后的晾晒过程中，人们已经将棉花里面的大部分种子给挑拣了出来。所以，到了弹匠手下的棉花，都是轻飘飘的。

棉花这么轻软而蓬松，制作棉被时多放一把少放一把实在难以掂量。所以，弹匠和村民们都习惯用重量来衡量一床被子的厚薄程度。六斤被、八斤被、十斤被。这重量是村民交给弹匠的棉花重量，也是弹匠交给村民的被子重量。至于弹制过程中膨出去的灰尘与杂物重量，在棉被制作后期正好被密密麻麻的经纬棉线所替补。

如同其他事物一样，乡村里对很多事情的操作都是粗糙的。晒棉花时并不能完全将棉籽挑拣干净，剩下的棉籽在弹棉花的时候便会被抖搂出来，弹匠将它们收拾好，扔到地上的角落作为废物。

有一天一个村民委托弹匠弹制了一床八斤被，取回去后当天晚上睡了，说不够暖和。先是怀疑弹匠克扣了棉花，但一称重，没错呀，八斤还稍有些多呢。后来，她认定是弹匠在制作这床被子时没有放进去一丁点棉籽。

村民们笃定，恰到好处地保留少部分棉籽可以对棉被保暖起到某种神秘的作用。当然，太多的棉籽也不行，那样盖着不舒服，容易硌人——否则，大家在晒棉花的时候不要将棉籽抠出来就行啦。

这种认识，对于一个亲手种植棉花、亲手采摘棉花、亲手晒制棉花的农民来说，实在有点莫名其妙。他们应该比谁都更清楚，棉籽是用来第二年播种育苗的种子。埋在土里后，发芽，长出棉花秧，慢慢长高长大，结出棉球。这样的种子颗粒裹在弹制被子的棉絮内部，与棉被保暖与否有什么关系呢？

我有时候会怀疑自己的记忆是不是发生了某种异变——这样的事情明显不合常理。但我确定自己的记忆里存在这么一个细节，有这么一次或多次听到村民们说弹制的棉被不够保暖，是因为里面没有放棉籽，是因为“棉籽被弹匠全部挑出来了”。

我确信自己没有记错。那么这种奇怪而不符合乡村认知实践的记忆，就只能是发生了某种异变。

当然，那个盖着八斤被还觉得不够保暖的村民，最终也只是捆着被子到弹匠家里招呼了一声，并没有不依不饶想要如何补救。

——乡村里对于种田之外的手艺都是尊重的。毕竟，种田人人都会，而手艺却并不是每个人都行。对于手艺人，大家最少在表面上都会尊敬着。

赣西的乡村里，人们认为手艺人有着各自神秘的“法门”。如果惹恼了他们，可能会遭遇不良匠人的恶意报复。

例如，木匠在屋梁上画诅咒的符啊，泥水匠在墙体里填入秽物啊，弹匠在被子里装小鬼啊，等等。

传得最神奇的，是某人得罪了弹匠，结果这个心思不好的弹匠在棉被里藏进了许多钢针，在新婚之夜扎坏了裹着被子的人。这个传言到后期发生过一次异变：弹匠放进去的不是钢针，而是湿鸡毛。混杂着湿鸡毛的棉被盖了一段时间后，晚上散发毒气将睡梦中的人毒死了。大家拆开被子一看，满棉被都是蠕动的蜈蚣。

我总怀疑这些传言其实都是匠人们自己造的谣，目的是树立自己的权威，让主家在请自己上门去干活做手艺时恭敬一点、饭菜丰盛一些。

被我作为论据的一个细节是：若干年后，当弹匠不那么受欢迎了，村民们的床上更多地铺上了商店里面买来的鸭绒被，此时前面那个关于蜈蚣的传言又盛行了一段时间。大家传言说是买来的鸭绒被有这种藏着钢针、孳生蜈蚣的风险，所以还是村里弹匠传统方法弹制的棉被更安全可靠。

4

周末的时候，我回去村子里吹冷风、晒太阳，与老手艺人以及他们的孩子交谈。他们的孩子一般比我年龄稍大一些，也都是手艺人：木匠、泥水匠、裁缝、弹匠、篾匠。

他们继承着父辈的匠人身份，靠手艺养活自己和家人。不同的是，他们的父辈始终保持着农耕者的身份，而年轻的匠人很多已经不再耕种稻田了。

但是手艺人的日子也并不那么好过。手艺，已经不再是不可替代的技能了。机器在抢夺乡村匠人的饭碗。现在他们只能在边缘地带，做一些机器暂时顾不上的活儿，养活自己和家人。

我讨厌自己反复说“养活自己和家人”这句话。

过去很长一段时间里，我的乡村里一个人活着的目的，就是努力挣钱养活自己和家人。如果一定要给他们的人生提炼一种意义和价值，那肯定就是活下去。是的，活下去，不被冻坏、饿死，能够传宗接代，延续下一代，就是最重要也是最主要的人生意义和目的。

时至今日，这样的情况，在我的父兄、我乡村里的长辈们身上，依旧十分普遍。就像这些新一代的乡村匠人，他们成年后，就是不停劳作、挣钱养活自己、挣钱供孩子读书。一辈子，若能将房子翻修一下，就是做了大事业。然后张罗着将人生的另一件大事——给孩子娶一门亲——给完成了，自己也就老了，孩子又继续自己的路。如果要有梦想，那梦想也是工作再轻松一些、能接到的手艺活儿更多一些。

如果你要跟他们讲其他的人生意义与梦想，恐怕真有些奢侈和不通人情。

有时候，我儿时的玩伴们也会问我当年为什么会突然中断弹匠学徒的路。

这个问题，我一直没有跟别人说起过。

那个夏天，我之所以在一根被弹断的牛筋弓弦前知难而退，是因为那天我的几个同学来找我聊天了。在我与棉花较劲的那间老屋子里，我们聊到了人生的梦想，聊到了“活着”的意义，聊到了未来的理想生活，聊到了家里的田地和猪牛，或许也聊到了外面的烈日，聊到了他们即将开学的重点高中和中专生活，聊到了我右手虎口处的水泡和口罩后被灰尘堵塞的鼻孔。

总之，最后我决定到附近的普通高中去碰碰运气，看看在家里供不起我读高中的情况下，能不能争取到少花钱继续读书的机会。我遇到了热心肠的老师，遇到了减免学费的政策，遇到了奖学金的馅饼。

最后，我在这个普通中学耗费了三年时光。三年之后，我又到了一所不入流的大学读了四年书。大二的时候，夏天到来，有一天我和几个同学踩着铁轨从学校走路进市区。那一天不知道为什么，会有那么多的小青蛙密密麻麻趴在铁路的枕木上、碎石间。我只记得一路上脚下啪啪啪的声音不断响起，让人胆战心惊了许久。

这数量庞大的青蛙，这没有梦想的青蛙，这赶着好天气晒太阳的青蛙，它们都有着高明的伪装色，有着比虫类更灵活的跳跃本领，有着比人类更厉害的水陆两栖能力。但这些手艺，都没能挽救它们于几个青年人的脚底覆压之下。

同样的事情发生在 2018 年，那年我在遥远的北京。夏天的雨后，鲁迅文学院的花园里挤满了蜗牛。它们都背负着属于自己的小房子。这有着众多细牙、坚硬外壳和伪装色的腹足纲动物，让更多软体而无所依凭的动物羡慕不已。但是在同学们晚饭后、散步时蛮不讲理或漫不经心的一脚碾压下，这成千上万的蜗牛一辈子就溃不成军。它们赖以为凭的牙齿和外壳，它们令人羡慕的小房子，都不能改变什么。

从弹断弓弦那天过后的七年，我在校园里躲避了成为木匠、弹匠的使命。但实际上，弹匠学徒的身份既然有过，就永不可能磨去。当我走出大学的校门开始在一栋肃穆的大楼里谋生，每天上班下班的表情，都特别像一个弹棉花的工匠。

在文字之间、在人与人的缝隙之间游走，与当年在木槌与牛筋之间游走，是如此相似。

想到这一点，就让我神经高度紧张。生怕哪一天，突然又听到弓弦崩断那嘭的一声。

饮酒记

那个男人坐在客车的中间位置，右手抓着一瓶散装酒，瓶口凑到嘴边，啜一口，闭上眼睛回味一两分钟，再次将酒瓶口凑到嘴边。酒味开始弥漫整个车厢。

一有好奇者搭话，他的话匣子就打开了：我每天离不开酒，这一趟进城的路上，我要喝掉这整瓶酒才满足。

在陌生人面前吹嘘酒量大，在熟人面前谦逊酒量小；上桌时推让只能喝一杯，下桌时夸张喝下了大半斤。这一规律，似乎适应于绝大多数喝酒者。

这客车上的酒徒也没有逃脱这一规律。摇摇晃晃的农村客运班车走过了五个村子，停了五站。再一次停下车时，我看见那个男人已经满脸通红醉态萌发地趴在座椅上睡着了。他的手里，紧紧攥着瓶口敞开的散装酒瓶，里面的酒已经被喝掉了大约四分之一。

在我长久生活的乡村里，喝酒是很多神秘话题的背景。

我想给你讲几个故事。

隔壁村子里有个爱喝酒的老人，一天不喝酒，浑身就不舒服。但一来买酒需要闲钱，二来子女并不赞同他多喝酒。六十多岁的老人想了个办法，他开始走村串户收废品。收到空酒瓶时，立马当场拧开盖子仰头将瓶底的残酒喝下，咂巴一下嘴巴再接着捆扎废纸废铁什么的。邻居们说，这人肚子里有了酒虫，不喝酒喂饱它们的话，酒虫就会将老人的五脏六腑啃掉。大家言之凿凿，仿佛亲眼见到了那酒虫长得如何爪牙狰狞一般，说得有鼻子有眼。后来老人病了，病床上无法喝酒。“医生们用了大剂量的药物才将酒虫毒死了。”病好后老人身体吃不消，没法再去收废品，熬过了一段时间后，他竟然真的再也不喝酒了。这一情况，让酒虫和医院毒死酒虫之说愈加活跃。从此，女人劝自己的老公不要多喝酒，总会说一句：别喝了，喝多了像隔壁村那谁谁谁一样肚子里长满酒虫就麻烦了！

而喝酒的男人更加振振有词：酒是一个人的力量源泉！

他们也有着身边的例子作支撑——

隔壁另一个村子里有一个爱喝酒的木匠。每天早晨起来，刷牙漱口之后，木匠马上用漱口的杯子倒上三两白酒，咕嘟咕嘟喝下去，每日如此。做工做到半晌午了，突然就浑身没力气。徒弟知道师傅的情况，赶紧拿来军用水壶，拧开盖子送到师傅嘴边。咕嘟咕嘟喝下三两白酒后，斧头又开始抡得虎虎生风了。

这些都是我小时候听闻的事情。乡邻们将这类事件的主角统称为已经犯上了酒痨的人。

后来看通俗故事，发现民间故事里描写类似犯上了酒痨的人还真不少。估计编故事的穷文人们没有少在对酒的渴望和银钱的短缺中煎熬，所以民间故事里很多较劲都是为了一餐酒饭或纯粹为了多喝几口酒。而故事的结尾，往往也是有智慧有文化的人大模大样地坐上了酒席或是咕嘟咕嘟多喝了几大口酒。

但现实生活与这些故事的版本似乎有些不一样。就我的观察，再怎么小气的人，到了酒桌上也大都是推却酒量不佳，尽量让自己少喝别人多喝。

再后来我大学毕业参加工作，乡村里所听闻的酒痨患者事迹和民间故事里的争酒桥段渐渐稀疏，但桌上见到各种各样的酒却开始多了。那些价格昂贵的液体，被一个个脸白脸红脸青的人啜进嘴里，转换成一句句热气腾腾的友情话语。

都说一样米养百样人，一样酒同样养百样人。这桌上最开始肯定只是简单寒暄的。从斟酒开始，摆手拒绝的、拱手谢绝的、捂杯隔绝的，伴随着千奇百怪不能喝酒的理由以及千方百计想要劝酒的话语，渐渐动作和语言都丰富了起来。或者更进一步说，诸多性情中人的酒徒，让世界都更丰富起来。

有一年到云南腾冲，当地的朋友劝我一定不要错过了当地的美酒：酒是水做的火。另一个朋友纠正：不对，酒是火做的水。

两种表达都是好句子。可惜这么富有诗意的水和火，遇上了我这浅尝就醉的人。

过去家里年年酿酒，可以省去来客时沽酒之资。我记得家里常酿的是红薯酒和谷酒，偶尔也酿过一次高粱酒。现在红薯种植很少，酿酒基本就是酿谷酒了。想来各地酿酒程序大都一致，我自不愿喋喋于此。南方乡村里自家酿酒，不似北方浓烈，但前面几轮酿出来的酒，总是遇到明火就着。有一年酿酒时继父点着蜡烛去查看酒缸是否已经盛满，结果一靠近酒缸，蓝色的火苗就蹿了出来，差点引火烧身。而我更是不堪，揭开酒瓮口盖着的毛巾，仅仅是凑过去多嗅了几口酒气，马上面红耳赤似乎就要醉倒。

这个闻香就醉的细节，常被我拿来作为不擅喝酒的拒酒佐证。而主人劝酒的劲头却并不因我的拒绝而减退。

经常有朋友神秘兮兮地搬出了几瓶包装陈旧或造型独特或酒色深沉的酒。

“这个，可是塞储藏柜二十多年最近才清理出来的老酒。”

“这个，可是特制特供具有特别功效的保健酒。”

…………

“不喝不喝，我闻酒就醉呀！”

在这千百年劝酒与被劝酒的过程中，劝酒的辞令与躲酒的方法也都不断推陈出新。

劝酒的人，无非各种话语绑架和情感说服。

有一年到贵州，参加一个文学活动。席上又有长者相劝：

“你好歹也被人称了二十多年作家，就不喝一喝这特别的酒？”

“不喝不喝，我闻酒就醉呀！”

“你看看，从遵义到毕节，这赤水河流域一路过来，空气中早被贵州酒城的白酒酱香弥漫了，你不也没醉吗？再说了，读书人到了贵州，不尝一尝这书香酒香兼具的酒，不是一种遗憾吗！”

最终，却不过热情，一两白酒下肚，我醉倒在了书香加酒香之中。第二天醒来，桌上细节忘了干净，唇齿间却似乎留下了醇柔绵长的酱香，留下了绕舌不散的回味，更留下了对朋友劝酒辞令的深刻印象和对自己酒量太浅的遗憾。

而躲酒的人，最常见的，无非装醉。

有一朋友单位新上任的主官置酒与同僚联络感情。两杯白酒下肚后，朋友看酒局鏖战正酣，觉得自己力拼不过，便往桌上一趴装醉。他寻思着主人马上就会开口：这某某某原来真不善喝酒，谁帮忙送他先回去休息吧。谁知主人倒是很快就注意到这酒醉趴伏的客人，但只是宽容地淡淡说了一声：这某某某原来真不善喝酒，我们让他趴桌上多休息一下吧，不要吵他。于是，这原拟装醉借机溜走的朋友，硬是在酒桌上一趴就是两个小时。关键是此时听着同席者觥筹交错往来不断、你言我语历历在耳，自己一个装醉者在众多同僚和新任的上司中动也不好动，“醒”又不便“醒”。等大家终于起身离席时，此君早已手脚麻痹、苦不堪言，在别人的搀扶下蹒跚走出酒店。他后来自言，宁愿醉坏也不再装醉了。

饭桌前趴伏的未必是真醉，也未必都如这朋友一般不便中途再“醒”。江南某地一现代知府，据说酒量惊人。每逢酒局，他席间喝了六两就眼睛微闭，开始打盹，对桌上众人招呼一声：我先趴一会儿，你们继续。果然，眯了十几分钟后，马上又生龙活虎投入战斗。又六两白酒喝下去之后，再次趴桌上眯着眼睛中场休息。如是者可二可三，真是让人佩服。同样是此君，听取汇报时也经常如此，汇报者往往说着说着就见他靠在椅子上闭眼打呼了。但若汇报者停下汇报，间隔不了几秒钟，此君马上就会追问“继续说啊，怎么不说了”。

可见，装睡与装醉，真醉与真睡，还颇有几分值得琢磨的技巧。

回到酒桌上。面对劝酒，来客中也有欣然接受、举杯相迎者，否则这酒桌也就不成其为酒桌了。

第一杯酒下肚，桌上的热闹就真正回归。请客者加第二轮酒，此时，酒量小的已经微醺，酒量一般的开始客套拒绝，酒量大的任君施为。随着酒局推进，各种话语也逐渐深入了。

吹嘘者开始吹嘘，恭维者开始恭维，而陌生的旁观者，渐渐可以看出些门道，这桌上一群人，究竟谁对谁“有用”。此时已经慢慢无关各自职务高低，只关乎实用主义的进一步联系。

而其他人呢，天南海北的话说了一遍，又重复了一遍，一句话被别人打断然后自己又打断别人。没关系，此时的酒桌，无论老幼都是兄弟。平时被隐藏起来的表达欲望，在酒桌上被放大无数倍释放出来。

也有聪明者，初醉之时，就主动扼杀了自己的表达欲望，只是不断说“对对对”，或者接过别人的小半句话重复一下以示认同。不过他似乎忘记了，此时的认同话语，听者可能也早已注意不到了。

不能不佩服粮食的力量。即使变成了酒水，也依旧支撑起活力充沛的一大群人长时间兴奋交流，并且时常有惊人之语、精彩之语不断冒出，颇值得记录者搜罗汇总编纂一部《酒徒语》，恐可与圣人之言媲美。

编《四库全书》那个纪晓岚，在他的《阅微草堂笔记》中讲故事，说有个特别好酒的人在五十多岁时病死了，但在就要入殓时却突然复活。这个复活者自称到了阴间后，看到还有几酒缸写有自己名字的酒没有喝完，想来需要等到喝完了才会死。果然，他活过来又恣意喝了二十多年的酒，之后告诉亲人说自己的酒喝完了，过了几天就无疾而终。

每个人一生都有冥冥中设定的饮酒之量。这真是一个酒徒最好的托辞。这个故事到我这里出现了漏洞，即使我此生的定量之酒仅有半缸，对于一个滴酒难沾的人来说也是永生饮不尽的。

一直到现在，我依旧认为，自己不会喝酒，真是可惜的事情。一是错过了诸多口感不一的美酒之味；二是错过了许多初识朋友的熟识之机。很多人第一次见面，一场酒下来，印象就深刻了。而我因为完全不会饮酒，往往与人同席两三次，依旧不为人所记得。

不喝酒的人要找存在感，可能只有餐后扶着醉了的人上车并护送回家了。有一段时间，朋友们聚会，每次分派给我的任务都是餐后负责将别人的车子和人给安全送到家。而醉酒后的人回到家后，家人或是嘘寒问暖或是一顿叱骂，待遇是不一的。有一回和朋友一道送某人回家，开门后交接完毕，瞥见在家的母女俩迅即将醉酒的男人像拖癞皮狗一样又拉又扯拽进了卫生间，往地上一扔，动作熟练地打开冷水龙头先冲半个小时再说。

当然，作为一个社会属性的动物，虽然自己不喝酒，但并不意味着永远不请别人喝酒。

在小城里活着，文友们每年要轮流安排相聚几次。那次贵州归来后，轮到我请客时劝酒自然多了一个说辞——书香与酒香的相得益彰。毕竟，劝人喝酒要有足够的理由。而书香与酒香，让那些所谓“一般不喝酒”和“不喝一般的酒”的人打开了举杯的缺口，也让一场文人的聚会有了更多诗酒相应的气息。

是的，诗酒相应。似乎无论在哪个时代，文人与酒，都有千丝万缕的关系。

南宋后期的戴复古与很多诗人一样浪迹江湖，动辄与文朋诗友们携酒出游。载酒遨游、酣醉而归的文人们，留下了友谊，也留下了佳句。戴复古就写下了“东园载酒西园醉”，其中的逍遥和美好让后来者无限神往。

关注戴复古，是因为他写了一首《萍乡客舍》。其中说“草罢惜春赋，持杯亦鲜欢。檐楹双燕语，风雨百花残。小阁无聊坐，征衣不耐寒。地炉烧石炭，强把故书看”。

这里面，有关于我家乡赣西萍乡煤炭的元素。同时，也有持杯饮酒的元素。

我后来知道，这东园西园览胜醉酒的戴复古，这就着煤炉看书饮酒的戴复古，当时杯里的应该只是黄酒、果酒，白酒此时还未普及。这软糯的低度酒，光听名字就有着一股江南的温柔和南宋的风流：碧香酒、思春堂、玉练槌、皇都春、蓝桥风月、琼花露、蓬莱春、流香、风泉、蔷薇露、清白堂、万象皆春、紫金泉、胜茶酒、珍珠泉酒、长春法酒……

因此，这种温柔软糯的酒在郊游或闲居时就如饮料，利于率性。

那时还没有现在常见的各种红酒和白酒。若是品着红酒，可能会多一些优雅。而若是品着醇香又浓烈的现代白酒，文人们又会是另一种气象和气度吧。于南方人来说，53度的白酒已经属于高度酒了，它适宜壮怀激烈，适宜畅所欲言，适宜品文论诗，适宜点评时弊，是透彻感和酣畅感的结合。

——前人说到饮酒，多用酣字。细细想来，真是精妙。纵情与恣意，酣畅淋漓，这种感觉，只要看看酒过三巡渐入佳境的人就能理解。

而醉酒，在渐入佳境的更前方。

既然上了桌，举了杯，醉酒的可能性就不能被排除。即使你酒量再大、口才再好，恐怕也难以确保始终清醒。

某一年在本地一个风景优美的景区武功山脚下接待客人时，遇到一个善喝酒的山西人。同席者介绍说此人以酒为业，能喝高度白酒两斤以上。上桌十分钟后，陪客者渐有招架不住之势，我临时动议，换上本地农家特产酒精度极低的米酒。客人尝了一口，欣然答应。结果一碗还没喝完呢，这位能喝两斤高度白酒的高手却立马醉得跑洗手间呕吐了个天翻地覆。

由此可见，酒桌上，常胜将军可能有，但永胜将军恐怕难寻。我还见过一个据说能喝三斤白酒的中年男人。据说与人交流酒量时，每次说到这一战绩，他都是洋洋自得。不过，他却从没对我说起过自己的这一辉煌历史。毕竟，我曾两次无意间在办公楼公共卫生间的湿滑地板上偶遇过他并将他拖拽到走廊。

桌上饮酒者的百态似不宜多写，毕竟一个不饮酒的人若执意记录此种情形，不啻于自己断了今后被人邀约一起吃饭的路子——没有一个喝酒的人会愿意与我这坏人同桌吃饭了。

而能让你见到醉酒之后状态的人，一般都会是你朋友。他们有的醉后就睡，不吐不动，一觉醒来，照样生龙活虎；有的醉后必得找个人说话，身边若没有，哪怕翻遍手机通讯录也得找个说话的对象；有的醉后兴奋得手舞足蹈，若不高歌或大喊一阵子总不会安宁下来。也有的醉后头脑清醒、行为克制，唯一痛苦就是腹内翻江倒海，一再呕吐。

酒后的力量仿佛也有如神助。很多年前，有一朋友酒后执意开车回家。第二天酒醒后在家门口狭窄的巷子里找到了自己的车子。但此时却怎么想方设法也无力将车子再开出巷子了——车门离巷子两侧墙壁也就二三十厘米，怎么开门钻进车里都是个问题啊。我们很多朋友到场，议论了半天也想不出来头天晚上这个醉酒的人是如何不磕不碰将车子开进巷子，又是如何从车里钻出来的。

还有一个朋友，醉酒之后喜欢跟别人比力气。有一次酒后走着走着，看见路边用混凝土固定了基座的邮筒，抱着便是拼命一阵摇晃，拔出来要往水池里扔，仿佛有了几分鲁智深倒拔杨柳的气概。

诸如此类的饮酒情节，过去我曾常见。可惜最近几年可能是因为自己绝不喝酒的恶习终于突破了朋友们的忍耐底线，渐渐便少有进入酒局的机会。这诸多性情中人的酒徒，近来却是见得少了。

随遇而安

傍晚回到宿舍的时候，突然发现小区里堆满了断枝，满院子都是浓郁的樟木香。这可真让人大吃了一惊。抬头看见这大半年来朝夕相处的硕大樟树现在无一例外都被砍掉了“头颅和四肢”，几乎每一棵都只剩下一个光秃秃的树干。这景象，与多年前近距离观察一片正在拆迁的房子无比相像，满地狼藉，让人仓皇。

难道，这些已经在小区里生长了几十年的树木都要被砍伐？幸好，很快看到了安民告示，原来这是物业在进行绿化修剪。

幸好。

作为一个随遇而安的人，尽管只是在这里短暂安居，我却已经喜欢上了这个老旧的小区。喜欢上了这里的安静和幽深，在一个省城的城市中心，能有这样的地方，实在难得。甚至，这种喜欢，还带有了一点精神层面的归宿感和依恋感。很奇怪，在我曾安放过自己床铺的七八个地方中，几个有点感觉的地点都是临时的租住地。

这里，师大南路36号，以及曾经让我每天在鸟鸣声里醒来的武官巷，都是如此。而真正倾尽全部积蓄并预支十五年“薪水”购买的新房所在的小区，反倒是没有这种亲切感。甚至，连我血脉情深的老家，也缺少一点让人心动的这种迷幻感觉。

我对此很是困惑，我绝对不承认自己对一个临时租住的房子或宿舍会有超过对龙背岭老家的感情。

慢慢地才发现，可能，因为租住武官巷和借住师大南路36号宿舍时的两年时光里，我都是一个人在生活，没有责任在身吧。每日食堂吃饭或者快餐，回到房子里就是空闲的时间，基本可以不用想事，不用考虑与责任有关的话题。在这种生活里，时光富足而懒散，安顿身体的住房很快就在阳光下变得可以安顿身心，时光的滋养和环境的滋养，让充满陌生感的内心渐渐觉得充盈。

我本性是个懒散而缺乏生活责任感的人。

满院落的老樟树被修剪之后，从此阳光早半个小时照进我的屋子——作为一个随遇而安的人，我总能从变化了的生活里找到安慰。

我可能是属于那种生活圈子特别小的人，小到几乎只有直系的家人，只有有限的亲戚和邻居。平时好像也有过一些外出，但印一盒名片可以用上两三年——还得是每接触到一个人就散发。

生活圈子，这是一个有趣的词语。它背后的潜台词实际是一系列人名及他们之间的关系，是一系列职业和他们之后的特性。当然，这潜台词还包括了某个生活范围内的菜市场、小卖部、送水点和快递站，包括若干场牌局和酒局，或者某种解决问题的能量与能力。

像我在师大南路36号一个老旧小区里的生活，就包括了小区前面巷子里两家汤粉店，便宜到4块钱可以吃饱一顿早餐；而附近的排档快餐口味都太中性了，只有其中一家勉强可以做出我喜欢的小炒肉。我关心这些，是因为我一个人在这个陌生城市里的生活，必须依赖于它们才不至于凌乱，不至于在食堂不开伙的周末无所适从。也正是这些生活的细节后顾无忧，我才能有足够的闲情去爱上这个慵懒的住处，去逐一清点院子里的每一种草木：香樟总共有49棵，槭树和含笑各有3棵，而梨树只有一棵，就在我的窗外。有一天我晚归时抱着梨树一阵摇晃后吧嗒吧嗒掉下来八九个水分丰足的梨子，可惜都已经砸在地上破碎得不成样子。半夜里这果实掉落的声音似乎被放大了很多倍，让我提心吊胆了好一阵子，幸好邻居们的窗户里没有一个传出叱骂。

对的，大街上两个陌生人吵架再激烈我也不关心，但邻居们的看法我却必须要在意——每个人都只在自己的小圈子里活着：在自己划定的篱笆内称王、发疯、小心翼翼。传播功能的限制，让一个普通的人走不出一定的范围——其实那些名满天下的特殊的人也走不出，尽管他们对整个世界敞开了自己的名字，但能够与内心进行直接互动的，依旧只有自己日常直接接触的那一小部分人、小范围空间组成的生活圈子。

普通如我，真正是我认识且认识我的人相信不会超过300人，而能够没事时彼此偶尔想起的估计不会超过100个，至于时常能够见面且在什么事情中都彼此想起的，恐怕10个都没有。

作为一个极端的社交无能者，某一年的某一天，家人们都去走亲戚了，我在忙完若干个事项见完若干个需要商量事情的人员后，突然就面临了一个现实的问题：要吃午饭了，吃什么，去哪里？和谁？临时找一个一起吃饭的人，像是某种寂寞的预示，在城市生活里若隐若现。掏出电话，先打给某位朋友，他回答说在乡下家里；又打给另一位朋友，陪女友在外面玩；再打给一位朋友，干脆就是停机了。我疯狂地将手机通讯录里一个一个号码反复翻查，偶尔拨打出去，可是，半个小时之后，竟然没有一个适合和我一起享用这餐午饭的人。突然地，就感到了绝望的悲哀。

我在手机通讯录的1500个名字里找不到一个合适的人，我在微信通讯录1200个好友里找不到一个合适的人，我在QQ联系人1000个名单中找不到一个合适的人。整个世界都是虚的，没有落脚点和着力处，只有周边生活空间里我认识且认识我的300个人偶尔可以抓住手臂。我就活在这数量少得可怜的300个人里面。

每个人都只活在这周边生活空间里能够抓得住摸得着的有限人群中。只要是不作为公众人物，他做的一切事情，好事、坏事，他的好脾气坏性格，都只有周边有限的人知道和感受。即使圈子里再有两个长舌妇唠叨男，能够感知他的一切并对此有兴趣的人，也毕竟十分有限。

最近几年，本地某位大师的名字很是在全国响亮过一段时间，在各大网站的首页也几乎持续热闹过大半年。在热闹过后，我突然想起来很多年前曾经就有人跟我说过她就曾是这位大师的女人。回过头来，我突然就发现，大师身边的诸多女人们，无需名分，很安然地活在这个城市日常生活的周边小范围内。即使大家见过，也没有人去问名字，去问谁是哪里人。自然，他们也就根本无所谓别人的看法了。也对，大家都忙，都有自己的内心和工作生活环境，乱糟糟等待去打理，哪里还有时间和兴趣去关心这些日常生活意外的事务啊。人的精力毕竟是有限的，我们的精力只够用在自己活着的小范围内。

当然这有时候也是一个悖论。一旦遇见恶意的谣言，却往往能够超越你的圈子去传播。你能解释的对象也仅仅是周围的几个人。问题是这些能够听到你话语的人根本不需要解释，而更多的不明真相者你又根本无法进入他们的周围，无法解释。

在这些问题上，有时候我是个虚无主义者。既然无法把握，不如随遇而安，有限的生命，只够我们随着内心的原则，恣意爱，恣意恨，恣意地活着。至于身外的一切，总有一天都可以剔除。

交集是一个很有意思的词语。都说一座城市太小，经过几次简单中转后总能找到相同的朋友。但实际上生活中一个朋友与另一个朋友之间，却很可能奇怪到没有哪怕一个相同的朋友的交集。有时候为了一场应赴而不能赴的酒席，找遍整个通讯录，却找不到一个可能一同应邀赴宴的名单为自己带上一份礼金。直到前几年微信的盛行，才算给很多人解决了这个共同好友的交集问题。

但这种交集是真实的吗？或者说，这种交集背后是否真有着某种交际与现实交往？微信里的交集，与生活圈子的交集，毕竟有着太多的差异。

这些年，应该误伤了许多人。在各种所谓文学文化的活动上，总会添加许多新接触的朋友。过了一两日，我看他们（尤其是那些大学里的女生）的 QQ 空间或者微信朋友圈，看到多数内容下都有某一个我所熟知的猥琐男人的点赞和互动，然后几乎就在一瞬间，他们就被我默默疏远了。

是的，我并不了解他们，我只是了解这个点赞的男人。不想和与这个男人有太多交集的朋友有所交集。但是，我仅存的理智其实一直在告诉我，他们之间的交集，更多可能并不是被点赞一方的主动，没有一朵弱小的花能够拒绝和驱逐一只蝴蝶。我的疏远，显然是错误的。

但是的但是，我在这种对交集的洁癖中无法自拔。在社会交往的问题上，我对生活的随遇而安荡然无存。

曾经由于工作岗位的原因，也与众多的人物有过较多接触。但时过境迁，再一次站在对方面前，却彼此都知道两人并不亲密，曾经的较多接触，只是某种机械的流程罢了。

原来，对于很多人来说，我们平时所认为的“很熟、关系很好”，不过是“脸熟”而已。在这个城市、这个工作生活圈子里活了这么多年，我不过是混了个脸熟而已。

又想起来大学的校园生活。在校园里面，“脸熟”几乎就可以直接定义为朋友了。过去，只要经常在一起见面，就可以是好朋友。而现在，即使天天见面，如果没有利益，没有酒饭往来，就仅仅只是脸熟的人而不是朋友。

这个意义上讲，人与人之间的交往真的是一个很复杂的工作，复杂到了直接影响到生活的本身。但是，如果回归某种本源，这种复杂是必要的吗？日子总是要过，万事如意似乎只在祝福语中，在现实里穿行，随遇而安就好，就轻松，就得大自在。

我所居住的赣西小城，是禅宗五家七宗杨岐宗的发源地和祖庭所在。有一次看过去那些老禅师的行状，他们说：有马骑马，无马步行。他们也说：随方就圆。杨岐无旨的，栽田搏饭吃。他们还说：当处发生，随处解脱。说这些话的时候，这些头顶佛光的人就穿着布衣，站在离我家不到10公里远的杨岐山上。

这让我相信，接受生活的人，随遇而安的人，隐约带着某种随性的神圣光芒。

拥　挤

1. 拥挤

我的文明素质不是在幼儿园也不是在任何一个阶段的学校生活中提升的。

我学会让座是在大学最后一个学期到深圳打工的时候。中学毕业后漂泊在深圳电子企业流水线上工作多年的妹妹教会了我让座。她在我挤上拥挤的深圳公交后，很严肃地提醒我要注意素质，记得给别人让座。

此前，在我居住的小城，每一辆往返于农村与城区的客运班车都是挤成一团，在颠簸的泥沙路上行驶，为了避免时不时跌倒在脏污的地板上，每次上车后大家都是争抢着有限的座位。

而我学会更多的文明行为，也是在深圳。有一次出差顺便看同学，两个人在商场乘扶梯，习惯性地就并行着一边聊天一边上行。大学毕业后定居在深圳的女同学，悄悄拉了我一把，将扶梯的左侧空出来。我明白，这是为了方便赶时间的人超越，加速前行。

但我几乎从来不会主动想到这一点并践行它。一直在小城里活着，潜意识里，并没有这么一根时刻想着别人的弦。

我其实很不愿意承认，这位女同学在大学期间会比我学到了更多的文明礼仪。我宁愿相信，环境让一个人变得更加优雅、更加文明，或者说，变得更为高尚。小城里生活的人，并不那么急躁，所以无需考虑他人的便利和迅捷。小城里生活的人，在有限的资源里拥挤地活着，似乎并没有空间来考虑如何让自己变得更为优雅文明和高尚。

我拒不承认这是在为自己的鄙陋找借口。环境在不知不觉中改变着人类的道德和理想,改变着一个人的日常行为规范。

有一段时间我怀疑，是不是拥挤的世界逼迫人们变得更加讲究秩序和文明，拥挤的世界和陌生的空间让人不得不形成某种更具有表象礼仪的规则来提高生存的效率。

但很快我又自己否决了这一猜测。我在拥挤的深圳学会文明的行为，不是因为那里拥挤的人群和窄仄的空间，而是因为城市的宏大和人群的陌生感，让其中的很多人催生出了相对独立的心理和开阔的胸怀。

恰恰相反，是拥挤让人们变得更加躁动不安，变得更加粗鲁和粗俗。

不幸的是,我们似乎已经生活在了一个整体拥挤的时代。

商场里摩肩接踵的人，会场里水泄不通的人，景区里寸步难行的人。

还不止,不止这些。我们可以看到更多更深入的拥挤场景。

挤，有时候是为了争夺谋生的机会。我曾经每天早上在进城的路口看得到摩托车自行车潮水般涌动，那是我乡村里父母兄弟们进城做建筑工的拥挤潮流，让我充满了对生活的期待又充满了对命运的忧伤。

挤，有时候是为了争夺某个更好的位置。在某个大院里工作了十四年，见过了太多楼阁的新起与坍塌，见过了太多鸡毛蒜皮的事务引发的争执与掩饰。这有限的资源总是吸引了太多的眼光，最终造成人和事无处不在的钩心斗角。这种种现象，总让我想起古书里那些在蜗牛角上拥挤的生存者和他们之间的战争。

挤，有时候甚至只是为了某种潮流。真正看风景的人几乎难以理解那众多景区比草木还多的游人，难以理解纯粹只能看人头攒动的一次出游意义何在。但总有人乐此不疲，他们觉得，不这么出行一次，不参与这么一场盛会或“壮游”，就让自己落伍于了这个时代。

究竟是人太多而地球太小才造成如此拥挤，还是欲望太多而人心太小才造成这样拥挤？

我暂时还没有办法回答你。

但这并不妨碍我们在这拥挤的世界里逼仄地活着。一边逼仄地活着我们也在一边安慰自己：其实，那些土地上的庄稼、禾苗，甚至葡萄架上的一挂葡萄，又哪个不是在挨挨挤挤地以拥挤之姿朝向这世界呢。有限的时间和空间里活出无限的机会与可能，拥挤，或许也是取暖的一种方式吧。

但是，如果有可能，最少我是不愿意这么拥挤地呼吸的，因为这拥挤的世界总是让我寂寞无比。

2. 七月的落叶

正是盛夏的时候，沿着柏油马路一路走过去，两旁高大的杨树遮天蔽日。一阵风吹过来，竟然飘落下好几片的黄叶。再往前走的时候，道路的一侧竟然落满了薄薄的一层树叶，沿着路肩绵延上百米。汽车开过去，带动的气流将落叶卷起来在离地面半米的空中翻转回旋。这些叶子的黄是润泽的，强烈的阳光下面，我看见它们叶脉清晰、色泽纯正、叶片舒展。与秋天落叶的残破或卷曲或干枯有着完全不同的韵味。都是壮年的时节啊，仿佛是前一刻还肥厚浓翠的，一瞬间就被染成了黄色，然后飘落。在商场里的冰箱宣传中，经常看到速冻的概念，这一些树叶，好像就遭遇了另一种“速冻”。

真是奇怪的事情，在这样一个季节，竟然有这么多几乎称得上美丽的树叶随风落了满地。有那么一瞬间，我有些恍惚，几乎要问今夕何夕。

在杨树的习性里面，我找不到它们七月落叶的蛛丝马迹，而且就在同一条马路的另一侧，同样的杨树依旧在招摇着它硕大树冠上浓绿的叶片。它们充满着生机活力的叶子，一会儿顺着风颤动，一会儿又逆着风摇摆，清晰的叶脉在阳光下闪烁出别样的绿晕。

一路之隔，竟是如此大的差异。或许，月有阴晴圆缺，树也有冷暖伤病吧。这七月里落叶的杨树，不幸遭遇了或水土或空气或外力的损伤，于是它们踌躇满志的“树生”，便在这最美好的时节里戛然而止。它们停止得那么突然又那么不甘，即使是病弱飘落的叶片都还在黄色中保持着某种生命力充沛的底色。无论是生命的河流还是时间的河流，都在这世界上有了不同的奔涌走向。那些孜孜以求的人，那些上下求索的人，那些钻营苟且的人，那些蜗角争名志得意满的人，谁也没有时间去观察和设想一大片在七月里落叶的树木，谁也没有时间去观察和设想一些在最炽热情感里夹杂的伤害。

十四年前大学毕业，五十五个青葱年纪的人走出教室，到处找一小片土地扎根发芽，期待着尽早开花结果回馈父母十六七年来对子女教育一以贯之的付出。至于其中一些在贫困里挣扎过来的同学更是铆足了劲，希望通过自己的工作和收入给被榨干的家庭增添一些亮色。当时我们二十一二岁，正是最美的年华，正是最好努力的年纪。然而这种努力才刚开始几个月，五十五根绳索中的一根就被遽然剪断——

这一小撮人正准备助跑/开出一路繁花/不留神处，死亡也蓄势待发/阻截一段骑着摩托的前行/各奔东西的五十五个人/现在每一个都是寂静的。

那一刻，我相信飘落在夏天的叶子无论保持怎样的光泽，都是残忍的，都值得一个人紧抱着无法握住的余生和命运痛哭一场。

每个人都应该为自己的余生和命运痛哭一场。这单薄的人生，纸片一般，那么轻，那么薄，怕水，怕火，怕一阵流言吹起的微风，总是在提醒自己千万小心却又无从小心。毕竟，无论是一群人还是一丛树，这卑微的肉身在这不可把握的世间，禁不起小小的磕碰。

3. 沉静的部分才是澄澈的

这是宁夏靠近内蒙古的区域，中国的母亲河怀揣着黄土高原冲刷而来的心事湍急地流过。从高处看到黄河的影子，我们便下车奔着河流而去。

走到半途，眼中的黄河水奔涌流动着，远远看上去似乎有些凝滞，浑浊得如同泥浆。我们靠近弯曲的河堤，看着雄浑的黄河以泥褐色的形态呈现在眼前。

作为一个来自南方的游客，尽管已经在各种文字和图片中看到过黄河之水的“黄”，多少有了一些心理准备，但面对着这浩浩荡荡宽阔河道里泥沙与水流的混合物，我还是感到了极度的愕然与震撼。

我努力回想着自己在江南日常所见水流的色泽与透亮，怎么也无法与眼前黄河中的“水”关联到一起来。水，不都应该是纯净、透明，闪烁着阳光之美的温柔吗？

幸好，当我收回自己朝着大河中间注视的目光，很快在附近河堤旁的一个舒缓小湾处有了新的发现。我注意到奔腾的黄河中有一小部分的河水顺着小湾的回旋流到了河道旁边的一个洼地，然后静止了下来，形成一处不再腾涌的小小水泊。

我惊奇地看到，同样是黄河水，在这个水泊里竟然是清净、澄澈的！我们甚至可以透过河水一眼望穿到底，看到各种小小的水生动物在水泊里游动的细节。水面上微波荡漾的反光带着灵动，也与不远处大河里凝滞般的波涛截然不同。

原来，同样是含泥沙量极高的一河之水，不停翻滚涌动着和坚持安定沉稳的那一部分，竟然会呈现出完全不同的两种状态。原来，沉静的一部分才是澄澈的。

自小生活在黄河边上的朋友告诉我，黄河最初的源头水流当然也是清澈轻盈的，但随着一路流动挟带了沿途太多的泥沙杂物，这河水便越来越重、越来越浑浊。由于地形的原因，泥沙俱下的河流一路不曾停歇，始终在跌宕着日夜喧腾，搅动得含沙量极高的河水就像一大锅浊泥汤。这也就是黄河之所以“黄”的原因。

长期以来，大家已经习惯了这浑浊的黄河水。一般也不会去想到，原来浑浊的河水只要平静下来，其中包含的泥沙就会慢慢沉淀到底层，不再混溶在水流中，摈弃了沙土的河水自然也就恢复了它最初的清澈。

这浅显而常见的日常道理和现象，已经被惯于喧嚣纷杂的我们忘记，以至于我们在黄河的边上看着澄澈的水泊有了这么一瞬间的惊艳。

或许，同样的道理并不止于水。古人说做学问要耐得住寂寞、做人要宁静以致远，今人说做事业谋目标要做到不折腾，说的似乎是同样的意思。

沉静下来才能澄澈，才能透明，才能摈弃外力添加进来的泥沙等诸多杂物；而不断折腾的事物总是在喧腾中混浊、杂乱，无法真实显现它本来的面目。

那些哗众取宠、上蹿下跳、歇斯底里的人与安稳坚守、埋头努力、宁静致远的人之间，又何尝不是如此呢。

4. 人生难负唯热心

日渐老去和枯槁的中年人，内心里还会有感动吗？

有的。但不多了。像幼年时积攒起来的硬币，用一枚就少一枚，或是火塘里灰烬的余温，每一次拨拉都在缓慢散失。

打定主意要疏远文学一段时间了。不为别的，仅仅为了一位真正关心我的长者的一次善意提醒和长谈。

就在这时，有文学网站搞了一个网络投票活动，我的一篇旧作位列其中。网站发来邮件，说“欢迎宣传并发动朋友为自己投票”。脑子一时短路，顺手就将拉票的内容贴到了自己的网络平台上。

事实上，对于这一类的投票活动，我向来是拒绝的。多年来，朋友们在网络上拉票的要求，除非单独对话交流，否则我一般都会吝于那“举手之劳”。因为我总觉得，靠网络投票，除了体现某个人讨好他人的能力之外，似乎与参赛主体的质量水平没有任何关联。更遑论要我为自己的“参赛”拉票了——这让我感到厌憎和无比恐惧。对于我这样不善于讨好别人的独行者来说，与人打交道尤其是要与大面积的人打交道，去求一张没有任何分量的网络投票，总让人觉得好像是要一个寒门的节妇倚在门前迎宾卖笑挣取每次一毛钱的服务费。

但偏偏这次手贱，顺手就发了个投票的请求。好吧，虽然卖笑已经开始，既然已经后悔，那就尽量缩小范围。在将拉票的消息发到三五个 QQ 群之后，我马上往回缩了。

意想不到的是，竟然有那么多的朋友关心呵护着我。不到十分钟，一个个都回复说已经投票了。票数短短一个小时之内接近了两百张。很多朋友在看到消息之后，不但自己投票，还转发给自己的同学朋友，请求他们也来投票支持。

这让我在有些虚荣的同时，更加感到无比的惶恐。

赶紧去几个网络群里“消毒”：投票活动只能是当成一个游戏而已，大家顺手而为，千万不要增加麻烦。

但此时已是骑虎难下了。

初中的一个老师以及很多个新认识的朋友到自己所有的网络群中进行了宣传。甚至还有素不相识的朋友比我还着急，每天发微信提醒我：你的票数又落后了，我已经发动自己的朋友投票，你自己也多发动一下朋友们啊。然后，短期培训班的同学们也都发来微信消息：我在自己的朋友同学群里反复给你宣传，大家接连五天每天都投票了。

你只是随便说了一下参与，这么多朋友便几天都惦记着，当成大事来帮助。那些朋友的朋友，朋友的朋友的朋友，甚至可能对文学完全不感兴趣，仅仅是因为朋友凭着自己的交情在呼唤，才马上放下手头在看的书在写的字在玩的游戏点击链接找到一个陌生人所写的陌生文章提交投票。

面对这些，除了感动与感恩之外，还能做什么？

感谢这些相识和不相识的朋友。感谢你们这么热心。而这种热心在当下的人世里又是多么难得！

书上说，唯不忘相思。对我来说，见过了春花清露，也看惯了秋雨寒霜，人生难负，唯有热心。

我认为这世上热心已经是珍稀之物，热心改变了很多事物。本来只是匆匆一顾的展览，因为介绍者的热心，便又沉下心来在每幅字画前停驻，半天下来，无疑又多了些收获。本来只是事不关己地旁观，因为同为旁观者的热心，便真心真情参与进去想办法出力气，忙完之后，无疑又多了些体悟。

而那些热心张罗为毫无瓜葛的人介绍工作、牵线婚姻筹集善款的人，值得如我般惯于冷漠旁观这社会的人顶礼膜拜。

…………

网络投票的第二日，与一个文友谈及此事。他说“我也曾参加过这样的活动，朋友们的关心支持让我太感动了，感动到这样的活动只敢参加一次，再不敢惊动他们第二回”。我深有同感。也许，从今往后，再不敢参与任何类似的网络活动了，只因为怕辜负那么多朋友的热心所带来的感动。

走过那么长的路，见过那么多的人，看惯那么多的冷暖悲欢尔虞我诈。或许，人生难负，唯有热心。

在拥挤的世界活着，最终要自己给自己圈地，画地为牢的同时也是交换难得的空间。

慢行的火车

一直有人告诉我，慢行的火车才有旅行的味道。慢行的火车才有记忆里那种旅行的悠然——它给你缓慢移动的风景，给你慢慢进入一小块版图然后慢慢驶出一小块版图的惊喜。

我承认，这些都是富有人文情怀的优点。

然而，我们也可以发现，有一些所谓的人文情怀其实是一个写作者独自吟唱的自我安慰，往往是得一忘二甚至是得一忘九。

假如我们并不将移动的火车当成旅行本身的一部分，而仅仅如现实所存在的那样将乘坐火车看成是抵达旅行目的地之前的一个行走过程，那么，一切观点便都不同了。

文人们喜欢将诸多事物当成工具，却并不愿意将火车当成一种工具——尽管事实上它就是帮助你移动、帮助你抵达目的地的一种外物。既然只是移动，移动过程中我们的感受就并不那么重要了。如果可以，我宁愿选择更快一点到达。

但是，真的要这么“功利”吗？你的旅行只是“刻意”为了到达目的地？看预设的老房子、新台阶，看人群拥挤处缝隙里漏出的一小片天空？

是啊，难道，你最初最真的目的不是这些？难道你一开始选择的旅行终点并非你所愿？既然选择了这个目标处，自然就应该朝着这个目标而行。否则，又何必为旅行设定终点？

文字有时候具有某种欺骗性。物我一体在虚处是很容易达成的，在文字里怀念过往的人往往容易将一去不复返的“物”与某种想象中的美感融合在一起。火车之于旅行，信件之于通联，就是如此。科技带来的“快”让一些人措手不及，也让一些曾经的美好成了回忆。这给人一种错觉，仿佛是新生的“快”的事物扼杀了那些美好。

事实果真如此吗？反功利主义有时候也反掉了很多显得并不那么美好的真实。那样的话，我们的字典中似乎可以删除与“效率”有关的那一部分词语了。

驾着牛车，载酒而行，过程中看到的风景就是此行想要看到的风景，过程中停下的地点就是此行将要抵达的地点。这样的安排与状态好是好，豁达是豁达，却似乎多了几分虚无感。

这样说来，还是要快一点到达，到达之后才能有更多的时间去看更多的风景呀。

我们的时间那么少，我们的生命那么短，任何一分钟，都不容挥霍啊。红尘里炼心，所设定的，不还是有炼心之后的目标吗？

你告诉我就这样活着，一路看过去觉得美好就行。可惜，这样的追求本身也是一种追求的目标，你还是得努力去达成它——更好、更快、更准确地达成。

这就是现代都市里一些人追求慢生活、雅生活却往往求而不得的原因。缓慢地活着，不是过程，它也是一种目标。有目标就有追求的过程——那么，你想快一点达成自己慢生活的目标呢，还是慢一点达成这个目的？

慢行的火车，就是这个有趣的悖论的一部分。

什么是你生活之内的东西，什么是之外的，解决好这个问题非常重要。解决好了这个问题，我们才不会无病呻吟地抱着过往不放，抱着古旧的事物恋恋不舍。

快与慢，美好与否，到最终，可能还将回归自身，在于你的态度和感知，而不在于一个外物的形态与速度。

快速的火车，未必那么煞风景。而慢行的火车，也可能耽误你在目的地对美好风景的更多观照——你此行的追求，却正在于此。

“名”的问题

过去的地名，美。这真是奇怪的事情，我翻地名志，几乎绝大多数地名，都是古代的名字美于当代的名字。

古人取名字，无论人名还是地名，基本都是走两个极端，一是纯粹写实，二是追求意蕴。由于命名权或者说一个名字的传播资源掌握在文人的手里，所以更多的还是追求意蕴的。我们看到过去的“名”，多少都带有一点求个好寓意的迹象。

随手翻开县志，仙居里、怀信里、积善里、清江里、同唐里、升平里，每一个名字都那么富于想象，仿佛天生带着吉祥美好的韵味。

而现在对应着的村名，则要浅白许多。给一个地方命名的权力在某个时代悄然完成了转移。文人不再是一种事物、一个地点最重要的命名者，而一个地名的固定和传播，也不再依靠文人的诗文记载。有一次去一个偏远的山村，村名很奇怪，叫作太阳升。一问，原来是某个特殊时期，村子所在的公社的人为了表达某种寓意，打报告申请改成了这个名字。当时，类似申请改地名的，还有很多。

我所居住的城市，人们给事物取名字简单明白、认死理。例如，只要在水里生活的，能够作为食物的，几乎都被冠以

“鱼”的名字。草鱼鲤鱼鲫鱼就不用说了，这是通行的称呼。黄鳝泥鳅的通用名本身不带鱼字，我们称呼起来也要加个鱼，称为“黄鳝鱼儿”“泥鳅鱼儿”；连鳖这样的动物，萍乡也不称鳖，而要说是脚鱼、团鱼——对，长脚的鱼，椭圆的鱼，简单粗暴，倒是贴切。再例如，有一种学名叫大青的草药，喜欢长在煤炭矿区，见到这种植物群，几乎可以肯定附近有煤炭矿藏。我的乡亲们便不假思索地将它称为“炭亲家母”。

历史人物的“有名”与热闹、“尘封”与寂寥，让我困惑不已。对于那些被冷落的历史人物，我总是保存着一种矛盾的想法。一方面觉得这样正好，正契合了他当初所追求的“与普通民众平等一致”的理想，真正融入其中，与乡间其他人名一样随草木枯荣，尘归尘土归土。但是另一方面，我又总觉得，这种历史名人、这种作出过重大贡献重大牺牲的人，确实应该有点不同，应该留下一些什么纪念物，热闹地延存下来，被人记住。

今天，我们似乎都在求古、求自然，尤其是食品和工艺品，都要打上“传统”与“手工”的标签。但实际上，关于古法、传统、手工等说法和概念，本身就形迹可疑。

我的父亲自己酿酒供自己喝。在我很小的时候，他使用的是从自然中萃取的“土药子”来进行催化发酵。而今天，我们所有号称手工酿制古法酿酒的乡村酿酒师，几乎都在用化学药品催化发酵。相比于工业化的生产，他们的工艺当然也是古法，也是手工。只是，这种“古”的程度、“传统”的时间深度，就很值得思考了。

相对论在很多问题上会让我们陷入概念的迷惘。现在大家都说骑自行车是一种原始而健康的运动和生活方式，但是如果时间倒回几十年，骑自行车又是多么时尚而现代的生活方式呀。原来，所有的判断，不过是一个一时一地的“名份”罢了。

最近读县志，看到某县大事记中多次出现关于交通事故的记录，史书上不吝笔墨地记载这些，很是奇特。想来，进入史书，当然应该是重要的、“有名”的人与事。或许，这也是这个公路交通发达的县城对生命的某种尊重与敬畏吧。还有一次，我在某本县志书上看到“1987年，东桥乡界头村汪柳英被省政府授予全省优秀合格家长的称号”。这条史料记载，让我知道，当好一个家长，并不简单，当一个好家长，也是能够青史留名的。这让那些孜孜以求沽名钓誉者该受到多么大的打击！

对于中国人来说，称呼是一个特别重要也特别复杂的问题。读章回小说，一个人遇见另一个人，首先便要“报上万儿”。“万儿”是什么呀，不就是姓名吗？报上来好答话好称呼啊。

人与人之间的称呼根据身份不同是有差别的。首先是辈分上的差别，平辈之间、晚辈对长辈，以及长辈对晚辈所用的称谓词大有不同。其次是地位上的不同，位尊者对位卑者、位卑者对位尊者以及同等地位的人互相之间的称谓词也是大相径庭，甚至是同样地位的人，但是工作不同，两个人对一个尊者的称谓词也有不同。其实呢，称呼本来就只是一个普通的名词，名字也不过是个普通的符号。如果当初祖先们造字的时候将人命名为鱼、将狗命名为人，那么我们便都是鱼了，而狗，我们便得天天叫着它“人”。

一个人一旦出名了，成了某一地方的骄傲，或者这个人的名气够大，能够代表一个地方，往往还会成为一个地方的名片（反过来，这个地方也成了这个人的名片）。孟浩然是襄阳人，故而人称孟襄阳。苏轼被时人称为苏眉山、谭嗣同被称为谭浏阳、柳宗元被称为柳河东等都是这个道理。

某人若是当了一定官职，称呼当然要以官衔或者名号为依据了。例如“张志淳官至侍郎，世称张侍郎”。这样的文字我们从中学开始就频频在教科书后面的作者介绍中看到——可见，对于称呼问题，我们是很早就接受教育了。

取 巧

某个偏僻小县的县令有一天突然发现了一块可以漂浮在水上的石头。他想着，这么奇怪的事物，当然应该只有这个世界上最有权力的人才配拥有。于是他马上将这件奇巧的东西送到了京城。

而在京城，已经汇集了整个国度里最奇怪和精巧的物事。尽管这些东西本身可能并不具备太多的实用价值：最光滑的木头，发声音的瓷器，薄如蝉翼的玉石片……这些东西都耗费了无数的人工甚至生命，才最终成了一种奇巧之物。

仿佛整个国家都在为奇巧而努力。很多的能工巧匠，关键不在于能，而在于巧。穷其一生不是研究器物如何更加实用，而是研究造型功用之奇绝。

中国的传统建筑，向来也讲究奇巧。三潭印月之类的园林造景，主要就是让主人有个炫耀的奇趣。甚至连皇家园林也都如此，挖空心思制造些奇特的小景，以巧取胜，让主子莞尔一笑、会心一笑，内心得到某种“只我拥有如此奇巧珍贵特别之物”的满足。当然了，军事建筑除外，军事建筑要是取巧，那可是要命的。

造个器物不是追求其平稳，而是追求其以最不平稳的外形收到平稳的效果博人赞叹，这恐怕已经超过了器物，本身的意义，多少有点匠气的意味。甚至，造一个碗，也要讲究绘画生动人物流转；画一幅画、刻一块玉，还要讲究眼神随观众流走；刺绣还要双面都成形。作为艺术品当然可以，但是作为一种民族在制造器物时追求的效果，恐怕就有点问题了。武侠小说中一些奇巧的武器在高手面前，恐怕总不如刀剑等直来直去的简单武器实用。

在两座山峰的顶部叠加出新的高峰，比在它的旁边新造一座高于他们的高峰更简单也更快更科学。当年马克思就是这样，面对黑格尔和费尔巴哈两座高峰，他兼收并蓄，并有很大的发扬，终于成就了新的高峰。我的几何老师告诉我，这种行为，特别适合当前面已经有比较出色的两座难分高下的高峰的情况下，树立自己的新高度。

在赣西山区，生活着一批纯手工打制锡器的匠人。他们制作出来的器具美轮美奂，但效率不高，收入也低。银灰色的锡器，凝聚了无数代匠人的心血和情感。

当地的朋友告诉我，在现代工业批量化生产的冲击下，很多手工技艺节节败退，打锡这一民间工艺也面临消亡的危险。但是一直有那么一些人，一直没有在机械化生产前退却和放弃，为延续打锡工艺，固守着传承已经近千年的手艺和文化。

我问他们为什么要坚守这个行业。锡匠没有正面回答我，而是一脸骄傲和尊贵的神情，反问："工厂里机器制造的器具有我手工做得那么精致、那么独一无二吗？手工做的每一件锡器甚至都带着打锡人的体温！”

据说，浆果存在的最原始意义，就是为了给包裹其中的种子提供营养和水分。而我们吃掉了草木提供的浆果果肉和果汁，将它们的种子扔到垃圾焚烧厂焚烧。

更有取巧的行为是：人们为了更方便地吃水果，索性通过药物让水果变得不育，只长果肉不长种子，于是出现了无籽葡萄、小籽石榴、无核蜜桃等。

若再进一步，则有为了吃燕窝，而残忍地反复拆毁一对燕子的家，并发展成为一个产业。想来，只有人类会如此，其他动物不可能如此没有底线。

为了活得更舒畅、成功得更容易，祖宗们告诫我们要多交朋友。多个朋友多条路。但世间不会有如此简单的仅做加法的取巧之路。朋友太多，必然要交往应酬；既然是朋友，就自然要为他人着想呀。这样一来，你的时间和精力就要大量耗费，让你失去了很多做更重要、更喜欢的事情的时间和机会。

书上说，很多真正痴迷于某一个重要事业的科学家、艺术家，往往是很少有朋友也不很愿意会客见客交往的。当然他们也有朋友，但是数量少而交情深。他们也注重友谊，但不是那种天天在一起玩耍娱乐的友谊。有的朋友，甚至终生只是通信就双方共同感兴趣的话题进行探讨。

社会管理的难处在于，当你给予了众人某种额外的福利后，他们理所当然认为这是你的义务，并且必须长期继续做下去，一旦停止，就会抱怨。

正是由于这个原因，所以即使某一时段内具备提供更高福利的条件，因为对未来的预期不确定，管理者也不敢将其提供给大家，怕一旦提供之后，万一今后缺少条件无法维续而引发诸多问题。

我们在这人世间修行，谨守戒律。戒律更多的时候就是我们自己对自己的要求，以及内心所定下的原则。你实现了它，就是有成的修行。当然，更多的人从来不知道戒律两个字如何写。在某些年代，他们的取巧之心可能让他们更容易成功。他们从来不用回避什么，一切的出发点和落脚点都是实用，从而收到最快最好的效果。

这种人其实是可怕的。但实际上日常里我们面对这种人，说出口的却是：这种人是最成功、最有用、最值得鼓掌值得趋附的。他放弃了内心的坚守，或者说他的实用目的就是他唯一的坚守，并为此孜孜以求，理应得到回应。

小时候的夏夜，我总喜欢坐在门前的乡村公路旁一边乘凉一边与小伙伴们一起猜测远处驶来的货车装载有多少货物。这样的游戏其实没什么乐趣，因为我们总是能够准确地猜对结果——重车压在路面上的声音低沉，而空车行走在坑洼的乡村路面则会老远就发出“哐当哐当”的声响。车子越空，声音越大。

这与我们后来经历的某些现象倒非常相似。辩论场上声音洪亮者并不能让对手哑口无言。就像那句关于生活常识的俗语讲的：响水不开，开水不响。

夜读诗歌。现在很多诗歌是鲜花而非谷子，它只养眼，却不充饥不解渴。在小场景上雕花、在小情绪上旋转，技巧、才情、修辞的介入，将文字写得诗意弥漫。这种诗歌越写越精致，越写越圆润，繁花似锦，美到无瑕。但是，这种美，有时会不由自主就进入了精致的风花雪月、鸳鸯蝴蝶派的路子。这种小情趣、小场景，总是游离于世界之外。纤云弄巧中打造了小清新、小精致的流行取巧风格，与日常生活形成了鲜明的对立。

最精巧的是人心，是用心完成的每一个细节；最取巧的也是人心，是对人性迎合的每一个举动。而《大风歌》和长城的雄关万里，耸立在前方，让后来者变得沉静，豪情飞扬中生出踏实之心。

向前一步

向前一步／阳光多么温暖／鲜花的气息弥漫鼻腔／向前一步／世界多么宽阔／更多的诱惑扑面而来／向前一步／香水的味道温柔又浓郁／传说中的故事似曾相识

向前一步／呼风或者唤雨无须顾忌／让手握权柄的日子充满光泽／不，索性不要停／再向前一步／推开最后一扇门／顺着这个方向／四向的墙壁冰冷／日子从此在镣铐中叮当作响

——《向前一步》

“人这一辈子，总得享受几回被众人拱卫、唯我独尊的时候。”在袅袅的水汽对面，一个中年男人充满自得地对我说。

茶室的古筝背景音乐仿佛突然激越了几个弦音。连带着铜炉精致孔窍中升腾的细烟也打了一个结。

我停顿了一下，没有接话。我不知道该以什么样的表情和语言来回应这个志得意满者，这个如此真诚且直白地表达自己人生观价值观的新朋友。

我也不能告诉他，在和他交谈的时候，我脑子里的画面还停留在下午见过的那个村干部身上。

一段时间以来，我一而再再而三地在键盘上敲打出一堆冠以警示教育片名头的专题片脚本。由于这个原因，我反复看到各种卷宗，看到痛哭流涕的问话视频实录，看到字字颤抖的手写忏悔录。

也看到被踩了急刹车瞬间翻转的人生。

到达办案基地时，下午的阳光仿佛正被看不见的事物劫夺而去，清冷的空间内，谈话、笔录、留置、反省，屋子里能够听到的所有名词都是软的。床角、桌角、门把、墙壁，屋子里能够见到的一切物品也都是软的，表面都被厚厚的软包给覆盖、包裹，所有的尖锐棱角都被改成了圆润的样子。

太过安静的空间里，因为装修软材的吸音效果，让胡子拉碴的人说出来的话仿佛也是软的。

只有卷宗上那些罪名，那些触目惊心的事实和数字，是硬的。

他将一个村干部当出了土皇帝的感觉。在某个赣西山区的村子里，他就是唯一的天和地。仿佛没有他的允许，连路边的野草、山脚的树木都不敢恣意地生长。这不是别人认为的，他自己也觉得如此，觉得自己就是这个村子里的大族长。

错觉蒙蔽了他，欲望裹挟了他。他在这种唯我独尊的局面里没有止步，而是继续向前。前面是万丈悬崖。这个曾经的明星村干部，这个涉案资金超过千万元的村干部，最终锒铛入狱。他家里占地面积近两亩的乡村别墅尚未完工，如今落寞地伫立在荒草里，烂尾在十二月的北风中。

为了捕捉人心幽微处的细节，分析办案基地或者监狱看守所里失去自由者的真实心态心理，在看过大量材料的基础上，我总是愿意陪着采录人员到现场去对当事人面对面采访和录制视频。

程序固定的采访中，记者问：后悔吗?

多数人接下来都会短暂沉默，然后号啕大哭，涕泪交加。这不是我脚本上提示的桥段，却是大多数人崩溃的决口。

当然也有与众不同者。

有人避开摄像机的镜头，反问拍摄人员：我如果配合得好，在量刑时会有考虑吗?

这个做了半辈子生意的人，即使在身陷囹圄时依旧没有忘记讨价还价。

多数人在视频里都会有崩溃的瞬间。如果摈弃感情和其他因素，纯粹从专题片制作的角度出发，这种崩溃的瞬间、痛哭流涕的瞬间，无疑是最打动人心、袒露人性的节点。

其实，比起一部专题片的感染力，我更揪心于他们在这一瞬间的“后悔”。但是，后悔总是在“后”。无论当事人还是旁观者都清楚，当年向前一步踏错了路，再也回不去了。

每一部警示教育片的结尾，我总是要总结提炼出三五条教训。例如欲壑难填，例如江湖义气，例如初心迷失，例如信仰缺失，例如信念坍塌，例如心存侥幸……

但是，几乎每一部片子制作完，我都觉得意犹未尽，我觉得应该有更多的体悟和启示，关乎人性，却无从落笔表达，也没有办法呈现在专题片里。

这些体悟，是对人性贪婪之外的不可言说的观察。有那么一些时刻，我感觉自己成了一个观察者，看着那些身居高位或低位、大权小权在握的人，在贪欲的支撑下露出含蓄或粗犷的吃相。但是，不管经过多少层辗转腾挪，不管是掩饰还是直接，在剥开伪装后，几乎都露出同一个词语、同一种状态：肆无忌惮。

在神秘的道路上成功向前一步的人，真切地享受到了权力带来的快感，也时刻享受着身边围猎者送上的恭维。时间长了，我强，我厉害，我救活了这个单位，我带领这个地方创造了前所未有的辉煌，我就是这片小区域的天和地。

没错，成为警示教育片主角的绝大多数人，都曾是个能干的人，都沉浸在了这种唯我独尊的虚幻中。像山林里食物链顶端的动物，任性地向着领地的各个方向随意踏步，向前一步，又向前一步。一路都是倒伏的草木和瑟瑟发抖的臣服者，一路都是期待自己松松利爪和尖牙开恩放过的“食物”。

在某种错乱的生态里，这种虚幻又成了现实。一个曾主政一方的大员对着镜头说——那年我下乡到某个县区，晚餐时随口说了一句：路上灰尘太大了，吃点猪血洗洗肺才好。负责接待的地方领导马上安排：上一碗猪血。食堂的同志回答说都晚上了，没有准备猪血这种食材。结果，领导将眼睛一瞪：没有猪血，猪总是有的吧！

看片子的时候，这个细节给我留下了深刻的印象，也留下了对鸡飞狗跳临时杀猪取血场景的诸多想象，更留下了细节背后让人心生恐慌的文化景深。

每次合上卷宗和采访实录，我都会陷入长时间的沉默。几万年过去了，几千年过去了，几百年过去了，作为一个社会的人，我们究竟需要什么又在追求什么？从丛林世界一路走到现在，作为群体概念的人类和个体的人，到底发生了什么变化？

或许，作为一种动物，在骨子里实际上并没有变化很多。

麋鹿和猴群中强者通吃的法则，在另外一种动物的群体中，并没有彻底消失。只要内心深处的欲望升腾起来，只要向前一步的贪婪张扬起来，秩序的枷锁就会被暂时挣脱。

唯我独尊。这样的风光谁不想要呢？这样的感觉有多少人能够拒绝呢？一个大单位的一把手在自己写下的反思材料中说：在我们辖区的土地上，可以说，没有我的同意，无论什么人，无论合法不合法，无论大和小，什么事情都做不成。

这种“我说了算”的感觉，让人迷醉也让人忘乎所以，让人在小小的王国里裂土自封。

有时候看到一些卷宗的事实部分，我会为案发单位的小生态懊恼：怎么就没有一个另类的同僚，一个打破玻璃的人，破坏一下这个当事人唯我独尊的感觉和局面呢？如果那样的话，可能他就有那么百分之一或千分之一的机会，不会在深渊里陷得那么深那么险吧？

谁知道呢？没有什么可以被假设。总之他最终还是万劫不复了，他现在成了警示教育片的一部分素材，在镜头前痛彻心扉地表示对不起培养自己的人，对不起老母亲，对不起爱人，对不起以父母为傲的儿女，对不起家族，对不起单位，对不起同事，让大家蒙羞了。然后，又现身说法地警示大家不要贪婪，千万不要走上自己这前车之覆的不归路——若干年前，他应该也在会议室里观看过我撰写的另外的警示教育片，听着更早身陷囹圄者在镜头前痛心疾首的剖白和“千万不要走上我这不归路”的告诫吧？

我曾看到过地厅级干部、县处级干部、乡科级干部、股级干部、一般干部……的忏悔材料和问卷材料；看到过村干部、政法干部、财务人员、代办人员、教师、驾驶员……的忏悔材料和问询材料。

在材料所记录的事实里，他们是给犯罪者通风报信的警察，是监守自盗的粮库管理者，是主动索贿的实权派，是无酒不欢的经办人。还有更多，左右逢源的人，雁过拔毛的人，深陷赌博的人，亦官亦商的人……

我无法准确地给他们归类，无法准确地找到一个或者一组词语作为标签。很多时候，仅是问讯材料就把我看得义愤填膺。

然而，回过头来，等到翻看审讯的录像和自书的忏悔材料时，我又总是怀疑，这个字字泣血句句伤情的人，怎么可能将法律与原则践踏到那么个程度？

或许若干年后我会说：我见过最深情最深刻的文字，是办案基地里失去自由者的剖析材料。我甚至不知道，究竟是因为这些在迷幻中急速奔驰的人在被紧急刹了车、人生突然掉了一个方向后有了痛彻体悟，还是因为办案基地不分日夜的空旷环境和仿佛被按了暂停键的大段大段空闲时间，让这些平时日理万机的劳心劳力者有了系统反思？再或者，是人之将死其言也善，手戴镣铐，使人对人生和生活都有了深刻的新认识？

我不愿意相信这是长期伪装和公文材料训练形成的条件反射。

毕竟，这些人当中，并不是每一个都那么有学问，并不是每一个都曾从事过文字工作。他们之中，有的甚至连基本的行文和文字表述都做不到；他们之中，有的甚至只是小学毕业并且一辈子都在基层一线冲冲杀杀的岗位上。我相信他们并没有上过系统的写作课。

但他们的自我剖析都让人动容。那种真切感，仿佛是将自己的心剖出来摆在桌上进行生物课教学演示。

当然，也有人利用一切说话和写字的机会给自己表功。五千字的剖析材料，每一个大段落都要用一长段文字表述自己曾经多么努力工作、取得了如何难得的成绩……这种剖析，我依旧认为是真切的——在任何时候都不忘自我吹嘘，可能就是这个人的真性情。

然而，等我们再一次回过头翻看他们的犯罪事实，又不寒而栗。这个字字句句泣血剖析的人，与那个肆无忌惮践踏法律的人，在铁窗内外截然不同，仿佛他整个人、整个心，已经彻底分裂。

办案中心和看守所是充满神奇力量的地方。在这里，一道铁窗、一双镣铐，将世界拉回了秩序。脱缰的野马停了下来，沸腾的欲望平息了下来，虚浮的心神沉静了下来。

是的，沉静了下来。这个简单的词语，其实在很多时候求之难得。最少，在很多人的前半段生涯中，每天都是浮躁的、焦虑的、虚假的。

侥幸心理、攀比心理、补偿心理、赌徒心理……都有，但都不足以准确描画失足者曾经的内心宇宙。破窗效应、青蛙效应、漩涡效应、马太效应……都有，但都不足以精准定位失足者曾经的背景空间。

或许，在危险的路途中向前踏出第一步，或者向前踏出最后一步的过程中，这个举足者早已经彻底丢失了自己，像一个在重金属音乐中失聪冒汗的少年，眼前只是一片白茫茫、灰蒙蒙。

在那个神秘的领域里，有着无数的人想要挣扎向前向上却踏步困难。这个时候，如果看到另外一些人轻轻松松踏上一个台阶又一个台阶，自然会是躁动不安。

大家都想向前一步，向上一步。然后，其中少部分人找到了捷径，其中少部分人实现了愿望。这种“实现”，又让他或她更加尖锐地看到了权力带来的无边无际的可能性和随意性。

站在高处、站在前方的人，若是偏偏又缺少了一颗平静的心和良好的定力，自然会一看到不法商人一掷千金就心态失衡，自然会一陷入纸醉金迷的奢靡生活就沉溺难拔。风若吹来，他便摇摆；香若飘来，他便迷惘；利若袭来，他便疯狂。

此时，他看一切都是被自我催眠了的。此时，他有睥睨一切的心态。世间的一切，都在自己的脚下。此时，对权势、美色、财物的贪婪，已经让他彻底疯狂了。

是的，疯狂。那些肆无忌惮的人可以疯狂到什么程度呢？

有人在失去自由的前一天，还在往怀里揣现金；有人在进入铁窗后，还在幻想自己功劳卓著将功补过。

有的人过手之钱必贪定例，甚至一个一千块的修补项目也要收礼三百块；有的人事无巨细大权独揽，即便是依规应尽之责若不寻他开恩也一概不允。

这些疯狂的人，这些贪婪的人，眼睛已经彻底被蒙上，却只想着恣意而行。每次看材料看到中途显露出的苗头，我都忍不住想到那句俗话：盲人骑瞎马，夜半临深池。

就像小时候看小说或者电视剧，总想大喊一声，冲进剧情里面拉住浑然不知的主角赶紧停下脚步。

但我们冲不进剧情里，我们也同样无法拉住一个灵台蒙尘朝着深渊向前一步又向前一步的人。只能眼看他被贪婪吞噬，被锁进铁窗。这个时候，向前一步又向前一步，双脚踏进监狱的人才会在踩下刹车的生活里回顾过往，寻找自己的本来面目；才会在突然多出来的时间里沉静下来，让自己泣血反思。

或许，这才是忏悔材料让人动容的原因。一个热衷权力的人失去了他的权杖，一个沉迷财物的人失去了他的金钱，一个我行我素的人失去了他的自由……这“失去”的瞬间里，有着宗教般的沉思和启示闪现。

这个时候，我感到有针尖在同时扎刺着一个人、一家人、一群人。

所以，我从来不愿意在脚本里设计让采访者询问对方：如果有机会，你还会失去理智地在危险的道路上向前一步，再向前一步吗？

这个问题太幼稚，也太深奥。

共青，共青……

一切都是新鲜的，一切都是活泼的。一切都是开拓向上的，一切都是澎湃葳蕤的，一切都是活力蓬勃的……

我说的是共青城，庐山南麓、鄱阳湖畔的一座年轻城市。作为一座特色鲜明的名城，它在各类话语体系中的存在感极强，但是它的深度呈现却仿佛有些缺失。

江西的县区我走过不少，共青城却只闻其名而不曾真正抵达过。作为一个江西人，我甚至一度将它作为南昌而不是九江的城市。它离南昌太近了，它跟南昌的关联太紧密了。据说，南昌的高校，大多数都在共青城设有分校或者二级学院。

这已有的10所高校和规划中将引进或设立的其他高校，正是共青城年轻的具现和活力的源泉。

这座面积仅310平方公里的城市，人口约为20万人，其中在校大学生近9万人。初夏的夜晚，当我在共青城的街道上悠闲漫步，处处可见的，都是年轻的面孔；时时感知的，都是青春的气息。我想，正是这号称十万大学生的存在和参与，让共青城时时刻刻都处于年轻的状态。

这倒是无意中契合了这座城市的名字和这座城市的由来。

共青城，是共青团的共青，是青年人开辟建设并与青年人共同成长的共青。

纵观城市文明的发展，我们可以发现，每一座城市的前身，几乎都是荒山野岭、水域滩头。然后由于人类的聚集和活动，一步步慢慢形成了村落、街道、集镇，在居住区集聚和市场交易繁荣中持续发展定型为城市。

这个过程，在几百年前已经基本完成了。我们看到，过去很多的商贸市集和密集村居，靠着特殊的地理位置或得天独厚的资源，就这样逐步壮大成了现在的乡镇、县城和城市，成为千年古城、千年古县。其中也有一些，由于时代的变迁，人居集聚的这个过程没有持续，最终重新回复人烟稀少的山村甚至荒野——“人烟”是城市的根基——只留下一个集市的空寂名称。所以我们看到以“市”为名的地名，从自然村到建制村，再到乡镇和县、市，几乎覆盖各个区域层级。

由于先发优势和地理区位的共同作用，几百年前完成的城市变化定型，此后几乎很少变化。除了在旧城周边拓展延伸建设新城，很少有由村落全新发展定型的新城市。

如果实在要算的话，在最近几十年才成型的，可能深圳是一个，四十年前，由一个小小的渔村迅速变成了现代化的年轻城市。

而共青城是另一个，六十多年来，由一个垦荒的山野慢慢变成了全新的城市，变成了新中国最年轻的“新城市”。

这个无中生有，从人烟稀少到人烟稠密再到现代繁华城市的过程，如今回望，让人感慨。

真是筚路蓝缕啊。在共青城，我们可以真切感受到前辈们的辛劳和拓荒牛这个词语的真意。

真是活力迸发啊。在共青城，我们可以真切感知到一草一木都充满青春，每一个建筑每一个事物，都有着浅淡的年轮。

或许，数据可以证明这座城市的年轻。在共青城的常住居民中，15—59 岁人口约占 76%，而全国范围内这一比例是约 63%；在共青城，60 岁及以上人口占总人口的 8.91%，而全国范围内这一比例是 18.70%。

它太年轻了，如果从 1955 年秋天垦荒队员挥舞第一下锄头开始，还不到 67 岁。如果从 1984 年冬天“共青城”第一次作为一个词语出现算起，还不到 38 岁。如果从 2010 年初冬国务院批准设立共青城市算起，还不到 12 岁。

翻开档案，翻开泛黄的旧报纸，我们确知，这些年，成长的过程中，共青城在长大，也在长高、擦亮。共青社、共青垦殖场、共青城、共青城开放开发区、共青城市……光从这些持续变化的称谓词语，我们就仿佛看到了一座城市在辛劳的共青人一锄头一锄头开垦、一块砖一块砖垒砌、一个厂一个厂建设、一条路一条路修筑的过程中，逐渐变得面目清晰。更重要的是，它没有暮气，它依旧在成长。

似乎，每一个阶段，每一个时代，每一个共青人，都在为这块土地烙印自己的青春，都在为这块土地增添活力。

这是众所周知的故事。1955 年，98 名年轻人从上海来到鄱阳湖畔，开始水禽养殖。养出的鸭子被制成板鸭，作为副产品的大量鸭毛鸭绒堆积如山。看着遍地鸭毛，这些年轻人动起了变废为宝的脑筋。他们建成了羽毛加工车间并进而成立了共青羽绒厂。从此，一个民族品牌在世界羽绒服饰的市场上独领风骚数十年。在它的背后，我看到一代开拓者挥洒青春汗水求新求变、富民图强的务实追求。

这是我所了解的故事。出生于 20 世纪 80 年代末的小秦，原籍山东，大学毕业后先是通过考试在萍乡“三支一扶”担任小学教师，然后考试成为九江某个县区的公务员，之后再次考试到了共青城。如今，作为草根的他凭借个人的才干、努力和实实在在的工作成绩，在这个陌生的城市一步一个脚印走上了青城市某个水乡的乡长岗位，扎根发芽成了新共青城人。在他的身上，我看到新时代年轻人奋斗的青春和共青城无限的可能。

这是媒体报道的故事。作为南昌大学共青学院的一名大四学生，小梁发挥专业优势，与20多名同学一同创业，注册成立设计公司，年营业额预计达200万元。在他的背后，我看到这座城市对于年轻创业者的周到服务与全面扶持。作为“全国青年创业基地”，这里打造了3个青年创业孵化基地，聚焦青年需求，不断探索青年发展密码，拓展青年逐梦圈、生活圈、人文圈，吸引越来越多青年汇聚共青、爱上共青、留在共青、共建共青。

这些平凡的人和事，既让这座城市保持新鲜，更让这座城市永葆活力。

当年的垦荒和当下的开拓留下了厚重的积淀也传承了不竭的进取。不能不承认，走进共青城就会被澎湃的城市精神浸染，随时代踏歌起舞奋起拼搏。不能不承认，来到共青城就会被发展的活力裹挟，随城市乘风破浪不断前行。

文明承锦绣，山水有清音。共青城的山水之间，古老的西河戏曲与现代的时尚服饰完美共存，艰苦创业的精神与开拓奋进的实干完美交融。共青城的山水之间，既有生态湿地的完整呈现，更有崇高精神的完美传承。

当我离开共青城返程的时候，转身又回望了一眼高铁站的公益广告：一个高规格的青年创业赛事正在这里筹办，一个服装电子商务城正在崭露创新平台的面容。

这个时候，没有人会想起，六十多年前，这里还是一片等待垦荒的荒野。这个时候，没有人会怀疑，新时代里，这里将持续保持青春的闯劲与拼劲。

毕竟，共青，共青……

第四辑　古韵今风隐深红

初心问源头

源头有好水。水在数山拱卫处，青葱蓊郁的草木从三向包合过来，中间是掩藏起来的一个水库。

源头水库的水是清澈的，若没有人跳入水中游泳煞风景，简直可以作为碧波荡漾诗意浓的典范景观了。

源头水库的水是清凉的，即使是六月天，稍微深入水域一点或者是傍晚的晚风初起时，手鞠清水总能感受到舒适的凉意。

但我来源头不是为了亲近山间的水，我来追寻村里的人。此时我刚刚从延安考察归来，我要追寻一个在陕甘宁边区政府留下过厚重脚印者在红色安源的初心源头。

源头是个山村，是积淀着红色基因的安源所属的一个偏远山村。我要追寻的那个人名叫高自立。

加入中国共产党才半年的高自立遭遇了他人生中的第一次劫难。那是1927年的6月，马日事变后，湖南军阀将部队开进赣西萍乡，大肆逮捕和杀害共产党人。在革命沃土湘赣边界萍乡县（市）总工会工作的高自立与二百多名革命群众一起被拘禁。在监牢里关了三天后，安源工人纠察队趁敌军调防连夜救援，高自立他们才得以越狱而出。出狱后的高自立没有后悔也没有迟疑，他立即根据组织的指派展开了县总工会和生产消费合作社的恢复重建。

高自立似乎天生就是算账做生意的好材料。他 9 岁开始进私塾读了四年半书，之后就到两家商店当学徒，一边学做糕饼、蜡烛等，一边也凭着自己的精明好学掌握了算账的好功夫。他能双手同时打算盘，又快又准。别人被折腾得无处下手的糊涂账，他三下五除二就搞得一清二楚。

周围的人不能理解，这么一个精明的人怎么就不好好做生意挣钱养家而铁了心要去干革命呢？这么一个精明的人怎么就不知道明哲保身以至于会好不容易摆脱牢狱之灾后马上又因参与恢复革命组织而被反动派通缉呢？

——幸好，当反动地主武装又一次袭击县城，严重破坏革命组织并以三百银圆的标准悬赏缉拿高自立的时候，他已经受党的指派带着招募的两百多名安源工人纠察队员和失业工人辗转到达武汉参加北伐军叶挺独立团。

到叶挺独立团后，高自立谢绝了部队对自己的优待，再三请求到连队当一名新兵。他在这个过程中学习军事知识，学习指挥技巧了一名新兵，后编入第二方面军总指挥部警卫团，任连党代表。

此后的故事有了硝烟味。1927 年，高自立所在的警卫团从汉口赶赴南昌参加起义却没能赶上。稍作休整后，9 月 9 日，高自立随部队从修水出发，在秋收起义中打长寿街、夺朱溪厂、战龙门厂，一路浴血奋战。遭受挫折的起义队伍到后期渐渐就走散了不少成员，但高自立始终目标坚定，他随着秋收起义部队进军到了井冈山。

井冈山的生活自然是艰苦的，但再艰苦也吓不倒这些在党旗前立下过铁血誓言的人。担任连队党代表的高自立总记得1926年自己在那面红色的旗帜下庄严举起右拳的情景，对美好的未来和信仰保持最初最真的执着。

高自立生活的源头村一直就叫源头村，仿佛天生就是某条河流、某个山岭、某种生命的本真之处。而生在源头村的高自立也在追寻自己和更多民众幸福的源头。源头村所在的安源是个煤炭之乡，地底的煤如同积郁了千年的火等待爆发。生在安源的高自立不满足于将火种从地底的黑暗中取出，他还要擎举着这火把寻找更远更光亮的路。而生他养他的土地，是他追求个人精神自立和民族自立的根底和源头。

从这个源头出发，他跟随红军主力转战赣南闽西，参与创建了赣南闽西革命根据地。之后的1931年，又率红64师配合红三军等部参加板坑战斗。这一年，高自立先后担任红四军政治部主任、任红三军政治委员兼军委书记。紧接着，又被任命为红五军团第十五军军长兼政治委员。

几十年后，当我抚摸着那些发黄的档案，看着一行行代表战斗名称和军队职务的文字，仿佛还可以感受到那背后的肃杀和残酷——在井冈山时期，高自立先后参加过第一至第四次反“围剿”斗争。就像大多数战斗英雄一样，身先士卒的高自立中身负重伤仍然坚持固守一线指挥战斗，直至打退了敌人的进攻才由战士们抬下去。伤愈后的高自立由于身体原因转任中央审计委员会委员、中央政府土地部部长等职。在这个岗位上，他发现财政部部长和会计科科长贪污腐化问题，并以此为契机，查出上下各级一系列贪腐行为。高自立松了一口气，仿佛是为着自己当年入党时的理想作出了自己的贡献。此后，他的足迹到莫斯科，到延安，然后是担任陕甘宁边区政府的副主席、代主席兼民政厅、农工厅、建设厅厅长。

在延安，高自立又与当年井冈山的各位战友聚集在了一起，念叨着当初共同的追求，继续为一个国家和民族的未来而奋斗。他们有一次还兴致勃勃地拍摄了一张合影，高自立端坐，仿佛回到了当年大家并肩转战于崇山峻岭间的葱茏岁月。

我不厌其烦地叙述这个历史人物的履历，并不是想为满天的星辉再添辉彩。我只想沿着当年一个农家少年的足迹，感知他在血与火的交织中那坚定的革命意志，探寻他为什么始终能够内心沉着、保持方向。我寻到的源头是——信仰与理想。

从第一次听到那个神秘的组织名称开始，高自立就将它与光明、希望关联到了一起。当时他在萍乡县城做店员，见证了后来自己终生追随的共产党人先后来到萍乡安源，领导工人开展种种斗争；他还接触了从北京、武汉等地来到萍乡的一批进步学生的传播新思想。耳濡目染之下，高自立也充满了斗志，充满了为人民谋幸福的豪情。他积极参加安源路矿工人俱乐部的活动，经常主动帮助工人运动组织做些力所能及的工作，渐渐地，他知道了共产主义，知道了一群人对光明的信仰。

最终，他与这群人有了相同的信仰，有了相同的组织。宣誓的时候是在1926年10月。一年前的1925年10月，高自立亲眼看到身边的大批革命工人在反动军阀武力镇压下被逮捕，亲眼看到了工运领袖被杀害在街头。这残酷的世界没有让高自立退缩，反而让他进一步认清了自己的内心，他明白自己真正想要的不是一家一户自我的安宁日子，而是那个神圣组织所追求的更大范围内为贫苦民众争取幸福生活。他清醒地知道，选择了这种追求，选择了这种信仰，选择了在党旗下的一次宣誓，自己将要面临的可能就是生命的付出和一辈子的奉献。

但是，他理想坚定，脚步从容，跟随着党旗、军旗，一路前行。透过单薄的履历，我看见血雨腥风中冲锋在前的高自立，我看见边区大生产运动时斗志高昂的高自立，我看见解放战争时期转战东北的高自立。

我也看见了毫无怨言让出边区政府副主席职务的高自立。此前，高自立已经担任了一段时间的陕甘宁边区政府副主席，并曾代理过主席职务，但为了让边区政府“三三制”改革顺利推进，他高风亮节地由副主席转任建设厅长，真诚支持新任的党外人士任副主席。

“官越当越小”的高自立没有忘记自己“自立”的追求，更没有忘记“服从”的誓言。面对工作需要而进行的岗位调整，他只想着服从组织安排、支持组织工作，只想着当年在那面旗帜下立下的“服从纪律，牺牲个人”的誓言，只想着自己和同志们始终如一的追求与信仰。一路走来，多少同志走着走着就倒在了路上，多少同志走着走着就迷失了初心，能够坚持到延安，坚持到胜利到来那一天的，多么不容易！

每次想到这些，高自立就充满了干劲。充满了干劲的高自立很快又迎来了自己新的任务。

抗战胜利后，夺取东北成为国共两党斗争的战略焦点。为了加强对东北地区的领导，中共中央决定设立东北局，调派干部进军东北。高自立在这一过程中被派到东北担任冀热辽分局委员兼财经委员会主任（后任冀热辽分局副书记）。

或许，在高自立他们看来，只要是为着自己当初的理想而做的工作，就都是应该而且有意义的；或许，在革命者的眼中，根本就没有个人职务的上下荣辱，只有信仰和事业，只有对誓言的恪守、对组织的忠诚和服从。

到东北安顿下来之后，高自立马上扑到了没日没夜的工作中。夜深人静的时候，他隐约看到了这个国家光明的未来和无穷的希望，突然有些想念自己的女儿。

1927 年的那一次离开，高自立有些决绝也有些匆忙，只来得及向妻子语焉不详地转告一声。此前，为了革命事业奔波，他已经有一段时间没有回源头村了，连八个月大的女儿，都没有亲手抱过一次。

这一次离开，源头，多了一个从来没有见过父亲的女儿；革命的征途上，多了一个从来没有见过女儿的父亲。高自立不知道，就当他在井冈山转战的时候，女儿身染恶疾，落下严重残疾。

到延安后，颠沛流离的残酷生活才算有了固定的落脚处。此时高自立从家乡一别已是将近十二年，夫妻生死两不知。终于，书信辗转，得知高自立还活着的妻子历经艰险来到延安，看到十多年来始终孑然一身的丈夫，她知道，高自立不是一个无情的人，这么多年抛家弃子，实在是为了革命理想不得已而为之。

在延安的窑洞里，得知女儿因病致残、生活艰难的消息后，高自立泪流满面，泣不成声。为了革命，他对女儿亏欠实在太多太多！但不断变化的革命形势，再次阻挠了高自立与女儿的见面。

当我们将目光投射到更远更广的时空，在整个革命战争年代，又有多少革命者为着信仰放弃了个人的得失和小家庭的团聚！高自立，不过是千万人中的一个。

当胜利的曙光终于在望，这千万个革命者中的一个终于腾出空来给自己的女儿写几封家书：

“馥英女儿，二十多年没有写信给你，也无法照顾你的生活，原因是环境不好，写信给你，反怕害了你……”

“吾儿现已年过二十，不知已婚否？如未结婚，暂时可不结婚，我拟送你入学，求得一项专门技能，以便能在生活上自立……”

这几封寄自 1949 年的家信中，高自立一再勉励女儿自立自强，永远跟党走，残疾人也可以作贡献。他也憧憬着在中华人民共和国成立后能与尽快女儿团聚。遗憾的是，伤病缠身、积劳成疾的高自立，终是没能等到那一天。

1950 年，高自立在东北去世后，他的妻子谢绝了当年延安老姐妹去北京生活的邀约和省领导安排工作的建议，毅然回到家乡源头村扎根，与腿脚严重残疾的女儿相依为命。她们认为，自己没有一技之长，在城里工作会给组织增添麻烦，回到农村才能自立。

六十年多后，我一遍遍看着这几封家书和记载，一遍遍咂摸这安贫乐道一家子的言语举动，仿佛看到了某种摸不着的元素在这个家庭的成员身上流转。在这个美丽宁静的源头村，我找到了高自立在党旗下明了的革命信仰初心之源，也找到了他的后人在父辈示范下坚定的自强自立传承之道。

清风吹来，源头青山含翠，桐花烂漫。我仿佛找到了更多更远的思绪，喃喃念叨着：源头，源头……久久不愿离开。

水过桥头自然清

1. 桥头水好鱼先知

车过桥头，就到桥头村了。这个拗口的句子指明了一个村子的地理位置——如果要更具体一些的方位词语，我可以告诉你：这里是江西的西部，上栗县东源乡。

这是第二批全国水生态文明城市建设试点项目中的村庄。到了桥头村，首先看到的不是村，是水。一条腰带似的河流呈几字形穿绕在村子中部的田野间，水深且碧。河边，四五个老人在那里钓鱼。我远远招呼他们："有鱼吗？"有老人回应："别走过来，水太清，鱼看见人影就不上钩了。"

这是连月来难得的一个晴天，三月的微风已带着暖意，吹拂着河边的草木，也吹动河面粼粼的水波。桥头水好鱼先知。悠闲垂钓的老人，也最敏感地意识到这段水域的生态变化。很多改变发生在不知不觉间，就像此刻，河堤上的柳树看上去还没怎么发芽，倒映在清澈的河水里，却神奇地泛出一大片浓郁的嫩绿色来。

桥头村的桥不少，不到 3 公里长的河道上就有四座桥。其中两座是明代的石拱桥，还有一座简易的桥就被村民们称为“小桥”。举起手机，人勤春耕早的村民，赶着耕牛穿过古老的石桥，在屏幕上一瞬间就勾画出了小桥流水人家的诗意。而更高更大的那座，是新修的双凤大桥。站在桥上举目望去，只见苍翠的青山横亘在村子的前方，近处的田地已经全部平整，旱田即将种植水果玉米、水田即将进行稻鱼共作。两位村民忙着在河堤上丈量，对种植护堤树的位置进行标记。

“我们村没有矿山，也没有工业企业，但通过理山治水，依托乡村旅游和特色农产品，成了美丽乡村的亮点。”桥头村的村支书何凌云领着我沿着河走了3公里，一边走，一边自豪地说起这几年村子里的变化。在当村支书前，他是一名教师，园丁一般管护着班上的孩子们；如今他依旧是园丁，管护的对象变成了桥头村山上的树、河里的水。

指着不远处河岸边日夜不停转动的筒车，何凌云得意地告诉我：那是南宋末年建造的古筒车。几年前，破损的筒车旁被村民们倾倒成了一个垃圾堆，如今清理改造，重新修复筒车，建成了提水灌溉滋润庄稼的设施，也是桥头古色古香的美丽景观。

我在河边长满草皮的亲水滩地上找块石头坐下来，看着缓缓流动的河水，突然觉得他确实有可以得意的资本。南方连绵数月的降雨让河水变得丰沛。按照常理，此时的河流多少会有一些浑浊。但在桥头村，我们看到的河水却是清澈的，浅水处透亮见底。

村里的老教师何文潮回忆，三十多年前，桥头村的河水澄澈甘甜，两岸绿柳成荫，河边有一个“担水埠”，村民们的生活用水全部直接从河里取用，河里鱼虾品种繁多，很多村民甚至靠捕鱼为生。

而另一位素不相识的村民对我说："前几年，鱼虾都被毒鱼、电鱼的人几乎赶尽杀绝了；山上的树木也被做家具的工厂砍伐过半。浑浊的河里到处是垃圾和枯枝，村民们除了往河边倾倒垃圾之外，其他时间靠都不愿意靠近河边，更别说游泳、钓鱼了。下雨涨水之后，河岸两边的杂树上挂满塑料和烂布。红红绿绿的，风一吹，那场面真像是大家开玩笑说的万国旗了。"

靠河而居、靠水耕作的人们开始怀念水清鱼跃的时光。但是，如何才能改善生态环境，换回绿水青山？结合新农村建设，大家从环境卫生和修复水系生态开始，发誓要将荒芜的田园变成美丽的公园、将凌乱的垃圾河改成旅游的亲水景。经过村民们一系列拉网式的垃圾清理后，桥头村的河流终于面貌一新；经过村民们痛定思痛的产业转型后，山上的树木终于重新繁茂。更大的变化经过几年的时间积淀也终于显现。今天，与当地很多中小河流一样，桥头村的河水变清了，河面抬升了，河道两旁还做了景观，整体环境变得更美了。美景和清水，让生态魅力凸显，也让鱼虾重回桥头。为了节约土地，也可能带着某种刻意的对比之意，村里将多处垃圾角清理干净后建成了文化休闲景观。

这番起伏对比鲜明的介绍和观察，让人顿时觉得良好生态的可贵。

2. 水过桥头自然清

船到桥头自然直。而水呢？水过桥头自然清。

桥头村虽然差不多是最上游，但并不是一条河流的最初源头。在它的前头，河水还要流经水江、宫江、竺塘……桥头村人的想法是，上游流来了清水，我们要给下游送去更加清澈的河水；上游漂来了垃圾，我们在桥头全部清理决不带到下游。

为了治河，桥头村人想了很多办法。在开展村庄环境卫生集中整治，在不让垃圾污染水源的基础上，进一步组织村民改水改厕，对厨卫、保洁、洗浴产生的污水集中处理，不让污水破坏水质。

而更深层的治本之策，则是人与自然生态的友好共生。

在桥头村的显眼处，何河荷和的谐音字写了小半面墙壁，恰好体现了人与天地、人与草木、人与生态之间的关系。

桥头村这个将近三千人口的村子，是十个姓氏共同的家园。其中，何姓是占了百分之六十以上的大姓。他们是人居环境里“人”的代表。

而代表天地自然的河流，则无疑是村子里一切风物的灵魂。过去，河流是人们土里刨食的谋生之本；现在，河流又是桥头乡村旅游的亮点所在。经过多年的宣传引导，如今，保护河流生态就是保护自己的家园之根、保护河里的动植物就是保护自己的朋友亲人，已经成了桥头百姓的共识。

我来得早了一些，桥头村荷花园里的新芽还没有冒出水面，但樱花园里的早樱却已蓄势待发。为了涵养水源，森林覆盖率高达百分之八十的桥头村对五千亩山林全面封山育林，其中三千余亩曾经的荒山和村民房前屋后的空地改造后如今果树林立。

这草木与人居的结合，让另一个“和”字——人与自然生态的和谐，初见端倪。

在这里，人和水相互扶持，彼此滋养。村子里有一个七十亩的淡水湖，还有三个水库、九十余口山塘。这些水域为桥头村贡献了水产养殖的丰厚收益。而村民们则坚持严格的生态养殖标准，在自然状态下利用水域，从饲料到粪便，从垃圾到淤泥，一个个环节抓紧整治，决不产生养殖污染。

对封闭的水域如此，对于共有的开放式河流，大家的爱护就更加全面了。他们每年都向河里投放鱼苗，长期强化水生动植物的保护，决不允许电鱼、毒鱼—— 一经发现，全村上阵进行打击驱赶。

顺河而行的时候，我注意到，桥头村的河岸不是水泥的，不是石砌的，而是保持自然的泥土斜坡，让河水与泥土彼此亲近，自由呼吸，也让河流里维持原生态的动植物随着天性营建巢穴于河岸、扎下根系在泥土。真好，大自然保持它本来的自然之态。真好，天然的河流提升了它自有的水质净化功能。

这清澈而丰沛的河水，又回馈给村民们让人流连忘返的水景。恢复重建的古老水轮榨油坊、就地取材的亲子戏水沙洲、自然天成的悠闲竹筏漫游，让致力打造乡村旅游生态文明的桥头村美名远扬。

3. 水绕赣西生态新

在桥头村度过的一天时间里，村民们的说法都是立足于自己所看到的桥头。而我却敏感地看到这变化的时间节点。所有的改变从江西推进生态文明示范区建设和萍乡全面启动水生态文明城市建设试点开始。

东源乡位于杨岐山的东麓。杨岐山的东麓也是萍乡人的母亲河——萍水河的发源地。在更大的水系图上，萍水河是渌水的上游，渌水是湘江的上游支流。而湘江，是长江的主要支流之一。保护好这源头的水生态，实际是在为长江的美丽奠定最原初的基础。

真是奇怪，仿佛水的洇染可以让一个人变得轻松柔软；仿佛水边漫步可以让时间变得悠闲恬适。仿佛，在水生态里享受美好时光的人们，瞬间懂得了放弃与呵护。

——为了这一泓清水，桥头村和周边村子里的村民们都改变了生活习惯，不再向河里倒垃圾、排污水。东源乡关停了全部污染企业，拒绝了多家可能产生破坏生态的新项目。依托中小河流流域治理，大家的眼光都更加长远而全面。大家意识到，治河不再仅是推进河道及两岸设施建设，而是改善整体河道沿线环境；保护河流水生态，不再仅是为了让自己喝上干净水、走上舒心路，而是在建设美丽江西美丽萍乡的新样板。

除了东源乡，更大范围的上栗县和它所在的萍乡市，也将水生态保护当成了生态家园不可或缺的一个部分。

目光越过桥头、越过东源、越过上栗，我抚摸着赣西地区的水系图，仿佛抚摸着某种与生命关联的温柔事物。

袁水东奔彭蠡浪，萍川西注洞庭波。在萍乡这片 3831 平方公里的土地上，萍水、栗水、草水、袁水、莲水五条河流养育着 200 万萍乡人民。洞庭湖水系和鄱阳湖水系在萍乡形成天然的分水岭。一城之水各奔东西，入赣江，进鄱阳；入湘江，去洞庭。萍乡的几条河流，曾是连通湘赣的重要水上通道。沿着水流，一群群的往来人士舟船泛游江湖，留下了大量富有人文情怀的历史记忆。

在被列为全国第二批水生态文明城市建设试点城市后，

这座城市的人们开始全力推进生态建设，重新找回楚萍大地上水润的灵性。结合国家生态文明试验区建设，水资源、水安全、水环境与水生态、水景观与水文化这些词语渐渐在这座城市耳熟能详，也让一座山环水绕的生态新城呼之欲出。

放下水系图，我再一次将目光望向桥头。这应该是最常见也最普通的方位词了：桥头、塘边、山下……放到村名里面，打开地图也可以搜寻到数以千、万计的桥头村。这成千上万个桥头村，与全国 69 万个村庄一道，以各自的方式，建设生态家园、拥抱美丽中国，在大地上与青山绿水握手言欢。

一叶扁舟明月渡

1

清晨的明月湖氤氲着淡淡的雾气，清澈的湖水泛着粼粼波光，偶尔有细长的银色小鱼跃出水面。远远望去，树木葱郁，波光倒影中的山水都是青翠而娟秀的。竹山林海映晨曦，又有清风过耳，此情此景，似乎让人觉得置身于了静谧的仙境。

一阵发动机的声音打破了这种静谧。

我举目迎向铺满细纹的水面。远远地，一条渡船拖着长长的水浪开了过来。船还没靠岸呢，几个孩子叽叽喳喳聊天的声音竟透过了低沉的发动机声先传到我耳边。54岁的郭罗恩熟练地控制渡船，拿木篙撑了几下，熄火，渡船稳稳地靠到了岸边。

时间是周一早上的6点10分。我的惫懒让我没能在更早的时候赶上随同郭罗恩从坪村渡口出发，开着铁皮渡船穿过水库到在湖面靠山另一侧的乱石里渡口接上孩子们。我只能在明月湖外围这边的坪村渡口迎候这个最美的渡工和最美的早晨。

——此前两天，我陪着郭罗恩通过渡船将孩子们送到了另一侧的渡口，当时孩子们已约好了周一早上早一些出发，以便追回因为水库外修路不通客车而需要步行的时间。

早上5点30分，郭罗恩比往常提前了半个小时从水库边独居的宿舍里起床并收拾完毕，利索地从坪村渡口出发，开着他那条突突突冒着淡淡烟气的渡船，绕过水上十八弯，到丰坑村民小组乱石里渡口接那些要上学的孩子。

丰坑村民小组只有25户人家，大约100名村民，郭罗恩是其中的百分之一。这里是渌水支流南坑河的上游。五十二年前，一道40米多高的大坝，将安福、莲花、萍乡交界处分水岭流出的水拦住，形成一座总库容1820万立方米的人工湖，初名坪村水库，后称明月湖。一千多亩的湖面，将原先山谷中的道路淹入水底，也将原本同属于坪村的丰坑村民小组隔绝出来。这一隔，就是近在眼前绕行半天的咫尺天涯。由于山脉走势特殊，高空中俯瞰明月湖的轮廓并不规则，这也导致了沿着水库边缘新修建的环湖公路如同卷曲的毛线一般九曲十八弯。依山而居的丰坑村民，步行走出库区，要花上将近两个小时。

山区的人们，靠着两条腿一遍遍将环湖道路丈量倒没有觉得特别难过。但小孩子们去读书却成了难题。据说，从丰坑所在的半山腰上望去，水库对面的学校依稀可见。然而孩子们迈着小脚再怎么快步走也要一两个小时才能走到学校。如果还要转车到更远的南坑中心小学和南坑镇中学就读，那就要耗费更多时间了。

求学路上，丰坑的孩子们总是披星戴月，经常要四五点就起床，摸黑才能到家。夏天还好一些，冬天可就更难受了。为了帮助村民们解决出行的难题，明月湖库区管理处购置了一条渡船，并聘请一名摆渡人。从此，一人、一船，成了丰坑村民进出库区和丰坑孩子们上下学的交通工具。

但经济的困窘决定了库区管理处无法支付摆渡人太多的工资，只能每个月象征性发放几百块钱补贴。这微薄的收入与早起、晚睡、准点，还要随时待命的摆渡苦差事形成了鲜明的对比。库区管理处先后请了好几个摆渡人，最长的干了两年，最短的只干了短短几个月就走了。渡船一停摆，孩子们就得每天早晚在弯曲的山路上奔着学校或家的方向艰难行走一两个小时。万一遇上下雨天，求学路上的辛苦可想而知。

2

在多次更换摆渡人的波折里，明月湖的渡船断断续续运行了几年。最后一次停摆，是在2004年。此时郭罗恩在热闹的水库旁边开了一家餐馆，专门接待前来旅游的游客们。

资料上说，明月湖是一座集灌溉、发电、旅游、养殖和提供城镇生产和生活用水于一体的中型水库。进入新世纪，依托景区独有的山水资源，明月湖被打造成了一个集旅游观光、休闲度假和会务于一体的水利风景区。湖光山色的明月湖度假村，成了萍乡的“北戴河”，每年夏天，游客往来络绎不绝。做着旅游餐饮接待的郭罗恩，生意很是不错。

但生意不错的郭罗恩看着停摆的渡船和弯曲的山路上艰难步行的学生们，突然犯了傻：他找到水库管理处领导，主动要求接过了摆渡这个差使。放着好好的生意不做，却改行做收入少工作累的渡工？不会是一时心血来潮，过不了多久就撂挑子吧？水库管理处的领导心里有点犯嘀咕。

他没想到的是，放着好好的餐饮生意不做的郭罗恩将摆渡工作当成了一种事业，一种使命，这一做，就是从没出现过一丁点安全差错的十四年。十四年来，风里雨里，日里夜里，郭罗恩无怨无悔，渡船成了他和村民之间割不断的纽带。

而他的那间小店，因为没时间照看，早已经停业。一些人给他算账："老郭，现在来明月湖旅游的人这么多，如果你的店还开着，一年也能挣个十几万。"成了全职摆渡工的郭罗恩并不跟人算这些账，他只是默默地发动黝黑发亮的马达，开着船一天天在湖面的两侧往返。

我问郭罗恩，当初为什么会如此义无反顾地不当店老板改做摆渡工。这个年过半百的男人只是憨厚地笑，并没有如我预料般说出一长段故事或者字正腔圆地表态。后来我换了个话题，聊到琐碎的生活和纯粹的梦想。老郭终于有了兴趣，他指着眼前碧波荡漾的一湖清水说，我们这山里，最大的优势就是干净的水、清新的空气了，保护好这青山绿水，也是我们每一个库区人的梦想。但是沿湖的餐馆，不可避免地总会有一些餐饮垃圾直接排到湖里。餐饮店一多，干净的湖水时间久了也会变得不干净起来。作为一个山里人，我们很不愿意看到这样的情况出现。

老郭说这段话的时候，渡船停在水面，随着清波荡漾。我有些沉醉在了这山水美景的惬意之中，仿佛与老郭的梦想产生了共鸣，希望这明月湖的水，永远如明月般洁净，永远不被污染。

2004 年接过摆渡船的时候，郭罗恩正好 40 岁，还不能被称为老郭。他的孩子，当时早就远离了每天步行三四个小时上下学的年纪。郭罗恩一家，也已经搬离丰坑，住到了南坑镇上。

“但我依旧是丰坑人啊。”住到了南坑镇上的郭罗恩这样对我说，他与我接触的其他山里人一样，保持着固有的纯朴和最朴素的情怀。

正是这朴素的情怀，让40岁的郭罗恩不忍心看着水库那边的孩子们起早摸黑顶风冒雨绕着湖长途跋涉上下学。他接过了摆渡的长篙，从此，一叶扁舟明月渡，陪伴一茬茬的孩子们的求学之路。

仅仅读过初中的郭罗恩，觉得孩子们上学的每一分钟都是宝贵的。为了不耽误孩子们的时间，他的渡船就像闹钟一样准时。每天都比孩子们更早到达渡口，从来没有迟到过。郭罗恩后来甚至干脆从家里搬出来，住到了湖边简陋的宿舍里。每天准点开船——但并不一定准点下班。

——他的渡船每天不只接送孩子们，村民们外出办事、赶集也是坐他的船。

——他的渡船除了渡人，有时候也要被用于参与坪村的环境卫生、综治、林政管理等。

——他的渡船除了白天，有时候遇见丰坑的村民有什么急病急事，也会在漆黑的夜晚冒着危险接送医生等。

十四年来，类似这样的事并不鲜见，但郭罗恩不愿意逐一诉说。在他看来，既然干了这份工作，就要尽心尽责，让孩子们每天都能快乐上学、村民方便出入。其中付出的一切、所做的一切都是值得而且理所应当的。既然当初遵循了内心的决定，走上这条满载着希望的渡船，就要尽力满足村民们的希望。

这些年来，我接触过比较多的道德模范人物。这些人物，大多数并没有特别轰轰烈烈的事迹，也大多数都只是如同老郭这样腼腆地说“这都是我应该做的”。如果将他们单独的某一件日常事件拿出来，确实似乎都是小事。但如果将这些小事乘以三百六十五天，再乘以十四年，再小的“小”，都累加成了要让我们仰望的“大”。

厚道的郭罗恩最不善于计较和张扬，他在平淡如水的十四年里全心全意照顾着每一个过渡的孩子，全心全意守护着渡口的安全。

3

两天前，一个周五的下午，我在明月湖见到郭罗恩时，他刚刚从省里领了“感动江西教育年度人物”奖项回家。一见面，他就兴致勃勃地引我去看他那盖着蓝色顶篷的渡船。一个多月前，他的宝贝疙瘩渡船发动机漏水漏油了，因担心机油污染湖水，老郭很是烦恼了几天。幸好交通部门及时拨款给他购买了新的发动机。老郭冒着酷暑亲自跑到城里，将这台 300 多斤重的发动机拖回了坪村，装到渡船上。

在渡船上坐着，秋风从四向敞开的船舱吹过，落日的余晖映照在碧波荡漾的水面。放眼望去，泛起一片微微的金黄。这无边的湖光山色，让人顿生常驻于此、悠闲度日的念头。但老郭的日子，却并不悠闲。

但事实是，这一天的清早四点多他就起床了，骑着三轮车将水库附近几个垃圾箱清理干净，转运到远处的垃圾处理场地。上午他在明月湖水库管理处参加萍乡市水利部门组织的道德讲堂活动，与大家分享自己的生活和感想。活动结束后郭罗恩走向管理处食堂打份午餐，却突然接到游客的求助，说她一名水性颇佳的同伴上午 10 点多下水游泳，到中午 12

点还不见返回，只找到一个被抛在岸边的“跟屁虫”游泳浮漂。人命关天，郭罗恩马上转身随着游客跑到水库坝上。举目望去，水面上只见波光粼粼，视线所及之处不见任何身影。

没有迟疑，老郭跑向自己的渡船，迅速发动马达，带着游客开始沿着湖面绕行寻找。折腾了好长时间后，他们终于在湖中心发现了在那里蛙泳正酣的另一名游客。

等到将游客送上岸，郭罗恩匆匆扒了几口饭，开始了自己的另一项工作：清扫库区的路面垃圾。这一干又是几个小时。见到我时，他刚刚放下打扫垃圾的工具。

我核对了一下郭罗恩这一整天的日程。领奖回来后他甚至没有抽出时间陪陪孙子和外孙女。这些年来，独居在水库边宿舍里的郭罗恩每个月只能回去两三次，与家人聚少离多，陪伴过少的晚辈们自然跟他疏远，甚至说郭罗恩是别人家的爷爷和外公。

可是，跟晚辈们疏远的郭罗恩，却是每天坐渡船的孩子们最亲近的“郭伯伯”，是乡亲们的“好兄弟”，是十里八乡公认的“最美渡工”。在他的渡船上，乡亲们都敞开胸怀聊起家长里短、难事囧事；孩子们则是笑着唱着、开怀聊天，全然没有把郭罗恩当成外人。

暮色渐合时，5个从南坑镇中心小学放学的孩子回到了明月湖。他们披着一身霞光，欢呼着向渡口跑来，如同家人一般亲密地与老郭打了个招呼，熟练地登上渡船。然后，几个小家伙一边穿上救生衣，一边商量周一返校的时间和细节。

老郭的眼里顿时溢满了温情和喜悦，解开拴船的铁链，他熟稔地对我说起孩子们的班级、姓名。然后转头再一次跟孩子们确认另外几个没有上船的孩子是不是还要更晚时间放学。

十四年的摆渡生涯，让郭罗恩熟悉每一个孩子，熟悉每一个孩子的名字、上下课时间甚至每一个孩子的性格。

十四年的摆渡生涯，也让附近的孩子们同样熟悉郭罗恩。有的孩子从4岁开始每天坐船出去读幼儿园，如今已经是十五六岁读初三了。孩子们都很感谢郭罗恩——虽然有时候他对乘船的孩子们板着脸要求注意安全防护。

在水库摆渡，十四年来几乎每天的线路都是固定的，郭罗恩熟悉无比，但依旧是每天都小心翼翼驾驶着渡船慢慢航行。大约两公里的水程，一趟只需要十多分钟，但老郭要求孩子们的救生衣必须穿好、坚决不许在船上打闹。老郭说，孩子的安全，是他最担心的。

一茬茬的孩子在一年年的摆渡上下学路上长大了，40岁的郭罗恩，如今已经54岁。渡船上的春秋岁月，留下了一段段立足岗位做奉献的佳话。

时间已是九月，库区的傍晚有些微凉，在渡船上感觉十分舒适。孩子们说，再过一段时间就不舒适了。接下来的冬天是渡船上最难受的季节，早晚的湖面上弥漫冷风冷雾，每天在湿冷的环境摆渡，郭罗恩的关节受到了损害，手、脚趾、耳朵更是常常被冻肿冻伤。但他从没叫过一句苦，也没喊过一声累。

4

不喊苦不叫累的郭罗恩被评为了市里的劳模，得了6000元奖金。拿到奖金后，朴实的老郭先拿出500多元买了书包、文具、笔芯等学习用品送给坐渡船上学的孩子，剩下的，全部捐给了镇里的贫困学生。他似乎忘了，自己家里条件也并不好：父亲早年因病去世，母亲已经70多岁，一起生活的弟弟40多岁了尚未结婚……为了解决家庭生计问题，也为帮助库区管理处分忧解难，郭罗恩愉快地接受了打扫库区路面卫生和清运垃圾这两件又脏又累的工作。这一做，又已经是十年！“最美渡工”，又何尝不是“最美清洁工”！接下清洁工的工作时，郭罗恩已经被选举为了村委会副主任。家人和朋友都不理解：可能你是第一个兼任清洁工的村委会副主任吧？！但当时管理处确实找不到合适的人选来承接这一“掉面子”、低收入的活儿，作为党员的郭罗恩自然是义不容辞。

——每天打扫卫生的范围包括库区所有路面和坝顶，而清运工作多的时候每天要忍着恶臭用自备的三轮车来回四五趟装车并转运游客和商业设施产生的垃圾堆。这两项工作的工资都是每月几百元。

不喊苦不叫累的郭罗恩对我说：“冬天里最不好受的是孩子们。”遇上下雨天，四向敞开的渡船上孩子们过渡时很容易被风雨打湿。因此，虽然每天需要摆渡的学生越来越少了，郭罗恩却总梦想着有一天能够换上一条有着封闭客舱为孩子们遮风挡雨的渡船——他决心，只要还有一个孩子、一个村民需要自己的渡船，他就将摆渡的工作坚持到底。

行动是最有力的证明，坚守是最朴实的语言。从40岁到54岁，郭罗恩将自己生命中最灿烂的时光献给了这片水域，他将一叶扁舟摇进了村民和孩子们的心里。十四年寒暑晴雨，在简单的水道上行走，这平凡的工作背后，需要的是广博的爱心和无私的奉献精神。

将孩子们送回家后，我和郭罗恩坐在丰坑的半山腰聊天。旁边的村民指着湖边的一块土地说：“那是2008年镇里批给郭罗恩的地基，要是他建起房子来，也能做个农家乐或者旅游民宿。”

——2008年，在一场严重雨雪冰冻灾害后，当地政府将丰坑的二十多户人家从更高的山顶搬迁到靠近湖面的山腰，为每户村民安置了一个宅基地。

村民走后，郭罗恩对我说：其实我现在最想的是能不能进行二次移民，对丰坑的村民们易地安置。这样一来，既可以避免村民们为谋生而开办农家乐污染湖水，又能解决村民们的生计和出行问题。

他说这些话的时候，仿佛平时的木讷一扫而光，表述得面面俱到。最近这些年，郭罗恩也参加了一些社会活动。只要有机会，他就想着为这些偏远孤岛上的村民呼吁和代言，为贫困的村民和孩子们争取各种形式的支持和资助。

而其他时候，郭罗恩更多是沉默的，只管默默做着自己的事，却几乎从来不为自己表达。我一边在郭罗恩不善言辞、默默奉献的朴实中沉思，一边又想起更多像郭罗恩一样的人物。

暮色下，明月湖中一座被清水环绕的小岛上大树林立。这些年来，郭罗恩所在的城市萍乡，俨然形成了一个向上向善好人林立的岛屿。这些善良的人在日常岗位上的事迹看上去是那么的平淡、简单，但数十年如一日、倾尽全部的热情，无不令人感动、无不让人肃然起敬。

返程的渡船上，我和郭罗恩扯着嗓子在发动机声中继续交谈。“去年被评为优秀党员得了500块钱奖金，入选中国好人榜得了1000块钱奖励……”郭罗恩将这些年来工作之外的“意外所得”算得清清楚楚。他说，这些奖金都是组织和社会对他的鼓励，而他自认为所做的一切都是平凡而应尽的义务，因此，这些钱全部被他用于了资助学生和贫困户。

离开明月湖的时候，我看到了几名坐着渡船去上学的孩子给郭罗恩写下的诗歌：在那个渡口 / 有一个坚定的身影 / 经历了十三载的风雨 / 从高大、健壮 / 慢慢变得消瘦、沧桑 / 在那个渡口 / 有一条简陋的船只……

你是一颗螺丝钉 / 永远守护在生活的岗位上 / 把我们渡到安全的彼岸 / 你是一滴春雨 / 随风潜入夜 / 润物细无声……而你总是遗忘 / 把自己渡到成功的彼岸。

一叶扁舟明月渡的老郭没有把自己渡到成功的彼岸吗？不，十四年渡人，也是在自渡啊。这个“中国好人”“最美渡工”，用甘于奉献的爱心和默默坚守的责任这“双桨”，在明月之湖划出最美的浪花。我注意到，无论往返，朝向目标前方的航路上，总是渡船的客舱在前，而驾驶舱在后。仿佛是驾驶舱里的摆渡者，在身后推着客舱里的乘客前行，将“渡”的多重意义进行了特别的诠释……

走笔至此，我仿佛又看见了在明月湖微蓝的晨光里，老郭披上外套，走向渡船码头，踏上哐当作响的船板，启动渡船发动机。桨声风雨里，一叶扁舟，在岑寂的渡口升腾起月华般神圣的光芒。

岛 屿

三月的微雨落在江南大地上，经过一个季节的寒冷后，世间的草木都在准备萌发新绿。这惊蛰过后的景象，不由让人想起“春风又绿江南岸”。我自私地认为，翻开地图，春风里绿意相对更蓊郁一些的，是赣西地区。在春风渐紧、春意渐浓的三月，赣西萍乡这片土地上，似乎新芽绽放得更多更早也更齐整一些。就仿佛，在大片的浅绿里，凸显了一个翠绿色的“岛屿”。

我到这岛屿上找朋友，找到一大群松柏般苍翠的名字，找到一大群火焰般热情的名字，找到一大群黄牛般奉献的名字。还有更多，勇敢的、无私的、敬业的……名字，如星辰般在这岛屿上闪亮。

我在岛屿上先看到了幽谷之兰。

林兰生的名字有着不染纤尘的清幽与高洁。但他的工作，却天天在与恶臭和脏污打交道。他也长期在山谷里活动，但这山谷不是古诗词里的幽谷，而是人迹罕至的垃圾填埋之谷。

每天清晨 5 点，林兰生随着清运垃圾的车辆出发，开始紧张繁重的工作。作为一名全能的司机，他轮番开着铲车、推土机、挖机、运土车四种机械，将环卫线上最后一道程序处理完毕。我可以想象太阳暴晒之下垃圾场让人呕吐的那种恶臭杂糅，也可以想象每天在这种环境下工作十四个小时需要多么强大的毅力和奉献精神。林兰生不怕这臭味，因为长期的强烈气味刺激，已经使他基本失去了嗅觉。他今年53岁，在垃圾填埋场里工作了三十五年，要不是从去年开始这个城市的垃圾停止填埋改为焚烧发电，他打算干满四十年。这三十五年里，他始终吃苦耐劳，坚持在垃圾处理第一线，没有休过双休日、没有要过加班费、没有提过要换岗。

我在岛屿上看到了傲霜之菊。

邱菊清是斑竹山大山深处庙岭教学点唯一的教师。退休之后，依旧坚守在孩子们身边，继续为仅有的几个学生上课。她家里有残疾的丈夫需要照顾，有年幼的孙子需要照看。但为了让孩子们不用跑遥远的路途去山外读书，邱菊清毅然义务撑起了这个只有一名教师的教学点。每天上午，教完语文、数学、英语、体育等各个科目的课程后，邱菊清还要砍柴挑水，为孩子们准备午饭。退休工资被她拿来为孩子们买文具、补贴教学点开支。她说："只要还有一个孩子要上学，我就一直坚守下去！"

这些故事，当我想要简单地概述时发现它们是如此的平实；这些人物，当我一个个真正走近深入了解时却发现每一个都让我热泪盈眶。这样的故事和人物并不遥远，这样的故事和人物在萍乡有很多。将缩微的地图用温暖和善良涂抹，整个昭萍大地凤凰形状的地图就成了一个葱郁的岛屿，林立的好人每一个都是善良的灯盏，将周围的空间照亮。站在岛屿上，我愿意虔诚地向一个个善良的名字致敬：我不认识你，但我感谢你！

目光环视，我还在岛屿上看到了更多松筠之节、寒梅之骨。

被亲切称为“老阿姨”的全国道德模范龚全珍耄耋之年仍在关爱青少年成长；诚信母亲江志兰古稀之年依旧挑着菜篮积攒1角5角替儿子还清了8万元债务；最美渡工郭罗恩十五年不计报酬为村民和学生摆渡无言中奉献大爱……

这些彰显人性之美的事迹，拱起了一片片正义、良知、友爱、道德的高地，拱起了一座充满大爱光辉的岛屿。

这些善良的人，在日常岗位上的事迹看上去是平淡而简单，但数十年如一日、倾尽全部的热情，无不令人感动、无不让人肃然起敬。

是的，你已经知道，我今天要说的是中国好人。

不得不说，善与美，几千年来都一直如同明星高悬在我们人类社会的天空，值得一切人去景仰与追求。在古老的典籍里、口口相传的故事里，善人也可以作为法定的称呼：张善人、李善人……而现在，我们称呼他们为道德模范、中国好人、善良者。

我相信，所有善良者都有着相同的美好面容：困顿里施粥饭的人，水深处伸手援救的人，贫寒里不离不弃的人，孝敬的人，守信的人。他们都是爱人的人、奉献的人、被阳光普照的人。

这些年来，这些善良者所在的城市江西萍乡，俨然形成了一个向上向善好人林立的岛屿。

萍乡人口近200万，占全国人口的约1/700；萍乡总面积3831平方公里，占全国国土面积大约1/2515。而萍乡人上榜“中国好人”70人，占中国好人榜总数的1/180。此外，萍乡还有1人荣获“全国道德模范”，4人荣获“全国道德模范提名奖”……

计算这些数字的时候，我正坐在中国雷锋文化博物馆的小院内看络绎不绝的孩子们前来参观。我所知道的，雷锋出生、成长和工作都与萍乡这块土地没有太多关联。而我所看到的，是全国首个雷锋文化博物馆在解放军抚顺某部“雷锋班”的支持下落户萍乡。

是什么原因让雷锋这个名字在这个赣西城市扎根发芽？大街小巷活跃的志愿者身影告诉了我答案。

这块曾经酝酿过秋收起义的土地，这个曾经诞生了中国少年先锋队的城市，多年来一直在厚植好人土壤、深耕好人文化，终于营造出了好人集聚的效应，称得上是“小城大爱好人多”。

一批接着一批涌现的道德模范典型，成了这个城市争相传颂和学习的榜样，也让热心与热情在这片土地上永不消减，让善良与奉献永不停止。于是，这个小小的城市里拥有了600多支各类志愿服务队伍和21万名注册志愿者。于是，“关爱孤残儿童过小年”活动给孩子以温暖，“为了孩子的明天”圆了千名学子大学梦。崇德向善的理念在红色的土地上广为传扬，成为风尚。

这全新的道德文明之风，成了一个城市最引以为傲的部分。似乎每一个人都在追求华丽转身，以自己的文明面容，呈现出道德的温度与爱心，呈现出一个古老国度里每一个国民应有的形态。

我坚信，向善的力量也是向上，向善的心与爱美的心有着高度重合之处。三月到来，一些事物已经扎根，准备往高处长，春风过后，一座城市的道德高度便会将岛屿抬升、云上开花。

育 秧

雨水节气一过，乡村里的人们就得拾掇土地，准备栽种菜蔬了。接下来是惊蛰，是春分，气温一天一个样，种子们再耽搁不得，必须下到土里争先恐后地发芽了。并不是所有的菜蔬都是刨个坑撒两颗种子就行的。为了让娇弱的种子更好地萌芽、壮苗，为了增强菜蔬健康生长的后劲，农民们得先将种子繁育成秧苗，再移植秧苗去栽种。

育秧是个技术活儿，尤其是杂交选育的辣椒、茄子、西红柿等新品种，必须在冬天就搭建大棚保温播种，才能不误农时，赶上春天到来后菜蔬们扎根成长、开花结果的节奏。术业有专攻，在赣西萍乡，这些蔬菜秧苗都是由专业户集中繁育，再分销到一家一户。

惊蛰过后，56岁的桂香掀开自家两个育秧大棚两端的薄膜门帘，看着葱郁的秧苗挤挤挨挨，有了几分欣慰。欣慰过后，她转身看看大棚附近不见人影的道路，又掩不住有了几分忧虑。

这里是安源，是城郊东星村。这大棚里蓬勃的绿色之苗是桂香大姐一家脱贫致富的希望所在。可是，往年人来人往购买秧苗的场景在疫情防控的非常时期一去不返。这秧苗要是找不到销路，误了时令可就再卖不出去了，育秧的成本都收不回。一旦出现那样的情况，这个困难的家庭岂不是要雪上加霜吗？戴着口罩，桂香大姐叹了一口气，盯着路口的眼神多了几分黯淡和茫然。

路上远远地走来了一个人。桂香看了两眼，眼里增加了几分期冀和神采。走过来的是桂香大姐一家这几年新结的“亲戚”，政府安排的结对帮扶干部邓鹏。

当年，接下帮扶建档立卡贫困户桂香大姐一家的任务后，邓鹏也有些犯怵。这本来是个底子薄、开支大的家庭，偏偏家庭主妇桂香大姐又患上慢行皮肤病病毒性天疱疮十多年，每个月 1000 多元的药物一直不能停。一家大小的开支、两个孩子读书的费用，只能靠老实巴交的丈夫种菜卖菜、开小三轮拖货打零工维持。

怎么办呢？从事城乡规划工作的邓鹏决定先和桂香大姐一家好好规划规划。

几番交流后，这一对新结下的“亲戚”觉得，想要致富果，先育壮实苗。东星村地处城郊，村民们有繁育菜蔬秧苗的产业传统，也有市场聚集的效应。结合桂香大姐这一家的实际情况，脱贫增收，可能还得从培育果蔬秧苗起步。

其实，在邓鹏之前，还有其他扶贫干部帮扶过桂香大姐一家。当时，大家选择的脱贫之路也是育秧。帮扶干部为桂香大姐申请了小额贷款，在自家的半亩田地里搭建了两个育秧大棚。可是，大棚搭起来了，种子播撒下去了，但由于技术不到位，长出的秧苗却不尽如人意。等到春天过去，秧苗卖完，一算种子、肥料钱，却发现连种子本都亏了。一家人耷拉着脑袋，打起了退堂鼓。

区里和乡镇的帮扶干部与村干部一起分析了市场、核算了成本，他们觉得这育秧的事情，还是值得做下去。于是，他们做通了桂香大姐一家的思想工作，同时协调制种公司经营户赊销种子，沟通本村种植大户热心传授育秧经验。种子入土后，邓鹏觉得，从发展产业、增加收入着手，自己的扶贫也算是开始了对桂香大姐一家今后发展的“育秧”工作吧。他仿佛看到了这育好的秧苗不断长高、长壮，在脱贫攻坚的大地上结出丰硕的果实。

惊蛰一到，秧苗陆续开售。技术到了位，护理又精细，长势喜人的果蔬秧苗很快就销售一空。这次，扣除成本，桂香大姐一家终于赚了钱。找对了路子之后，家里的日子也越来越亮堂。大棚里的营生慢慢走上了正轨，桂香大姐的皮肤病也在慢慢好转，每个月的医药费进入了慢性病报销渠道。当年村里的脱贫计划表上，桂香大姐一家终于画上了端正的“√”。

可是，开春犹有倒春寒。第二年，桂香大姐骑自行车出门时摔断了骨头，手术花费 6 万多，而且还要在家休养较长时间无法干活，一家子顿时又陷入了困境。

看到桂香大姐一家好不容易脱了贫又出这种状况，帮扶干部与善良的村民们都是看在眼里急在心里。他们告诉桂香大姐：脱贫不脱帮扶、脱贫不脱政策，我们一定陪着你家真正甩掉贫困的帽子、走上致富的康庄路。

于是，凛冽的冬天里，桂香大姐一家在大家的帮助下又一次翻耕土地、播撒种子。

村里的种植大户、育秧能手们传帮带，何时施肥、如何打药、怎样保温保湿……仿佛将桂香大家一家的秧苗当成自家的，关心着长势，关注着市场。热心的邻居们多方联系，给身体恢复的桂香大姐找了个在商场做保洁的工作。大家相信，这一次，这一家人一定可以育出更好更壮的美好生活之苗来。

即使在冬天里，大棚的温度也保持着春天般温暖。很快，一些播种较早的种子就发了芽，顶着两片嫩绿的叶子顽强生长。很快，更多的好消息接续传来：桂香大姐的女儿毕业后找到了广州中山大学附属医院的见习工作；儿子参加公开竞争考试成了一名公安辅警。

这不，冬天过去是春天。春风一吹，大棚里的秧苗攒足了劲地生长。惊蛰一到，丝瓜秧、辣椒秧、秋葵秧、番茄秧，一片蓊蓊郁郁，绿油油的枝叶抖擞着精神，等待走出大棚，换成帮助桂香大姐一家脱贫的财富。可是，突如其来的疫情，又让桂香大姐育秧脱贫之路增加了变数。

但扶贫路上这点困难又算什么！春天毕竟已经来了，种瓜点豆的人们、栽果培蔬的人们，总得要秧苗啊。更何况，与贫困做斗争的人，早已站定脚步、下定誓言，无论是帮扶者邓鹏、村干部江勇还是贫困户桂香，都不会退缩。

是的，他们都没有退缩，他们来到了桂香大姐一家的两个育秧大棚前商量对策。在得知疫情导致秧苗销路受限后，邓鹏千方百计发动亲戚好友共同寻找销路，同时还利用网络平台进行宣传，为秧苗寻找买家。江勇在接到一笔采购 50 万株辣椒苗的订单后，优先考虑桂香大姐家的秧苗销售，一次性帮她卖出了两三万株。而随着防疫形势变化，天气向好，附近一些乡镇的村民也迫不及待地出来选购秧苗回家种植。桂香大姐守着自家大棚一天零售也能卖出一两千块钱秧苗。傍晚收摊的时候，她在心里默默地算了一笔账：两个大棚的秧苗应该能够卖出 4 万块钱左右，儿子和女儿每月工资都是 3000 多元，自己每天上班半天的保洁工作每月收入也有一千六七百元，还要加上丈夫农闲外出务工的收入。这家庭，终于可以看到春光明媚了。

桂香大姐家大棚附近的田地里，村民们移栽好的各种菜蔬在几场春雨过后已经扎根。三月里，春风送来草木的清芬，我仿佛看见秧苗们正在往泥土深处汲取养分，我仿佛看见一棵一棵的茁壮秧苗即将开花、挂果，让这片土地上的每一个家庭都收获清甜的果蔬滋味。

尚　勇

1. 麻石街

松枝火把的映照下，屋子里的光亮不时发出没有规律的晃动。会党首领蔡绍南、龚春台等召集各路分支首领正在屋子里议事。激烈的争论在这些刚烈的汉子之间不可避免地发生着。受中国同盟会总部指派策划此次起义的蔡绍南认为，军械不足，同盟会总部的指令信息也尚未收到，应该再等等；地方会党首领则认为，消息已经泄露，官兵正在搜捕，必须趁着官兵还没有到来赶紧发难。

——我读史料，发现这样的争论在历次反抗斗争中有着特殊的普遍性。此后的南昌起义、秋收起义以及其他多次被写进教科书的起义，在发动之前的会议上，几乎都复制了类似的争论。

这个松枝火把燃过一支又换一支的夜晚，村子里的人记得是光绪三十二年十月十八日，而历史书上写的是 1906 年 12 月 3 日。究竟该不该立即发动起义，在这次彻夜不眠的争论中最终还是没能得出具体的结论。

其中一个火暴脾气的汉子没能忍住。12 月 4 日凌晨，会议还没彻底结束，他便在麻石街上聚集两三千人举起了义旗。他叫廖叔保，是哥老会分支洪江会的首领之一。

——麻石街是条很有意思的街道。它位于湘赣两省交界处，是两省三县来往贸易形成的一条街市。隔街相望的两侧店面，分别归属于不同的省份。所以麻石街半边街属湖南醴陵，半边街属江西上栗。一直到现在，都还是如此。我在一个春节里去麻石，傍晚时分，端着饭碗坐在江西朋友家的屋檐下，看着街对面属于湖南的戏台上演着湖南花鼓戏。如果我愿意，还可以端着杯子走上四五米，到对门的湖南邻居家里续杯水。这样的地段，难以管理，仿佛天生适合作为会党活动的中心。

麻石街上义兵聚集。骑虎难下的起义策划者只得以同盟会的名义命令各路首领同时发动，打出“革命军”的口号，北上进攻浏阳。十天之内，各处会党首领先后举兵，哥老会首领姜守旦创立的洪福会也在浏阳响应。起义军占领了麻石、文家市、上栗市（县）等重要市镇，队伍很快发展到3万多人，震动长江中下游。

这一年，岁在丙午。“革命军”的起事被称为“萍（乡）浏（阳）醴（陵）反清大起义”，又称“丙午萍浏之役”。

我们可以采用和大多数农民起义几乎完全相同的语调模式来完成后半段的叙述：面对起义，清政府急调五省军队5万多人四面围剿。缺少统一指挥和训练的起义军寡不敌众，最终失败。代表同盟会指挥起义的刘道一、蔡绍南以及数千名湘赣边界的热血儿郎牺牲。

起义失败的消息传出，孙中山、黄兴等人哀恸至极，为起义首领刘道一写下挽诗，梁启超、章士钊等志士友人在挽诗周围题跋。

孙中山哭悼：半壁东南三楚雄，刘郎死去霸图空。尚余遗业艰难甚，谁与斯人慷慨同。塞上秋风悲战马，神州落日泣哀鸿。几时痛饮黄龙酒，横揽江流一奠公。

黄兴哭悼：英雄无命哭刘郎，惨澹中原侠骨香。我未吞胡恢汉业，君先悬首看吴荒。啾啾赤子天何意，猎猎黄旗日有光。眼底人才思国士，万方多难立苍茫。

作为同盟会成立后组织的第一次大规模武装起义，“萍浏醴起义”明显地反映了革命思想的影响，打击了清朝的反动统治，被史学家称为“辛亥革命的预演”。

——这些都是后来的事情了。

在起义爆发之初，指挥者留了一部分人在上栗市应对后面的追兵。留下来阻击追兵的是打师沈益古。他右手握大刀、左手持锅盖，以自己力拔千斤的武艺一人手刃了几十名训练有素的官兵。

而在上栗邻县浏阳响应起义的姜守旦同样有着一身盖世武功，也被人称为打师。在和官兵的交战中，他往空中抛出几个瓷碟，一纵而上站到自己抛起的碟子上悬空踏步而飞，从头顶越过人群直奔目标。

2. 打师

可惜，沈益古最终被杀。姜守旦倒是没有战死，他兵败后隐姓埋名藏匿在了乡间。他们的弟子们、兄弟们，其中也有不少是大有名气的大打师与小有名气的小打师——也大多战死在官兵的围剿中。

这一次，平日里让赣西乡民们无比敬畏的打师，败下了阵来。

打师是个通俗的说法，是对武术高手充满市井味的一种称呼。在赣西，或者扩大一点，在赣西湘东的省际边界区域，身怀绝世武功的人不在少数。他们飞檐走壁，梅花桩上疾走如飞，更重要的特征是——他们力大无穷。

这与后来流行的武侠小说里关于武林绝技的种种描述有些不同。一个武林高手，在此时的赣西，最显著的特征就是力气大。力气大放在日常生活里，可以理解为干体力活儿更有优势一些。力气大放到行伍之中呢？大概可以理解为冲撞厮杀更有优势一些。演义小说里讲到唐宋时期的军旅传奇，往往也都以力气论英雄，大概与冷兵器的重量和力道往往决定了错身厮杀的结果有关。

即便到了近代火器时代的战争中，身手敏捷、力壮勇猛，也有它的优势。与冷兵器时代相比，近代战争中一个士兵个体的武艺和力气形成的优势当然已经没有那么大。但在对等的比较下，一群武艺高强的战士，总比一群羸弱的战士更厉害一些。尤其是在晚清、民国时期，冷兵器其实始终在战场上与火器并存着。

所以，赣西人讲到起义，很自然就会讲起其中的骨干有哪些“打师”。所以，一场起义的发动者，很自然就会想要募集一些厉害的“打师”加入队伍。

毕竟，打师们既有力量上的勇猛，更有性格上的刚烈。这些好武尚勇的汉子，为着一腔热情和激愤，往往就敢往刀山火海里走上一遭。在赣西萍乡，这样的汉子无论是市井繁华之处还是偏僻乡村之所，都很常见。

大安里四面环高山，无论从哪个方向看，都属于偏僻之地。环山中间凹下去的部分，却是丰产的良田。在这样的山里当个地主，真正算得上是“大安”了。

大安里的地主姓罗，名凤冈。他的生父自小求师习武，练就一身好武功，被朝廷敕封武略骑尉。这一身武艺自然也传给了罗凤冈。当然，罗凤冈很少被人称为打师，他不靠打架斗勇在江湖上出名，也不靠授徒帮拳谋生——必须承认，市井称谓里的“打师”，多少还是带有一定靠武艺谋生的职业指向。

罗凤冈家有万贯钱财，良田千亩，不以武艺为业，罗家家传的武术绝学“金箍铁拳”也决不收徒外传。说起这“金箍铁拳”，还是罗凤冈的曾祖父当年赶考返回途中，露宿在袁州仰山庙，无意中得到一部拳经，后来又戏剧般请到了一个武僧高手居家指点要领，终于习得拳经真传，并代代相传。

说罗凤冈不是打师，还有一个缘故，那就是他很少与江湖朋友交手较量。

在赣西，既然打师众多，相互之间切磋较量或是寻访高手以武会友的现象，自然也就多了。见面切磋的，有个说法叫作“查打”；上门讨教的，有个说法叫作“访打”。查打、访打都是正经的江湖路数，在以武会友、较量高下的由头下，常有发生。但罗凤冈不愿意得罪江湖朋友，每次来了访打的人，都是好烟好茶相待，就是不出手。有一年，一个外地打师来罗家访打，并声言以一斗金一斗银作为胜负赌金。罗凤冈的嗣母彭夫人见儿子不愿出手，赶紧上茶待客。她右手平托百斤石磨，磨上置清茗二盏，左手搭在腰间，从后厅款步入前厅献茶。来客一看架势，大吃一惊，当即起身告辞。原来，罗凤冈的嗣母习得“金箍铁拳”后，也成了此中高手。

如果不是后来遇上那个名叫邓海山的人，这样一个连武艺较量都不接招的罗凤冈，应该一辈子就那么在山里做着自己的太平地主吧。

但是也不一定，毕竟，虽然不被称为“打师”，但从小习武的罗凤冈秉承了习武尚勇之人重感情讲义气的特点，思想开明，素有扶贫济困的名声，施米送肉、免费治病送药、抱养孤儿之类的事情常有发生。大安里一直传说，罗凤冈同情弱者，小时候听闻有一乞丐因病带饿跌倒在村前木桥上，便扶回家中，给他烧火暖身、喂饭饱腹，并供他在家读书。过了十多年后，此人前去应考，竟中了进士。这个乞丐进士书赠“积善堂”三字给罗凤冈，落款为“垂死再生饿殍青云直上日衔环感恩散手书”。

当然，所有的如果都是事后无聊的臆想。事实是，罗凤冈见到了邓海山。邓海山说：这清朝朝廷无比腐败，对外妥协投降，出卖国土，出卖民族利益；对内残酷压榨，镇压人民大众。热血儿郎自当以“反清灭洋”“铲富填贫”为己任。

罗凤冈听后，深感有理。他不知道，此前，邓海山已经借故到大安里侦查过多次，并以算命看相等种种名义安排人潜移默化地对罗凤冈进行过一些劝说引导。

邓海山也是萍乡人，他家境贫寒，幼年在家以推脚炭为生。后来又到清营当兵勇，被清营辞退，便以在江湖上教练武术拳棒度日——这才是一个打师的正常生存方式。此时社会动荡渐起，赣西湘东地区习武之风盛行，走江湖授徒练打的武林人士到处可见。行走江湖的过程中，邓海山在湖南遇到了几个江湖好汉，便结义参加了哥老会，发展自己的组织。

早有反清起义之心的邓海山认为，大安里山高地僻、盛产粮食，又有险可凭、易守难攻，是作为起义根据地的理想地点，因此想方设法要争取当地豪绅罗凤冈的支持。

罗凤冈被邓海山说服后，即以“卫境保家”为名，拿出钱财购置物资，制造兵器，组织穷苦农民300多人集中训练。为了壮大力量，罗凤冈连家传的“金箍铁拳”，也一改从不外传的规矩，传授给了义兵头领们习练。

可惜，事不遂心，起义最终失败了。起义失败后，清军武力威逼，声称如不交出罗凤冈，就要诛杀罗家九族。此时罗凤冈正隐蔽在附近，他母亲亲自将他喊出来就捕，以保族人。

——我后来通过零碎的资料拼凑出这个故事的脉络，不觉有些发愣。这简直就是一个现成的传奇电视剧脚本呀。

罗凤冈和邓海山不是这脚本里唯二的主演。与他们一起参与起义的还有另外一个武林高手黄仁伢。

这黄仁伢也是个打师。他从小就不畏强暴，重义气。6岁时操拳练棍，一学便会。父亲于是带他去跟随族中得到黄氏家传武功真传的长辈习武。16岁时，族中又重金请当时名震左近的拳术大师李德和前来指点。此时他力大惊人，一百二十斤的大刀他玩弄自如，四百斤重的石锁他一口气提到几百米外；秋收时一个禾桶内装着三四百斤谷子，他能连谷带禾枷、围垫用双手端碗似的端回家；坚硬的茶枯饼他能用手指一点一点捏成灰；稀泥堆垒的田塍他飞步走过不见半个脚印……

是的，这些传言或者记载里面，这作为打师的黄仁伢，核心还是力气大。并且无论是手端禾桶还是田塍踏泥，都植根于农事劳作。这或许是赣西地区关于打师的故事里常见的泥土气。除了泥土气，这里的打师当然也会与戏剧里的高手一样打抱不平、锄强扶弱。

黄仁伢也如此。

光绪十三年（1888），袁州出了一个强盗名叫“三角牯”，网罗50名喽啰，在险峻的骆驼山立寨称王，经常下山打家劫舍，抢夺钱财，奸淫妇女。周围百姓无不恨其入骨又无可奈何。黄仁伢得知后，邀请自己的族叔前往劫寨。两人光明正大杀上山寨，大刀飞舞，在50多个土匪强盗的包围中将“三角牯”一刀斩为两段，顺带还砍杀了七八个啰喽，算是为民除了一害，大快人心。这一举动震惊了袁州府各县，官府衙门都想招这叔侄为武骑教官。不过，黄仁伢以“力不从心，难以胜任”为由拒入官门，仍然过着开馆授徒的江湖生活，也跟着族叔跑江湖、传武艺。

为了破解自己走江湖时看到的“坏人当道、好人受气”，他后来又召集自己的武术学徒和各路江湖英雄2000多人，毅然参加了邓海山领导的起义。在起义失败后，这位打师也如罗凤冈一般，为了不连累家族和妻儿，挺身而出自投罗网，凛然就义。

3. 侠之大者

罗凤冈、邓海山、黄仁伢这几个武林高手参加的这次起义，历史上称为哥老会起义。

哥老会是清代的一个民间结社组织。《清稗类钞》说它成立于乾隆时，“其人穷于衣食，多入此会，于是哥老会始盛”。光绪年间，南方各省的哥老会组织日益壮大，江西湖南地区的哥老会组织也相应发展。

除了邓海山、罗凤冈和黄仁伢，萍乡哥老会内还有众多武林高手。其中一个名叫黎洪坚，不过，他因为以武惹事，早早死在了监狱中，没能参加这次起义。

黎洪坚从小就性格刚强，不畏强暴，遇上不公平事便挺身而出。他说话嗓门高、两眼鼓起红眼圈，人们见他都感到畏怯，给他取了一个外号叫“红眼鼓”。

黎洪坚先后跟了两个高手学武，练就一身硬本领，特别是脚下功夫厉害，胸径一尺多的树，他一脚就可踢断。清光绪十三年（1887），黎洪坚因为阻挠别人贩卖鸦片烟土，被地方官府派人捉拿，便逃到湖南落脚。在湖南，他以教打为名，大力发展哥老会会员，两三年内就带出了一两千名徒弟。结果，又因为教训了当地无恶不作的官二代而被官府捉拿。黎洪坚家里得知后，卖掉田地，凑成两百银圆，由黎洪坚的弟弟黎信坚去长沙保释。可是这黎信坚走到半途，跑到赌场上把钱都输光了。黎洪坚在监狱里无钱治伤，最终病死于长沙狱中。

——我读资料读到此处时，觉得特别有意思。这些关于打师的故事，从细节到人物，简直就像后人写好的电视剧本。或许，传说的戏剧性与武林和武术，本身就有着天然的贴合。

或许，对于赣西的乡民们来说，那些武林高手，一方面让自己敬佩，另一方面也会有一些畏憎。

没有谁愿意与一群武力远高于自己、脾气不一良莠不齐的人生活在同一小片天地里。那种不确定的生活，总是让人不喜的。所以，大侠们，活在武侠小说里就好，活在市井以外的遥远江湖就好。

从民间传说里走出来，再去翻看当时朝廷的案卷，那些传说里的武林高手、那些活跃于赣西的打师，有多少始终秉持着公义和善意，有多少可以划入流氓之中，又有多少本身也在破坏消解着这社会的秩序呢？对于封建王朝来说，武林高手多的地方，便如火药桶一般，爆发武装斗争的可能性也多了几分。

在当时官府的材料里，黄仁伢阻挠别人贩卖鸦片的行为，实际是谋财害命、拦路抢劫；黄仁伢后来在长沙被官府捉拿，实际是目中无人心高气傲中了衙门卧底的招。

传说自然是经过口口相传者加工了的。如果要细究，每一个武林高手的形象都可以反转再反转。就如广东一带关于黄飞鸿的形象，在清代的小说里和现代的电视剧里，有着截然相反的善恶定位。但究竟哪个才更接近真实一点？在时间湮没的虚构和再创造面前，谁也无法否认谁。

不知道是由于资料缺失导致的断代还是由于时代的特性，在崇侠尚武的传说里，我们看到武林侠客的出现，总是以晚清为多。

晚清是一个外辱与内患交织的时代。当时的人们围绕“救亡图存”开始了不同路径的努力，崇侠尚武作为一种救亡取向也蔚然成风。秉持这种追求的人，希冀“以匹夫之细，窃生杀大权”。对维新派而言，侠义之士可以内惩奸佞，澄清政治；对革命派而言，侠义之士可以击杀枢要，威胁专制。晚清志士的游侠心态，让整个时代侠风高扬。自然，关于侠客高手的传说也多了，推崇得也高了；自然，练武的也多了，授徒的也多了。

据说，崇侠之士在维新派以萍乡邻县浏阳的谭嗣同为代表，在革命派则以萍乡人汤增璧为荦荦大者。汤增璧专门著有《崇侠篇》，提倡侠风，鼓呼暗杀，至今读来依然使人血气上涌。

汤增璧是同盟会的主要笔杆子，他“七岁就馆，课艺书史，寓目成诵。十八岁应袁郡府试，每场皆列第一。院试，学使吴士鉴奇赏其文，遂补博士弟子员”。他后来担任黄兴的秘书、《民报》副主编等职务，也曾经多次为同盟会领导人捉刀代笔，留下了一些脍炙人口的诗文。

这样一个儒学深厚的文人，却成了崇侠之士，不能不让人深思。

其实，这里的关系，当时的人们就有过思考。

章太炎就认为侠源于儒，侠是儒的一种，儒侠是相通的。他说：“儒者之义，有过于‘杀身成仁’者乎？儒者之用，有过于‘除国之大害，捍国之大患’者乎？……世有大儒，固举侠士而并包之。”又说：“漆雕氏之儒废，而闾里有游侠。”

梁启超也说：“漆雕氏之儒不色挠，不目逃，行曲则违于臧获，行直则怒于诸侯，按此正后世游侠之祖也。”

或许，对于当时的人来说，无论是儒是侠，都是为了某种革命的理想。

汤增璧在《崇侠篇》中呼唤匹夫提剑刺杀专制魔王，以易水悲歌场景的渲染来鼓舞绿林豪杰、晚清志士悲歌一曲慷慨赴死。

在这些崇侠之士的眼中，革命必须流血牺牲，必须要有必死之心。于是“以一己之躯，屠当道、杀枢要”成为当时革命派大力倡导的革命方式，蔡元培、杨笃生等人都曾有类似激荡侠风的言论。

此时的侠，已经脱离了武林和武艺本身，成为某种精神气质的追求。而崇尚侠客、崇尚勇士的背后，更是崇尚侠义、崇尚勇敢，为着某种成熟或尚不成熟的革命理想，而激进反抗。

侠之大者，为国为民。

赣西地区的打师们，赣西地区的崇侠尚武之风，赣西地区津津乐道的武林传说，实际更像是在展现大家内心里朴素的担当精神、悲剧意识、激进情绪、反抗与破坏欲。而这些，恰恰也是革命意识的一种复杂表现，是千古文人的借助侠客一剑定乾坤的梦想。

4. 尚勇

无论是哥老会起义、萍浏醴起义还是在此前后诸多大大小小的斗争与牺牲，都没能实现侠客一剑定乾坤的梦想。

但崇侠尚勇的因子，却早已不知不觉中融入了赣西地区人们的血脉性格中。那些一代一代崇侠尚勇的汉子，潜伏了下来，等待在另一次武装斗争中成为先锋和骨干力量。

打师传说和打师本身都随处可见的赣西，历史上的起义斗争几乎可以说是此起彼伏。

哥老会起义是其中一次。

在它之前，元末红巾军起义领袖彭莹玉从事反元活动的决策基地也是在赣西。据史料记载：元朝末年，萍乡和尚彭莹玉在瑶金山寺等地号召贫苦农民起来反抗元朝统治者。1338 年，彭莹玉及门徒周子旺聚集 5000 人在瑶金山寺内一棵罗汉松树下宣布起义，很快义军就占领袁州，威震湘赣两省。诸多史籍在析缕分条后都认为，元朝的灭亡与萍乡的彭莹玉反元起义有着直接的关联。

在哥老会起义之后，清政府虽然采取连环保结清乡、株连九族等措施，但哥老会众仍然隐蔽在人民群众之中。蛰伏了一段时间后，哥老会的各分支堂会，又在中国同盟会的领导下，于湘赣边界聚众数万人，爆发了震惊世界的萍浏醴起义，预先敲响了清王朝的丧钟。那反抗的意志、冲霄的浩气，今天回望还让人心旌动摇……

再往后，就是秋收起义，是井冈山武装斗争的星星火种。

——我后来在故纸堆里翻看史料，看到当年南方各省尤其是湖南和江西的哥老会起义声势浩大时，清廷官吏十分惊慌，御史易俊在上光绪皇帝的奏折中惊呼："……臣惟星星之火可以燎原……一旦事出非常，其后患不堪设想。"

——有意思的是，接近四十年后的1930年，为了批判党内存在的悲观思想，我们的领袖在井冈山革命根据地写下了一篇著名的文章，名字就叫《星星之火，可以燎原》。

这井冈山的燎原之火，来自南昌起义，来自赣西湘东地区的秋收起义。那些参加起义者，很大一部分就是赣西崇侠尚勇的打师和他们的后代和弟子们，很大一部分就是那些被崇侠尚勇之风浸润的矿工和农民。

最终，燎原的火点起来了。最初的引火者，成为灰烬而毫不畏惧和后悔。

参加哥老会起义的罗凤冈和黄仁伢慷慨就义，邓海山在起义失败后凭借高超武艺孤身脱逃，但潜藏了几天后最终被擒获杀害；指挥萍浏醴起义的刘道一、蔡绍南不幸牺牲；指挥秋收起义部队的卢德铭血洒征途……还有更多，无数有名字的没名字的起义参与者，为着某种理想，最终倒在了血泊中。在萍乡这个小小的城市里，仅从土地革命时期开始计算，有名有姓的烈士就多达近八千人！

这是一种何等的牺牲，又是一种何等的惨烈决然。

地方文献上说，清末的时候，这里百分之八十的乡民加入了会党。或许，赣西湘东一带，会党众多有着自身的地缘因素，这里作为管控相对薄弱的省域交界混乱地带，民间的争执相对也多一些，自然民风彪悍、性格激烈。这里作为爆竹的诞生地和盛产地，加上采矿业发达，储藏了大量火药，客观上为起义提供了武器。

但这些应该都不是最主要的。否则，我们无法理解，这一个区域为什么会奇迹般地重合20世纪初和20世纪二三十年代的革命痕迹，重合历史上诸多血与火交融的斗争痕迹。否则，我们无法理解，在赣西上栗的一个山村里，竟然有人将参加哥老会起义的武器收存了起来；到了萍浏醴起义中，他的儿子拿出来使用；过了几十年，他的后代又拿着这批武器参加共产党领导的起义斗争。

后来，我看到这里生产的烟花爆竹燃放，似乎有了某种明悟。原来，最重要的，不是地缘因素，而是性格因素，是深入人们血脉里崇侠尚勇的决绝。

所有的烟花与爆竹，在炸响之前就断绝了自己所有的退路，在绽放异彩或者砰然炸响的同时，它就已经粉身碎骨。这是一种自信，自信自己绝对能够成功；这也是一种殉道，是不论结局的献祭。

这是一种何等的决绝，不是在出发之前就备好棺木写好遗书，而是在出发之前就吞下定然发作的绝命之毒。

在赣西尤其是在上栗人的性格里，没有骑墙，没有反转，都是一条道上走到底的成功者或者失败者。当然，性格决定命运，持这种性格的人，失败者要远远多于胜利者。

就像更早时候的蚩尤。

书上片鳞只甲的线索串起一个颇值得关注的结论：在赣西这片土地上生活的先民，是蚩尤部落的后代。

我看这块土地上也曾出现过一些烟花般爆裂的历史人物，他们决不相信“但留一线，日后好相见”的哲学，他们一是一二是二，绝不含糊。这种爱憎的分明程度，让人吃惊。

作为乡党，此前我和我的朋友们都有些不理解，甚至抱怨这些先辈怎么就不能够学会更灵活一点，为这个山区小地方留下更多一些璀璨的荣耀。

但后来当我们读懂上栗的花炮，读懂赣西人崇侠尚勇的性格，便也看到了其中一脉相承、融入基因的孤绝与坚定。从此，对于那些在史书中昙花一现的本地人名和人物，只有遗憾，没有了不解与抱怨。

所有的武侠高手在只身赴敌前都不可能左顾右盼，只有一往直前。所有的革命者在踏上征程前都不可能优柔寡断，只有不留退路。

那个弥勒寺里举事的僧人不会给自己留下退路；那群龙王庙里商议炸得清王朝震颤的萍浏醴起义汉子没有给自己留下退路；那支决然跟随一路冲杀在秋收起义中的队伍没有给自己留下退路。

他们都有近乎盲目的坚定，都有崇高的信仰。他们知道，一个花炮，从点燃之时起，无论能够成功炸响还是最终成了哑炮，都不可能重来。

崇侠尚勇的人、舍生取义者，只有破釜沉舟的决绝，不会有狡兔三窟的后路。

他们有内心的目标，有明确的信仰，他们知道自己为什么而来，奔着什么而去。

他们的决绝，有着对人间儿女宏大的普济之意。

红绿辉映三角池

三角池村不止一个池塘，而是有顾盼生姿的百亩荷塘。三角池村不像山村，倒像个游人如织的新景区。

——事实上，三角池村确实已经成了国家3A景区，拥有国家级森林乡村、全省4A级乡村旅游点、红色名村等称号。

这里是赣西湘东的老关镇，经冬不凋的各色草木、阡陌纵横的乡村道路、独具特色的村庄民居、庄严肃穆的红色景观……让人目不暇接。

一条铁路穿村而过，透过车窗，南来北往的旅客收录了三角池村的美好和富足。路是浙赣铁路的一部分，早在1903年便已建成，当年被称为株萍铁路，见证并作为其中的重要部分书写了安源路矿工人大罢工这样的重大革命历史事件。

一条大河绕村而流，随着水流，自由自在的游鱼感知了湘赣边区域的合作与交流。河是渌水河，通达湘江入洞庭，早年间南来北往的水运航船成为三角池村人打开视野，接收来自长沙、武汉、上海等地新思想的重要渠道。

作为远近闻名的“红色名村”，三角池村既因为走出了曾任中共中央宣传部部长的凯丰，具有凝重的底色；更因为近年来大力挖掘红色资源，不断激活乡村振兴的内生动力，拥有活跃的亮色。

为了实地触摸一段历史，我选了一个暖阳和煦的日子来到三角池村。汽车一路开过去，村子里一派美丽的田园风光。无处不在的红色历史基因，无处不在的乡村创业活力、无处不在的基层党建元素，呈现在道路两旁一处处文化景观、一处处宣传标识、一处处产业基地中，潜移默化着三角池村的每一位村民和游客。

时间已是元月初，几只恋着三角池村生态家园的白鹭依旧在半空中展示优雅的舞姿。同行的朋友告诉我，要是在夏天，三角池的白鹭可就数目繁多了。树梢上、田埂间、池塘里，到处都是一群群的白鹭，摄影爱好者随手按下快门便是一幅人与自然和谐相处的画面。

在三角池，几乎每一位村民都是生态自然的维护者，几乎每一位村民都是红色故事的讲述者。这些革命先辈的同村后辈，通过挖掘、学习和讲述村子里发生的革命历史，向我表达自己的骄傲和荣光，也向世界传递自己的崇仰与传承。

一百一十六年前，也是一个冬天，嘹亮的婴儿初啼仿佛撕破了门前三角形池塘水面的冰封。新生儿的父亲给他取名何克全。大家没有预料到，孩子长大后会改名为凯丰；也没有预料到，这个降生于富裕农家的孩子，有一天将飞出池渊，在中国革命的大潮中贡献自己的热血与红心。

很快，小小少年长大了。他参加学生运动，他在北伐军到达萍乡时协助组织农会。他奉命赴莫斯科学习，他回国赴瑞金中央革命根据地工作，他作为中央军委总供给部政委开始了艰苦卓绝的二万五千里长征……

中华人民共和国成立后，凯丰调任中共中央宣传部副部长兼中共中央马列学院院长。1955 年 3 月 23 日，年仅 49 岁的凯丰在北京逝世。五十年后的 2006 年 3 月，新华社播发由中共中央党史研究室署名的长文《纪念凯丰同志诞辰 100 周年》。文章说："凯丰同志是一位忠诚的马克思主义者和共产主义战士。他把毕生精力献给了中国人民的解放事业和社会主义建设事业，为党和人民作出了重要贡献。他逝世已经 50 多年，但党和人民并没有忘记他。"

党和人民没有忘记他，家乡的人民自然也没有忘记他。一批又一批的游客来到凯丰出生的小山村，了解革命事迹，传承红色基因。三角池的村民们自发捐款捐物捐工，依照原址原样修缮了凯丰的故居，并在旧有的建筑上改造出了一个展馆，陈列凯丰的生平事迹。

而当地政府因势利导，在三角池村建设了廉政文化教育馆以及与党校合而为一的党性教育基地。

正好，这凯丰生平事迹陈列馆和廉政教育文化馆、党性教育基地形成了新的"三角池"，涵养着一个地方的政治生态和红色基因。

行走在三角池村四通八达整洁的沥青道路上，道路两侧，随处可见裸露的岩土泛出红色。这种南方特有的岩石，在坚硬的锄头下岿然不动。但在春风化雨的作用下，又变得极其松软，层层剥落露出更深处的红色内核。

同行的村民跟我开玩笑，这就像共产党人，面对敌人时坚不可摧，面对人民时敞开胸怀。

我惊讶于这位村民能够说出如此的话语。后来知道，他其实是个大学生，本科毕业后回到村里创业。

在三角池村，返乡创业的大学生不止一个。返乡创业的也不只有大学生。

面对乡村振兴这一盘大棋，三角池村将党建引领写在墙上更落实在行动上，将产业发展列在计划中更落实到具体项目中。

几十亩的虾莲共作基地、几十亩的莲鳖共养基地以及上百亩的莲花种植基地，让三角池人田里刨食刨出了精气神。而深厚的红色文化底蕴加上优美的村庄环境，又让旅游、民宿、餐饮成了三角池村的新发展动能。

种植莲藕的创业者也姓何。他租种村民的土地，又聘请村民到基地务工。年成好的时候，一年可以收获五六吨的莲子。冬天的太阳下，他一边下到莲塘里捕捞自己放养的甲鱼，一边对村子里大量的白鹭捕食池鱼表达无奈。我听得出，这无奈里也包含着几分自豪，毕竟，他同时也在说："三角池村的山好水好生态好，莲塘里养出来的甲鱼比养殖场的售价要贵了一倍。"

良好的生态既让老何的甲鱼升值，也让三角池村的旅游升温。近年来，依托优美的村庄环境，更依托身后的红色底蕴，三角池村将凯丰故居、凯丰生平事迹展览馆、初心广场、廉政文化教育馆串珠成线，又研发了《信仰的力量》《凯丰的历史贡献及其精神的当代价值》等主题党课，吸引了大量前来接受党性教育、感悟红色文化的学员和游客。在这里，人们争相重温入党誓词、聆听凯丰故事、传唱凯丰歌曲、体验农事活动。三角池村成功打造成了多维度的"红色阵地"，红色旅游成了村民增收、整村发展的主要动力。

村里的党总支书记何树萍已经尝到了红色旅游给村民带来的甜头，他兴奋地告诉我："2021 年，村子里接待游客达到 2 万人，村集体收入超过 30 万元。”说完之后，他又指着远处隐现果木和山羊的山坡，踌躇满志地对我说：“我们村现正着力推进关辉种养农业专业合作社建设，已经吸纳了 34 人务工就业。我们将继续擦亮红色名片，以红色引擎激活乡村振兴。”

产业的发展让村民和村集体增收，也让村民们的心更齐、气更足。

在凯丰故居前，一位村民正在收拾垃圾、维护卫生，她的脸上，满是对生活如意的安详与恬淡。在初心广场，一位村民正在修补花坛、指挥停车，他的脸上，充满着对未来的憧憬和干劲。

类似这样维护着村容村貌和乡风文明的村民还有许多。他们有的是公益性岗位，有的干脆就是志愿者。

有了上上下下的共同努力，三角池村的良好村容村貌可想而知。在三角池走着，举目所见最让人羡慕的，是样式各具、美轮美奂的屋舍。树木的掩映下，一栋栋别墅般的民居，让人神往又让人心生欢喜。

或许，这换了人间的三角池村，这家家户户富裕和谐的村居，正可以回应当年凯丰离开三角池走上革命道路时的梦想，正可以回应那一段红色岁月的追求。

心安上栗念江湖

上栗县人个个有打。

上栗县的爆竹个个有响。

这是实指，也是隐喻。

作为一个土生土长的上栗人，我想不到自己会在三十多年后才以这样的方式来打量上栗，打量一个湘赣边区域独具特色的县城。

很长一段时间以来，我几乎对这个自己籍贯所在的县城一无所知。南北狭长的地图加上乡村生活的局囿，导致了生活在南部农村的我青少年时代几乎从来没有到过北部的县城。

对于“上栗县城”，更多地存在我的想象中，存在于“上栗市”的称谓和兼具“江”“湖”两省特色的文化氤氲中。读小学时，我曾经想象，沿着家门口的河流往上而溯，就可以抵达遥遥阻隔在我所在的村子与县城之间的大山吧；或者，最少，可以抵达偶尔染红整条河流的上游土法造纸厂。

大山名叫杨岐山，汉代称为漉山，魏晋时期称为翁陵山，到了唐代，就定名杨岐山了。一条萍水河，从杨岐山出发往南，过安源，经渌水抵达湘江，汇入洞庭；一条栗水河，从杨岐山出发往东，过醴陵，经渌水抵达湘江，汇入洞庭。

在《水经》和《水经注》里，都有关于杨岐山和萍水河的介绍："漉水出醴陵县东漉山……今日杨岐之萍川水，正从醴陵东流来，西迤其县。"一座位于上栗的山，一条位于上栗的河，却以湖南醴陵作为表述方位的坐标，上栗与湖南的近邻之"近"，可见一斑。

而有时会染红河流的土法造纸厂，则是20世纪80年代末上栗发达的手工业的缩影。作为花炮的发明地和全国花炮主产区之一，上栗对造纸业、运输业的依赖造就了一个时代乡镇企业的繁荣。

曾经具有重要军事意义的案山关依托雄峙的杨岐山，一度形成了地理的阻隔，让上栗的南北部区域成为文化迥异的地方。从民俗到方言，都形成了分化。南部靠近萍乡城，更多具有赣文化的意味；北部融入长沙市，更多具有湘文化的意味。到了上栗，便仿佛同时到了"江湖"。

但也仅此而已了。一座关隘怎么可能真正阻隔得了文化与产业呢。

所以，小时候，做烟花爆竹，是遍布上栗全境家家户户的生计，并没有南北之分；所以，小时候，练习民间武术，是遍及上栗全县各村各户的风气，并没有南北之别；所以，楚文化始终浸润着这片土地、勇毅决然的性格始终融入这片土地上人们的血脉。

这种文化，既有地域形成的历史积淀，也有产业形成的时代基因。

2019年，我曾因组织活动而深入到了萍水河的源头杨岐山，也熟悉了上栗县的一部分村庄。

在上栗，当年楚昭王留下的文化遗迹非止一处，楚王台、昭王祠等实物遥遥呼应着唐宋时期诗人们留下的关于楚昭王在上栗渡江传说的诗文。在上栗，几乎与每家每户生计息息相关的花炮制作，让花炮本身所具有的一往直前的决绝成为了某种地域群体社会性格。在上栗，可能随便在办公室找一位同事询问，他们的孩子就有可能在湖南学习或生活，他们的亲戚就住在湖南或者干脆他本人就是从湖南过来上栗工作的。

这些浮光掠影般的认识，在我回到上栗工作后很快被更深入更真切的认知所覆盖。

过去讲的上栗人习武之风盛行，民风彪悍。其实，哪里有什么民风彪悍，不过是过去物资匮乏年代边界地区为了生存资源而进行的一种挣扎罢了，如今大家都讲合作讲发展讲生活改善，时代的进步与经济的发展，让上栗人早就没有了尚勇彪悍之风。

由于工作原因，我与上栗的文化界人士打交道比较多，发现上栗的爱国主义精神几乎深入了骨髓。文化界的朋友告诉我，这里曾经爆发了萍浏醴起义，参与了秋收起义。而民间信仰场所里，如今依旧供奉着屈原以及与他相关的诸多爱国主义元素。当然，爱国主义绝不只体现在文化领域，全社会的精神面貌在文明城市创建中都呈现出郁郁勃勃之态。

由于工作原因，我与上栗的市民和民营企业家打交道特别多，发现上栗的开放合作意识几乎影响了家家户户。早市上的摊贩告诉我，在上栗的麻石街，六尺宽的马路一侧是湖南、一侧是江西。夏天里村民们吃饭时，端着饭碗串个门就到邻省了。在上栗有些村庄的插花地带，一户人家房子的客厅在江西，厨房却可能建在了湖南的土地上。企业家告诉我，叶落两省、鸡鸣三县的区位让上栗人对于江西与湖南同样热爱，让赣湘区域合作潜移默化深入到了生活的方方面面，很多生意业务往来都是横跨湘赣两省。当然，开放意识绝不仅仅体现在两省合作，以“江湖”两域之间的省际开放合作为依托，上栗人早在几百年前就在出口贸易中形成了国际开放合作的眼光。

由于历史上花炮生产和贸易的高度繁荣，上栗历来被称为“上栗市”，江西湖南两省的航船在栗水河上形成了 6 个码头，在将烟花爆竹运至广东、上海、香港和东南亚地区销售的同时，也促成了一个县城古代商业和服务业的发展，让这个县城一度在诸多文献里被称为“小南京”。依托产业的发展，上栗这个小城可能真正实现了“富民”—— 一个佐证细节是：刚到上栗工作时，我绕着县城走了一圈，竟然数出了 16 家黄金珠宝店。

依托传统产业和发达的服务业，这里的民营企业遍地开花。在全域的经济主体和经济运行数据中，民营企业的数量和占比都很高——2021 年初，新任的市委书记第一次到上栗调研，劈面就问我：上栗民营经济占比如何？我答：早已不是过去说民营经济占据半壁江山了，而是占了九成。后来想想，我说得绝对了，从税收和 GDP 贡献来看，民营经济在上栗是没有占到九成的，但如果从工业增加值和企业总数量来看，九成还有点保守。这么多的民营经济企业数量，直接体现就是上栗近乎半数家庭里都有人是市场主体。所以说，在过去的“江湖习武”风气中，上栗人“个个有打”；在市场经济的大潮中，上栗人也“个个有打”。

在对经济基础有所追求的同时，对文化知识的追求也从来没有放弃。上栗超过半数乡镇设立了专门的奖助学基金会，县里的仁泰教育基金会更是达到了 7000 万元的规模。这里尊师重教的风气融入了每个人的心里，这里涌现出了几十年如一日将奖学助教做成事业、影响大批志同道合者并形成浓厚风气的中国好人典型。

当我人近中年，回到生我养我的上栗，我首先就看到了这座城市人们对于产业转型与城市发展一往无前的决绝与定有所成的信念，看到了这座城市对赣湘合作开放平台建设的情有独钟与全力以赴。

2020 年，我走进一家又一家花炮企业参观学习。惊奇地发现，幼时记忆深刻劳心劳力的很多花炮制作工序早已被机器替代，而曾经造成工人满身黄土灰尘的一些工序甚至直接被简化不存了。那些农民出身的企业主，一个个都跟我讲转型与升级，讲整合与退出。

在世界舞台上，花炮本身已经与陶瓷、茶叶一样逐步固化成了中华传统文化的载体标签之一。而这个产业也一度成了上栗这座城市发展的主要动力。即便在紧放限放的大环境下，花炮产业的市场也一路向好，尤其是外贸出口，连年攀升。但是，为了转型升级，上栗主动作为，将高峰时曾达到 2000 多家工厂和作坊的花炮行业整合升级为 200 多家现代化的花炮企业，成为 4 个国家烟花爆竹转型升级集中区之一。主动引入声光电、无人机等辅助，将曾经单一的焰火燃放提升为文化展演；主动借助网络媒体进行传播，打造出了一个又一个视频播放超过 10 亿人次的网红烟花产品。这个产业，越来越由手工制造业向文化艺术产业靠近。

转型后的花炮产业，朝着更加环保、更加安全、更具文化属性的方向攀升。转型后腾出的厂房，用来开展肉兔、山羊、桑蚕等特色农业养殖；转型中多出的工人，则来到了工业园新近发展起来的电子信息企业上班。

2021年，我随团到湖南省工商联和长沙市工商联交流。惊奇地发现，在长沙市工商联的工作手册中，上栗工商界人士很多时候也是他们的重要服务对象，在组织企业家培训、开展经贸交流过程中，仿佛顺理成章地就将上栗的民营企业家纳入其中了。上栗的工商界组织活动，眼界也始终是盯着湘赣边这个区域概念，而不仅仅是一个县城。上栗这个城市同时处于"江湖"之间，或许由此也可以窥见其中一个侧面。

也就是从那一次开始，我每次外出招商，总会跟客商介绍：投资上栗，就是投资长沙的远郊。确实，随着高铁的飞速发展，从上栗到长沙仅需二十分钟；从上栗出发到黄花机场，可能比从长沙市区出发还要更快抵达。

正是依托自己的产业特色和区位优势，上栗人积极融入了国务院批复的湘赣边区域合作战略，引进大批湘籍企业家入驻赣湘合作产业园，短短四五年的时间就在荒山野岭间奇迹般建成了主营业务收入200亿元上下的工业园。

前些日子，为了拍摄一部花炮文化向海外传播的专题片，我走进公园、广场，也走进正在进行城市更新的沿河老街。镜头之下，新农村建设中整村推进的湿地公园"泉之源"氤氲着草木勃发之气；镜头之下，遍布县城的十几个24小时智慧书吧里虔心阅读者一张张年轻的脸庞充满着专注之情；镜头之下，文明城市创建推进中繁忙但井然有序的交通和文旅事业中方兴未艾的青山绿水见证着美好之景；镜头之下，新近通车的石洋路串联起一路花海与高楼，也洋溢着这个县城拥有三条高速六个高速出口的骄傲之心。

正在征拆改造中的南北老街棚户区，曾见证了当年货船载满花炮从码头沿栗水入湘江再将花炮卖到海外的辉煌，也承受了老城街道长期破败混乱之痛。在一个清晨，我们走进了老街改造后即将搬迁的居民中，走进了从花炮企业转行到工业园电子信息企业上班的工人中，用镜头留下了一张张笑脸。这些将被定格在城市展馆中的笑脸中，充满了大家对美好生活以及对这个城市憧憬。

大家憧憬着，在赣湘合作的大背景下，“生活在长沙，生产在上栗；研发在长沙，基地在上栗；主产在长沙，配套在上栗；工作在长沙，休闲在上栗。”

大家更在憧憬着，随着上栗这个城市的更新改造和产业转型升级，全国知名电子电路产业聚集区的目标成为现实，这个古老的“小南京”重新擦亮自己的脸庞，变得更美更繁荣，借着赣湘边区域合作战略的东风，成为“江湖”中一张新城市名片。

我是这些憧憬者之中的一员，也是这座城市圆梦的坚信者、践行者中的一员。

曾为过客到萍乡

作为一个位于湖南与江西版图拼接处的小城，赣西以西湘东以东的萍乡并不能被列入历史记载中的繁华地区。

但小有小的好。比如历史上那些如雷贯耳的文化大家，在经过萍乡这座小城时，就必然面临独处驿站或孤舟泊码头的时光，从而留下一些自我追问、深入思考、抒写性灵的诗文。而在大城市歇脚，总会有那么几个同样的名流前来相聚应酬一番，使停留的时光匆匆而过，完全静不下来对落脚之处留下一些思考。

当然这还得有一个前提，那就是萍乡虽然是个小城市（在过去，它还仅仅是个县），但却是一个南来北往的节点——就像书中介绍的那样：吴楚通衢、赣湘要道，东通江浙闽、西贯湘粤蜀。这就导致了那些春风得意上任的人、黯然伤神贬谪的人、走亲访友的人、经商求学的人，很多都经过萍乡并短暂停留。

一些人生在这里，一些人仅仅是路过。

翻开史料，我们不得不承认，生在这里的人似乎大都不曾有过显赫的声名——这么一个将近 1800 年没有改过名字的古城，整个科举时代竟然从来没有产生过一个状元，连进士的数量也仅有 108 人，而文化大家几乎没有。

但路过这里的人中间却涌现出了颇多不俗之辈。我最近整理历代诗人写萍乡的作品，发现仅留下过诗文笔墨的名人大家就达七八十位。如果要罗列的话，可以是一个很长很长的名单：张九龄、杜甫、刘长卿、刘禹锡、韩愈、周敦颐、黄庭坚、范成大、杨万里、张孝祥、朱熹、姜夔、文天祥、王阳明、汤显祖、徐霞客、查慎行、袁枚、林则徐……

当然了，在萍乡留下熠熠辉光的过客，并不均匀遍布上下几千年，而是主要集中在宋代和明代。这与历史上南方地区文化的兴衰似乎有某种暗合。

宋代和明代是江西文化的鼎盛年代，从江西的洪都到湖南的长沙，往返两地的名人自然也多一些。而这条线路上，萍乡几乎是绕不开的一个点。书上说，沿着萍乡东西通道，驿站密布，县城往东曾设有 8 个驿站，往西曾设有 6 个驿站。很显然，这些驿站的设立契合了萍乡赣西湘东的区位，承载着赣湘两地的驿传功能。

尽管同时承担着公文传递和接待军情人员等职能，实际上，驿站日常里更多的还是作为来往官员士子途中食宿的场所。历史上曾为过客莅萍乡者，多数都与驿站发生过关联。

我随手翻开旧时的诗文，看到可供住宿的驿馆就有黄花驿、宣风驿、萍实驿、湘东驿、路口驿、毛仙驿、爱直驿，等等。

这里有一个奇怪的事情，似乎官方的驿站也并没有太正式的名字。某个名家或某个官员路过时跟当地的县衙说一声：我觉得这个驿站改名为什么什么会更好。再写几篇诗文，接下来这个驿站就这么定名或改名了。

例如，爱直驿，就是那个豪迈派词人代表张孝祥在萍乡宣风镇分界埠的驿站住了一晚，写诗称其为爱直驿。但我总觉得，这个驿站与宣风驿似乎在地理上有太多接近之处。是不是在张孝祥之前，这个驿站就因地名而称为宣风驿，在他之后就附庸着诗词的风雅改名为了爱直驿呢?

没有人可以确切地回答我。随着物理的驿站湮没在时光流转中，它的精准位置、精准模样也随之变得模糊起来。而文字里的驿站，很显然带有比较多的个人色彩，并不负责为我们解答一个驿站与另一个驿站究竟是同址异名抑或是作为不同个体的邻居兄弟。

——古人写诗似乎个人化色彩更重。对于同一个供南来北往者暂住的建筑，有时全凭住客直笔曲笔称呼。

前面说过的宣风驿，王阳明一直称之为“宣风公馆”。当年，这位理学大师因为反对宦官刘瑾而受到波及，在挨了四十军棍后，最终得以从大牢中脱身，被贬谪到荒凉、边远的贵州龙场，担任驿站站长（驿丞）。这条放逐之路太漫长，王阳明先从武夷山出发到南京，在南京见到了被刘瑾驱逐到此地的父亲王华。从南京进入江西，从江西萍乡进入湖南醴陵，然后沿湘江几经辗转后才进入贵州。

途经萍乡的时候，王阳明游览了芦溪的濂溪祠，夜宿宣风驿站，留下了《夜宿宣风公馆》一诗：

山石崎岖古辙痕，沙溪马渡水犹浑。
夕阳归鸟投深麓，烟火行人望远村。
天际浮云生白发，林间孤月坐黄昏。
越南冀北俱千里，正恐春愁一夜魂。

王阳明到萍乡非止一次。贵州归来，王阳明在担任庐陵知县和南赣巡抚时，又多次往返萍乡，在一次次以过客的身份抵达中留下了《萍乡道中谒濂溪祠》《再过濂溪祠用前韵》《宿萍乡武云观》《再经武云观书林玉玑道士壁》等诗篇。

王阳明不止一次到访过的濂溪祠，也是一个萍乡过客留下的痕迹。

庆历元年（1041），24 岁的周敦颐揣着上级一纸调令来到萍乡芦溪镇主持市征局，担任基层的监税官。此时的周敦颐还没有写出《爱莲说》，也还没有后来儒家理学鼻祖的光环。萍乡只是他官宦生涯的一个途经站。他还很年轻，只想老实本分地做好收税的本职工作，如果有暇，便进行点文人唱和、士子往还的活动，顶多再思索一下天、地、人生之间的关系。

公务之余，周敦颐更多地寄情山水、遍览群书，在山水、典籍里进行双重的寻古探幽。某一日他悠游乡野时在附近山脚看见一棵硕大的荆柴，文人之态迸发，回家后马上写下一首《咏筱山石荆柴王》的诗：

筱山石上荆柴王，世间只此别无双。
久经沧桑风骨在，苍劲挺拔傲雪霜。

周敦颐在萍乡待了四年便因监税成效显著，调任南安军司理参军。萍乡民众对这位理学大师曾经在本地短暂生活过而引以为荣，设立濂溪祠、宗濂桥、濂溪书院等以示纪念。

作为过客的王阳明在萍乡寻访的，正是后人为纪念周敦颐而设立的濂溪祠。

宦居萍乡时候，周敦颐声望尚浅，他与附近学子可能更多的是一种学问上的交流切磋，专门由他开堂讲学应该不多。

而朱熹成为萍乡的过客，则是因为那场轰动一时的“朱张会讲”。南宋乾道三年（1167）深秋，朱熹从福建赴湖南岳麓书院访问张栻并共同讲学。结束这场在中国文化史上传为佳话的讲学返程时，朱熹途经了萍乡的黄花驿。

黄花驿临水而建，时令正值黄菊盛开的季节，朱熹欣赏之余颇感景物与驿站名吻合，又见“客舍稍明洁”，墙壁上“有宋亨伯题诗，亦颇不俗”，于是诗兴顿起，唤来笔墨，“因录而和之”，得一诗：

鼎足炉边坐，陶然共一樽。
道心元自胜，世味不须论。
安稳三更睡，清明一气存。
虽无康乐句，聊尔慰营魂。

可以想象，这位理学大师过往萍乡的第一个夜晚，于炉边饮酒、题诗之时，心怀澄明之秋水，面呈淡雅之秋色，于是有了这抒臆之诗、言志之诗。

第二天一早，朱熹在萍乡县城拜谒孔庙，接受士人的热情款待后，又在萍乡的毛仙驿住了一晚，再次留下诗篇。

两天之间，朱熹在萍乡道中赶路，留下两首诗作，可见兴致颇高，诗情颇浓。是萍乡的所见所闻深深地吸引了他，抑或是他胸怀浓郁的情愫因所见所闻的触发而痛快淋漓地倾吐呢？我相信定然是萍乡这个小地方有某个方面打动了朱熹。

一位位过客留下的痕迹又成为此后一位位过客心向往之的文化底蕴。若干年后，当地人为纪念朱熹题诗《黄花驿》

而在黄花渡口建亭，引朱子诗意题匾“稳睡亭”。

又过了若干年，查慎行于康熙五十七年（1718）游粤返归，路经萍乡，“览黄花渡，悠然想朱子遗风，既而篮舆山行，历县城抵芦溪市。所过花草柳岸，概绘之于诗”。留下了一首《自湘东遵陆至芦溪》。

查慎行走的是陆路，而同样曾为过客到萍乡的范成大走的是水路。他在途经萍乡时正好遇上咽痛，于是停船求医多耽搁了几天。萍乡短短的百来里路程他竟走了整整六天。他那阙《眼儿媚·萍乡道中乍晴卧舆中困甚小憩柳塘》正是此次所写：

酣酣日脚紫烟浮，妍暖试轻裘。困人天气，醉人花底，午梦扶头。

春慵恰似春塘水，一片縠纹愁。溶溶泄泄，东风无力，欲皱还休。

另一位过客杨万里想要在萍乡城里住一晚，不巧却正好有更重要的客人占用了县城萍实驿的客房，他只能往萍乡西郊另外的住处投宿。这位过客也是个活泼的性格，他还取了一个长长的诗歌标题记录下此事——《将至萍乡欲宿为重客據馆乃出西郊》：

哦诗浑忘路高低，忽怪松梢与路齐。
准拟醉眠萍实驿，驿西西去更山西。

这些人在途中、路过萍乡的片段，都是久远的事情了。

一位一位过往萍乡的过客借助文字将他们缓慢的日子和情绪传递到如今。

留在过客记忆与文字中的，是萍乡的山水。古人说，萍乡风物似豳诗，此语前人不我欺。是的，诗经风景一般的萍乡，陶醉了多少文人墨客，感染了多少诗文名家。这些过客留下的种种诗文和文化符号，托举着一座城市历史与文化的厚重丰盈……

见证过客们这些情绪和细节的，是名称不一的驿站。有时候我会觉得，驿站真是一个有意思的地方。它沐浴着风和雨，接纳着一个个过客，在昏黄或明亮的灯光摇曳里见证着每一位过客的心事，见证着他们秉灯闲读、伴灯嗟叹、熄灯辗转、点灯沉思……的旅途状态。如果要找一个最常见的古城元素，如果要找一个最贴切的过客元素，可能非驿站莫属了。

借助驿站的挽留，萍乡留下了每一名路过者、落脚者，每一名过客的脚步，留下过客所写的诗文。如今1700多年过去了，这座城市因为一个一个过客的停驻，因为一段一段诗文的堆叠，终于有了足够的厚，足够的重。就像清人在《萍乡赋》中所说："铺舍修治，置邮络绎。往来符节之传，迎送文书之客……过客驿路中到此必有一宿。"

从驿站出发，看一些人的启程或抵达，便看遍了大半个人间的冷暖，看遍了大半个人间的窘迫或从容。

从古籍卷册出发，看一个城市里的土著或过客，便看懂了一个城市的厚重。一些人生在这里，一些人远道而来。他们都曾足踏萍乡道中的尘土，饮下萍乡河中的甘甜，他们都曾留下沉重的相思。

古人们作为过客，无论借助车船舆轿还是步行，途经萍乡大都缓慢。而到了近现代，过客们的行程要迅捷许多，他们有火车的机械之力可以借助。

1899 年，因为安源煤矿运煤到汉阳铁厂的需要，株萍铁路开建并很快通车。接下来，急急来萍乡挖矿的工人与工程师都来了；接下来，切切来萍乡发动工人启迪工人的共产党人来了……

于萍乡来说，他们中的大多数，都是过客。不，不对。扎下根来的共产党人不是过客，它们先是组织安源路矿工人大罢工，然后是秋收起义，然后是一路陪伴着这座赣西小城繁荣发展到今天。

无论是驿站里的萍乡还是铁轨上的萍乡，过客们用一个个典故与一篇篇诗文留下印记。而共产党人，用城市与乡村发生的巨大变化、用一座古城的新生留下发展的实证。

过客笔下的萍乡，见证了现代工业的繁荣、安源革命的风云；过客眼里的萍乡，呈现了赣西旅游的发展、高铁交通的迅捷。曾为过客到萍乡，每一个名字里，都充盈传统的文化之美；曾为过客到萍乡，每一段旅程里，都见证历史的骄傲繁荣。古往今来，黄花驿、宣风驿、爱直驿、路口驿……一个个驿站迢递，在官道上连接湖南江西；安源站、萍乡站、湘东站、芦溪站……一个个车站接力，在铁轨上连接湖南江西。

无论是驿站里的萍乡还是铁轨上的萍乡，都在传统文化的熏染里点亮诗词的眼眸。你听，那是两宋时卢炳经过萍乡——

秋色人家，夕阳洲渚，西风催过黄花渡。江烟引素忽飞来，水禽破暝双双去。

奔走红尘，栖迟羁旅，断肠犹忆江南句。白云低处雁回峰，明朝便踏潇湘路。

那是明代张弼经过萍乡——

过化传先哲，遗踪咎后思。一官监酒税，千古建香祠。秋日高山丽，春风满座熙。渺然经一拜，庭草绿差池。

那是每一个曾为过客到萍乡者共同的萍乡——

有客萍乡过，篴舆接暮春。县衙岚树里，邨店水云滨……

如今，高铁代替驿马，高铁枢纽成为目标，成为一个城市引以为傲的新亮点。此时，将有更多的过客和留客，有更多的生在萍乡者和路过萍乡者，借助贴地飞行风驰电掣的“复兴号”连接萍乡与世界。

图书在版编目（CIP）数据

失落之地 / 漆宇勤著 . -- 天津 : 百花文艺出版社 , 2023.7

ISBN 978-7-5306-8580-8

Ⅰ . ①失… Ⅱ . ①漆… Ⅲ . ①散文集 – 中国 – 当代 Ⅳ . ① I267

中国国家版本馆 CIP 数据核字 (2023) 第 099089 号

失落之地
SHILUOZHIDI
漆宇勤　著

选题策划： 王　欣
责任编辑： 由高峰
封面设计： 西　子
出版发行： 百花文艺出版社
地址： 天津市和平区西康路 35 号　**邮编：** 300051
电话传真： +86-22-23332651（发行部）
+86-22-23332656（总编室）
+86-22-23332478（邮购部）
网址： http://www.baihuawenyi.com
印刷： 天津兴湘印务有限公司
开本： 880 毫米 ×1230 毫米　1/32
字数： 200 千字
印张： 9.75
版次： 2023 年 7 月第 1 版
印次： 2023 年 7 月第 1 次印刷
定价： 69.00 元

如有印装质量问题，请与天津兴湘印务有限公司联系调换
地址：天津静海北环工业区振兴道 6 号 5 号车间
电话：（022）68855116
邮编：301600